Paul Buderath

Dein böses Herz

Weitere Titel des Autors

Der Künstler

Über den Autor

Paul Buderath, geboren 1981, lebt und arbeitet in Essen, im Herzen des Ruhrgebiets. Neben seiner Tätigkeit als Arzt widmet er sich seit Jahren seiner zweiten großen Leidenschaft, dem Schreiben. Dabei beschäftigt er sich mit nervenzerreißenden Geschichten, wie sie nur im Moloch der Großstadt entstehen können. Im vergangenem Jahr erschien sein Debütroman *Der Künstler. Dein böses Herz* ist sein zweiter Thriller.

Paul Buderath

Dein böses Herz

Thriller

beTHRILLED

Vollständige ePub-to-Print-Ausgabe des in der Bastei Lübbe AG erschienenen eBooks »Dein böses Herz« von Paul Buderath.

beTHRILLED in der Bastei Lübbe AG

Copyright © 2021 by Bastei Lübbe AG, Köln
Textredaktion: Nadine Buranaseda
Lektorat/Projektmanagement: Kathrin Kummer
Covergestaltung: Massimo Peter-Bille unter Verwendung von
Motiven © JasminkaM/shutterstock, © Steve Collender/shutterstock
Satz: 3w+p GmbH, Rimpar (www.3wplusp.de)
Druck: Books on Demand GmbH, Norderstedt

ISBN 978-3-7413-0236-7

www.be-ebooks.de
www.lesejury.de

Für Regina, Paul Moritz und Sophia

Prolog

Verlassen lag der Parkplatz in der eisigen Nacht. Der abnehmende Mond war hinter dichten Wolken verborgen, und die wenigen Laternen warfen dünnes Licht auf die vereinzelt parkenden Autos. Dirk Lettorf war das nur recht. Die Dunkelheit gab ihm ein Gefühl der Sicherheit. Er konnte keine Zuschauer brauchen, auch wenn es unwahrscheinlich war, dass er hier draußen jemandem begegnete. Sie hatten den Ort für ihr Treffen nicht grundlos gewählt. Fröstelnd vergrub er die Hände in den Manteltaschen und bewegte die eingefrorenen Zehen in den Schuhen. Bereits seit Wochen herrschte eine grimmige Kälte. Selbst in der Finsternis konnte er sehen, wie sich bei jedem Ausatmen eine Dampfwolke vor seinem Gesicht bildete. Wann mochte Nicki erscheinen?

Er sah auf die Uhr. 2:26 Uhr. Fast eine halbe Stunde zu spät. Hoffentlich versetzte sie ihn nicht. Es war schwierig genug gewesen, Ramona die Lügengeschichte von der Betriebsfeier aufzutischen. Manchmal hatte er das Gefühl, dass sie langsam misstrauisch wurde, wenn er wieder einmal mit einer neuen Ausrede für sein merkwürdiges Verhalten ankam. Immerhin, bis jetzt hatte sie nie etwas gesagt.

Er hauchte in die hohlen Handflächen, um sie zu wärmen. Hätte er gewusst, dass er so lange würde warten müssen, hätte er Handschuhe mitgenommen. War es nicht ohnehin völlig bescheuert, sich mitten in der Nacht mit einer Frau zu treffen, die er kaum kannte? Er dachte an ihre erste Verabredung zurück und lächelte. Nein, das war es nicht. Ungewöhnlich, ja. Aber er musste Nicki unbedingt wiedersehen. Und wenn sie sich bloß heimlich treffen konnten, musste es eben so sein.

Dirk sah sich um. War Nicki schon da? Der Parkplatz war groß, und sie hatte ihm keinen genaueren Treffpunkt genannt. Vielleicht irrte sie ebenso durchs Dunkel wie er vorhin. Und obwohl sich seine Augen mittlerweile an die Lichtverhältnisse gewöhnt hatten, konnte er nirgends eine Bewegung ausmachen. Er überlegte, ob er sich wieder in den Wagen setzen und die Sitzheizung anschalten sollte, als er glaubte, eine Stimme zu vernehmen. Dirk hielt den Atem an und lauschte. In der Ferne schien jemand zu singen.

»Mariechen saß auf einem Stein ...«

Die Melodie klang nach einem Kinderlied. Er runzelte die Stirn. Schon im nächsten Moment war wieder alles ruhig. Nur das Rauschen der benachbarten Autobahn war zu hören. Unsicher machte er einige Schritte. Der Asphalt war an manchen Stellen teuflisch glatt. Beim Aussteigen hatte er sich beinahe langgelegt.

»Dirk!«, sprach plötzlich eine Stimme in seinem Rücken.

Er fuhr zusammen.

»Schön, dass du kommen konntest.«

Dirk drehte sich um und erkannte in wenigen Metern Entfernung die Silhouette einer Person, die langsam auf ihn zutrat. Er kniff die Augen zusammen. Die Frau, die sich mit jedem weiteren Schritt aus der Dunkelheit schälte, war jedoch nicht Nicki. Nicki hatte lange blonde Locken, diese Frau trug die Haare zu einem Dutt gebunden und einen altmodischen langen Rock, den Nicki im Leben nicht angezogen hätte.

»Wer sind Sie?«, fragte er verunsichert.

Die fremde Frau lächelte. »Ich glaube, wir kennen uns lange genug, um Du zu sagen.«

»Das muss ein Missverständnis sein. Ich kenne Sie nicht«, erwiderte er ärgerlich.

»Doch, Dirk, du kennst mich sehr gut.«

»Woher kennen Sie meinen Namen?«

Er zwang sich nachzudenken. Konnte irgendjemand von ihrem Treffen erfahren haben? Nein. Außer Nicki und ihm wusste niemand, dass er hier war.

»Du enttäuschst mich, Dirk.«

Etwas in der Art, wie sie sprach, rief eine Ahnung in ihm wach. Eine schreckliche Ahnung. Dirk spürte, wie ihm das Grauen die Kehle zuschnürte. Ja, er erinnerte sich. Aber das war unmöglich.

»Lassen Sie mich in Ruhe!«, fuhr er sie an. »Wir sind uns nie begegnet!«

»Ach, wirklich nicht?« Mit ruhigen, festen Schritten trat die Frau näher an ihn heran. »Nun, dann muss ich deinem Gedächtnis wohl ein wenig auf die Sprünge helfen. Ich bin mir ganz sicher, dass du dich erinnerst.«

»Sie sind völlig durchgeknallt! Ich habe keine Lust, mich mit Ihnen zu unterhalten.«

Für einen Augenblick tat sich eine Lücke in der Wolkendecke auf, und ein Strahl fahlen Mondlichts fiel auf das Gesicht der Fremden. Dirk gefror das Blut in den Adern.

»Das ... das ist unmöglich.«

Mit einem Mal machte die Frau eine blitzschnelle Bewegung mit der Hand. Ehe Dirk begriff, was geschah, zerriss ein eiskalter Schmerz seine Brust. Schockiert schaute er an sich hinunter und sah die Klinge des Messers, das aus seinem Fleisch ragte, im Mondschein aufblitzen.

»Was …?« Schon spürte er, wie ihm schwarz vor Augen wurde.

Während er zu Boden sank, begann die Frau leise zu singen.

»Mariechen saß auf einem Stein,
Einem Stein, einem Stein …«

1. Kapitel

»Sorry, tut mir leid, dass es schon wieder so spät geworden ist. Aber ich musste den Bericht unbedingt vor dem Wochenende fertig bekommen«, sagte Kriminalhauptkommissarin Sandra Rehbein, nachdem sie die Wohnung betreten hatte.

Sie stopfte den Schal in den Ärmel ihrer Lederjacke und hängte sie an die Garderobe.

»Mach dir unseretwegen keine Sorgen«, antwortete ihre Mutter und bedachte sie mit einem mitleidigen Blick. »Wir sind sowieso noch wach. Doch du solltest mehr auf dich aufpassen. Du arbeitest zu viel.«

»Ich weiß. Erzähl das lieber meinem Chef. Wenn's nach dem geht, leistet meine Abteilung viel zu wenig. Schläft Tim schon?« Sandra traute sich kaum zu fragen.

Ihre Mutter nickte. »Er wollte unbedingt wach bleiben, bis du da bist. Vor einer halben Stunde ist er trotzdem eingeschlafen.«

Sandra biss sich auf die Unterlippe. »Mist!«

»Alles halb so wild. Wenn er gleich aufwacht, freut er sich umso mehr.«

Es war rührend, wie ihre Mutter versuchte, ihr das Gefühl zu geben, alles wäre okay. Dennoch, das schlechte Gewissen, wenn sie ihren Sohn mal wieder viel zu spät von seinen Großeltern abholte, konnte sie dadurch nicht vertreiben.

Sie gingen ins Wohnzimmer, wo sich ihr Vater in seinem Fernsehsessel gerade ein Glas Bier einschenkte. Als er Sandra bemerkte, stand er auf.

»Da ist ja unsere Kommissarin!« Er sah auf die Uhr. »Halb neun. Wird auch immer später bei dir.«

Sie begrüßte ihn mit einer Umarmung. »Ja, viel zu tun und zwei Kollegen krank. Es ist wie verhext.«

»Brauchst du mir nicht zu erzählen.« Ihr Vater lachte. »Ich hab vierzig Jahre Behörde hinter mir.«

Sie entdeckte Tim auf der Couch. »Da ist ja mein Schatz!«

Auf Zehenspitzen trat sie näher und ging vor dem Sofa in die Hocke. Tim atmete tief und gleichmäßig. Wie er so zusammengekauert dalag, sah er beinahe aus wie ein Baby. Dabei wurde er nächsten Monat acht. Acht Jahre! Gott, wo war die Zeit geblieben? Sie strich zärtlich durch Tims strohblondes Haar. Er lächelte im Schlaf und rollte sich noch etwas kleiner zusammen.

»Können wir dir irgendwas anbieten?«, fragte ihre Mutter leise. »Du hast sicher wieder den ganzen Tag nichts gegessen und getrunken.«

Sandra winkte ab. »Danke, danke. Ich nehme euch sowieso schon viel zu sehr in Anspruch. Außerdem hatte ich heute Mittag ein Sandwich.«

Ihre Mutter hob eine Braue. »Na großartig! Das kann nicht so weitergehen, Sandra. Auf Dauer hältst du das nicht durch!«

»Ja, Mama. Wir fahren jetzt schnell nach Hause. Ich bringe Tim ins Bett, und danach esse ich was, versprochen. Jetzt ist ja Wochenende, da haben wir endlich mal richtig Zeit zusammen.«

»Das wird euch guttun. Dann seht zu, dass ihr loskommt. Und wenn du irgendwas brauchst, ruf einfach an.«

»Mach ich, Mama.«

Sandra fragte sich, was alleinerziehende Mütter taten, die nicht auf die Unterstützung ihrer Eltern zählen konnten. Sie wollte gerade die Hand ausstrecken, um Tim zu wecken, als das Handy in ihrer Hosentasche vibrierte. Sie zog die Hand zurück und holte das Telefon hervor. Die Einsatzzentrale. Das durfte nicht wahr sein!

»Rehbein«, meldete sie sich halb flüsternd, um Tim nicht aufzuschrecken.

»Rettkowski von der Leitstelle. Guten Abend! Die Kollegen des KDD haben etwas für Sie.«

»Was heißt das? ›Etwas für mich‹?«

»Männliche Person, mutmaßlich gewaltsamer Tod.«

Sandra schloss die Augen. So eine Scheiße! Ein Mordfall in ihrer Bereitschaftswoche bedeutete, dass das Wochenende gelaufen war. Sie würde Tim erklären müssen, dass sie auch in den nächsten Tagen kaum Zeit für ihn haben würde. Der Gedanke brach ihr das Herz. Doch es half nichts. Sie leitete die Mordkommission, da konnte sie sich nicht aussuchen, wann es Arbeit gab und wann nicht. Sie erhob sich und ging in die gegenüberliegende Zimmerecke, um etwas lauter sprechen zu können. Rasch fragte sie die Eckdaten ab und legte auf.

»Sag jetzt nicht …«

Sie wagte es kaum, ihrer Mutter in die Augen zu sehen. Ihr Blick verriet, dass sie genau wusste, was der Anruf zu bedeuten hatte.

»Ich muss los, es geht nicht anders.«

Ihre Mutter seufzte. »Meinst du, es wird lange dauern?«

Sandra zuckte mit den Schultern. »Ich hoffe nicht.«

Natürlich würde es lange dauern. Es dauerte immer lange.

»Mami?«

Sandra fuhr herum. Auch das noch.

Tim hatte sich aufgesetzt. Die Haare völlig zerzaust,

schaute er sie mit seinen müden Kinderaugen an. »Fahren wir jetzt nach Hause?«

»Hör zu, Schatz …« Mit zwei Schritten war Sandra bei ihrem Sohn. »… ich muss noch mal ganz kurz weg. Schlaf weiter, ich hole dich gleich ab, und dann fahren wir nach Hause.«

»Hm … wann kommst du wieder?« Er versuchte, tapfer zu sein, aber die Enttäuschung in seiner hellen Kinderstimme war unüberhörbar.

»So schnell es geht, mein Schatz, versprochen.« Sie drückte ihn an sich und gab ihm einen Kuss auf die Stirn.

2. Kapitel

Nervös schaute die junge Frau, die sich »Nicki« nannte, zum hundertsten Mal die Straße hinunter. Es schneite ohne Unterlass, und sie fror in ihrer kurzen Felljacke erbärmlich. Sie hielt den Oberkörper mit einem Arm umschlungen, während sie an ihrer Zigarette zog. Kurz überlegte sie, ob sie sich an der Bushaltestelle gegenüber unterstellen sollte. Aber Lorena hatte den Kiosk als Treffpunkt genannt, und Nicki hatte kein Interesse daran, sie zu verärgern. Sie presste die Kiefer zusammen, um nicht mit den Zähnen zu klappern. Als sie noch auf der Straße gearbeitet hatte, hatte sie bei Wind und Wetter draußen stehen müssen. Die Zeiten waren glücklicherweise vorbei, auch wenn es fraglich war, ob ihre aktuelle Situation wirklich eine Verbesserung war. Sie zog noch einmal an der Zigarette und schnippte die Kippe in den Rinnstein. Wenn alles glattging, konnte sie die Stadt schon bald hinter sich lassen und damit all den Dreck, der bisher ihr gesamtes Leben bestimmt hatte. Vorausgesetzt, Lorena hielt Wort und tauchte auf. Sie sah noch einmal aufs Handy. 21:57 Uhr. Noch drei Minuten bis zur vereinbarten Zeit.

»Hey, Nicki«, zischte es in ihrem Rücken.

Nicki fuhr herum. »Lorena! Müssen Sie mich so erschrecken?«

Die kleine Frau, die wie bei ihren ersten beiden Begegnungen eine braune Steppjacke und einen langen dunklen Rock trug, antwortete nicht, sondern zog sie am Arm näher an die Hauswand heran.

»Ich möchte nicht, dass uns jemand sieht«, flüsterte Lorena.

»In dem Punkt sind wir uns einig. Haben Sie das Geld?«, fragte Nicki ungeduldig und sah sich verstohlen um.

Natürlich war kein Mensch auf der Straße. Welcher Idiot ging bei dem Sauwetter schon freiwillig vor die Tür?

Lächelnd drückte Lorena ihr einen Briefumschlag in die Hand. In ihren Bewegungen lag nicht die geringste Spur von Eile. Kälte und Schnee schienen sie kein bisschen zu beeindrucken.

»Das war ausgezeichnete Arbeit. Mit so gutem Material hatte ich nicht gerechnet.«

Nicki warf einen Blick in den Umschlag. Im Dunkeln konnte sie nicht genau nachzählen, aber sie erkannte ein Bündel großer Scheine. Hastig packte sie das Geld in ihre Jackentasche und wandte sich zum Gehen.

»Warte!«, sagte Lorena scharf.

»Was denn noch?«

Lorena senkte die Stimme. »Ich möchte, dass du einen weiteren Auftrag für mich erledigst.«

»Danke, kein Interesse«, antwortete Nicki und wollte sich wieder umdrehen.

Lorena ergriff ihre Hand und hielt sie zurück. »Glaub mir, es lohnt sich für dich.«

Nicki zögerte. Irgendetwas an der seltsamen Frau machte ihr Angst. Sie kannte nicht einmal ihren richtigen Namen. Abgesehen davon, dass der Auftrag der Unbekannten höchst ungewöhnlich gewesen war. Außerdem musste sie Dortmund so schnell wie möglich verlassen. Mit jedem weiteren Tag, den sie in der Stadt verbrachte, stieg das Risiko, entdeckt zu werden. Gleichzeitig war die Aussicht auf einen zweiten Umschlag voller Geld verlockend.

»Was für einen Auftrag?«, fragte sie gedämpft.

»Das Gleiche wie beim letzten Mal.«

Der eisige Wind wehte eine Plastiktüte vorbei, die einige Sekunden über den Asphalt tänzelte, als könnte sie sich nicht für eine Richtung entscheiden, bevor sie im Rinnstein landete und liegen blieb.

»Und wenn ich's nicht mache?«, flüsterte Nicki. »Ich hab gerade fünftausend Euro verdient. Ich hab's erst mal nicht nötig.«

»Zehntausend Euro, wenn du es noch einmal tust.«

Nickis Herz begann wie wild zu schlagen. Zehntausend Euro. Leicht verdientes Geld und genug, um sich endgültig eine neue Existenz aufzubauen. Dazu konnte sie unmöglich Nein sagen. Dennoch sträubte sich alles in ihr, das Angebot anzunehmen.

»Diesmal will ich eine Anzahlung«, sagte sie trotzdem.

Lorena nickte zufrieden. »Einverstanden. Zweitausend jetzt, dreitausend bei Übergabe des Films. Den Rest, wenn ich das Material gesehen habe. Sind wir im Geschäft?«

Mit zitternder Hand schlug Nicki ein. »Um wen geht es?«

3. Kapitel

Angestrengt starrte Sandra Rehbein durch die Windschutzscheibe, während die Scheibenwischer gegen den immer stärker werdenden Schneefall ankämpften. Der Winter war dieses Jahr ungewöhnlich kalt. Seit sie vor zehn Jahren nach Essen gezogen war, hatte sie nur ein einziges Mal richtigen Schnee erlebt. Normalerweise gab es hin und wieder etwas Schneeregen, viel zu schnell fallende Flocken, die sich am Boden sofort in schwarzgrauen Matsch verwandelten. Dennoch genügte es, um den Verkehr jedes Jahr pünktlich zum Wintereinbruch vollständig zum Erliegen zu bringen. Doch jetzt schneite es bereits seit einigen Tagen beinahe durchgehend. Bäume und Dächer waren weiß bedeckt, und die wenigen Streufahrzeuge schafften es gerade einmal, die wichtigsten Straßen frei zu halten. Zum Glück waren nicht mehr viele Autos unterwegs, sodass sie trotz der Wetterlage gut vorankam.

»In fünfzig Metern links abbiegen«, wies die emotionslose Frauenstimme des Navigationssystems sie an.

Überflüssig, denn der Beamte mit der gelben Warnweste, der die Einfahrt zum Parkplatz bewachte, verriet, dass sie richtig war. Als sich Sandra näherte, beugte er sich hinunter und leuchtete mit der Taschenlampe ins Wageninnere. Er trug gefütterte Handschuhe und hatte die Kapuze seiner Winterjacke tief heruntergezogen, sodass das Gesicht kaum zu erkennen war. Sandra hob ihren Dienstausweis, und der Mann nickte. Im Schritttempo fuhr sie weiter.

Sandra war immer wieder erstaunt, was für gottverlassene Orte es in dieser Stadt gab. Orte, an denen unbemerkt Dinge geschahen, die die meisten Menschen nicht einmal ahnten. Es lag in der Natur ihres Berufs, sich an genau diesen Orten aufzuhalten.

Der Parkplatz direkt neben der A40 an der Grenze zu Bochum wurde von hohen Sträuchern und Büschen umschlossen. Tagsüber mochten hier die Angestellten aus dem angrenzenden Industriegebiet parken. Jetzt, Freitagabend um halb zehn, war er wie leer gefegt. Nur eine Handvoll schneebedeckte Autos standen herum. Außerhalb der Lichtkegel der hohen Scheinwerfermasten herrschte völlige Dunkelheit. Auf der gegenüberliegenden Seite jedoch konnte sie einige helle Lichter ausmachen.

Die Markierungen der Parkflächen und Fahrtwege waren nicht zu erkennen. Sandra folgte den frischen Reifenspuren im Schnee und lenkte den schwarzen BMW bis ans andere Ende des Parkplatzes. Beim Näherkommen begriff sie, dass es sich bei den Lichtern um die Scheinwerfer von Wagen handelte, die dort mit laufendem Motor standen. Irgendwo in der Tiefe des Gebüschs, das den Parkplatz umgab, schien ein noch helleres Licht. Flutlicht. Das musste der Fundort sein.

Sie parkte den Dienstwagen neben einer Streife und stieg aus. Schneidende Kälte schlug ihr entgegen, und sie ärgerte sich, dass sie keine Handschuhe mitgenommen hatte.

»Ah, schau an! Bambi ist auch schon da.«

Sandra verdrehte die Augen. Ronny Schäfer war vor einem Jahr als stellvertretender Leiter zur Mordkommission gestoßen und war ihr schon nach drei Tagen auf die Nerven gegangen. Obwohl der Sprung nach Essen nach einer steilen Karriere bei der Dortmunder Kripo eine Beförderung für ihn gewesen war, ließ er seitdem keinen Zweifel daran, dass er sich zu Höherem berufen fühlte, als die zweite Geige zu spielen – noch dazu unter einer Frau. Dass er ihr aufgrund ihres Nachnamens den Spitznamen »Bambi« verpasst hatte, gehörte nicht zu den größten Respektlosigkeiten, die er sich leistete.

»Was gibt's?«, fragte sie knapp und zog den Reißverschluss ihres Hoodies unter der Lederjacke bis ans Kinn zu.

»Schlechte Laune?«, flachste Ronny. »Hast du etwa schon geschlafen?«

»Jedenfalls hatte ich was Besseres vor, als den Freitagabend hier draußen zu verbringen.«

»Geht mir ähnlich. Meine Abendunterhaltung liegt jetzt allein in meinem Bett und wartet, bis ich zurückkehre.«

Sie schenkte ihm einen durchdringenden Blick. »Könntest du zur Sache kommen?«

Einen Moment lang schien er über eine erneute unpassende Bemerkung nachzudenken, besann sich jedoch eines Besseren.

»Na gut. Männlicher Toter, um die vierzig. Eindeutig gewaltsamer Tod, ziemlich blutige Angelegenheit. Nach den Ausweispapieren, die er bei sich trägt, handelt es sich um einen gewissen Dirk Lettorf. Die Leiche liegt da hinten im Gebüsch.«

Sandra nickte und machte sich auf den Weg zum Fundort. Der Schnee auf dem gefrorenen Erdboden knirschte bei jedem Schritt. Schon aus einigen Metern Entfernung sah sie den blutüberströmten Körper eines Mannes auf dem dunklen Untergrund liegen. Zwei große Bäume hatten den Toten weitgehend vor dem Schnee geschützt. Der Scheinwerfer, den die Kollegen aufgestellt hatten, ließ den Leichnam in einem makabren Spotlight erstrahlen. Unaufhörlich klickte die Kamera des Tatortfotografen. Sie trat näher und begutachtete die Leiche genauer. Der braunhaarige Mann trug eine dunkelblaue Jacke mit Fellkragen, deren Reißverschluss geöffnet war. Die Kleidung darunter war vollkommen zerrissen und blutgetränkt. Sie erkannte das schmutzige Weiß frei liegender Rippen in der riesigen Wunde. Was war hier geschehen?

Sandra ließ die Augen über die Umgebung wandern und erblickte Saskia Dudek von der Spurensicherung, die ein paar Schritte weiter auf dem Boden kniete. Als sie Sandra bemerkte, winkte sie sie zu sich heran.

»Hi, Sandra!«

»Hatte gehofft, dass wir uns nicht so schnell wiedersehen.«

»Wie?«, entgegnete Saskia mit gespielter Empörung. »Siehst du mich etwa nicht gerne?«

»Lieber jedenfalls als meinen Kotzbrocken von Kollegen.«

»Hör bloß auf. Guck dir lieber das an.« Saskia ging wieder in die Hocke. »Die Blutspur führt vom Parkplatz bis ins Gebüsch.«

»Glaubst du, der Mann hat sich noch hierhergeschleppt?«

Saskia schüttelte den Kopf. »Ich denke eher, dass er ins Gebüsch gezogen wurde, als er bereits tot gewesen ist. Die Schleifspuren auf dem Erdboden und im Schnee sprechen dafür. Da drüben in der Nähe des Scheinwerfers haben wir das meiste Blut gefunden. Vermutlich ist es dort geschehen.«

»Verstehe«, murmelte Sandra.

Das ergab Sinn. Der Täter hatte sein Opfer auf dem Parkplatz ermordet und die Leiche danach im Gebüsch versteckt. Wenn die Tat nachts geschehen war, war es möglich, dass er dabei unbeobachtet geblieben war. Gemessen an dem Blutbad musste der Mörder ebenfalls ziemlich übel ausgesehen haben. Wenn er auf seiner Flucht jemandem begegnet war, standen die Chancen gut, dass man sich an den blutüberströmten Mann erinnerte.

»Frau Kriminalhauptkommissarin, schönen guten Abend!«

Auch ohne sich umzudrehen, erkannte Sandra den freundlichen griechischen Akzent von Dr. Feliakis sofort. Sie begrüßte den sympathischen Rechtsmediziner mit Handschlag. Er trug eine blaue Wollmütze und Handschuhe. Sandra wünschte sich, sie hätte sich auch etwas Wärmeres angezogen.

»Guten Abend, Doktor! Wissen Sie, was passiert ist?«

Dr. Feliakis zuckte mit den Schultern. »Um ehrlich zu sein, nicht ganz. Doch irgendjemand scheint verdammt wütend auf den armen Kerl gewesen zu sein.« Der kleine, untersetzte Mann schaute betrübt drein.

»Wie meinen Sie das?«

»Das Opfer hat massive thorakale Verletzungen. Der gesamte Brustkorb ist förmlich zerfleischt, als hätte ihn jemand mit einem Messer oder einer Axt attackiert. Natürlich können auch schon Tiere an der Leiche gewesen sein. Bis zum Beweis des Gegenteils tippe ich aber auf die genannten Verletzungen als Todesursache. Für alles Weitere müssen wir die Obduktion abwarten.«

»Glauben Sie, dass die Leiche schon länger hier liegt?«, fragte Sandra.

Der Doktor wiegte den Kopf hin und her. »Ich würde sagen, nicht allzu lange. Vielleicht einen, maximal zwei Tage. Bei der Kälte laufen die Zersetzungsprozesse deutlich langsamer ab.«

Mittwoch oder Donnerstag. Im Geiste entwarf Sandra bereits den Fahndungstext.

»Na? Ganz schöne Sauerei, was?« Ronny, der ihr gefolgt war, deutete auf den Toten. »Genau das Richtige für einen Freitagabend.«

»Wer hat den Toten gefunden?«, erkundigte sich Sandra.

»Ein Angestellter, der seinen Wagen geparkt hat. Er wollte vor der Heimfahrt noch im Gebüsch pinkeln gehen und ist auf die Leiche gestoßen.«

»Wo ist er, Ronny?«

»Auf dem Weg zum Polizeipräsidium.«

Sandra nickte und sah auf die Uhr. Schon nach zehn. Sie musste schnellstens zu ihren Eltern und Tim abholen. Vor Ort konnte sie sowieso nicht mehr viel ausrichten.

»In Ordnung. Findet heraus, wer dieser Lettorf ist, seit wann er verschwunden ist und was er auf diesem Parkplatz zu suchen hatte. Außerdem will ich wissen, ob jemand in den letzten Tagen auf dem Parkplatz oder in der Umgebung etwas Auffälliges beobachtet hat. Ich glaube, mein Job ist für heute erledigt. Wir sehen uns morgen früh im Präsidium.«

Bei den letzten Worten krampfte sich ihr Magen zusammen. Ja, sie konnte die Drecksarbeit delegieren. Sie musste nicht die ganze Nacht in der Kälte am Fundort der Leiche verbringen und der Spurensicherung zusehen. Sie musste nicht zur Familie von Dirk Lettorf fahren und die schreckliche Nachricht überbringen. Das Wochenende würde sie trotzdem mit der Suche nach dem Täter verbringen. Ihr gemeinsames Wochenende mit Tim.

»Willst du etwa schon gehen?«, fragte Ronny irritiert.

»Den Rest kriegst du auch allein hin.« Sie klopfte ihm auf die Schulter. »Bist ja schließlich schon groß.«

4. Kapitel

Natürlich hatte Tim längst wieder tief und fest geschlafen, als Sandra ihn kurz vor elf Uhr bei ihren Eltern abgeholt hatte. Nun lag er in seinem Bett und atmete so langsam und ruhig, als könnte nichts auf der Welt seinen Schlaf stören.

Sandra konnte nicht ausdrücken, wie stolz sie auf den kleinen Mann war. In den fast acht Jahren seines Lebens hatte er schon so viel verkraften müssen. Die Scheidung. Unzählige Enttäuschungen, wenn seine Mutter ihn wieder einmal zu Oma und Opa brachte, anstatt Zeit mit ihm zu verbringen, weil sie arbeiten musste. Sandra wusste, dass ihm die Trennung von seinem Vater und ihre ständige Abwesenheit zu schaffen machten, obwohl er es nicht zeigte. Nachdem Sandra Erik aus der gemeinsamen Wohnung geworfen hatte, hatte Tim über ein Jahr lang unter Schlafstörungen gelitten, die nur langsam und nach mehreren Stunden beim Kinder- und Jugendpsychologen nachgelassen hatten. Noch heute kam es vor, dass er nachts wach wurde und nach seinem Papa rief. Gerade für Scheidungskinder war es wichtig, ein stabiles und verlässliches Umfeld zu haben. Und genau das war es, woran Sandra ständig scheiterte. Sie lächelte, als sich Tim im Schlaf die Augen rieb. Das hatte er schon als Baby getan.

Sie strich ihm zärtlich über die Wange und ging ins Bad. Während sie sich auszog und die Zähne putzte, kreisten ihre Gedanken unaufhörlich um den toten Dirk Lettorf. Ihr Körper verlangte dringend nach Schlaf, dennoch war sie voller Adrenalin und hellwach. Daran hatte sich seit ihrem ersten Leichenfund nichts geändert. Sie brannte darauf, die Obduktionsergebnisse, den Bericht der Spurensicherung und die ersten Zeugenaussagen vor sich zu haben. Vermutlich würde sie den Rest der Nacht wach sein.

Sandra legte ihr Privathandy auf den Nachttisch. Auf dem Startbildschirm blinkte eine Benachrichtigung. Sie erkannte das Logo von *LoveMatch*, einer Dating-App, bei der sie sich im letzten Sommer angemeldet hatte. Sie hatte das Gefühl gehabt, dass es fünf Jahre nach der Trennung an der Zeit wäre, einen neuen Mann in ihr Leben zu lassen – oder zumindest ein wenig Spaß zu haben. Bis heute war nicht ein einziges Date dabei herausgekommen.

Du hast 3 neue Datingvorschläge. Sieh jetzt nach!

Kraftlos drückte sie die Meldung weg und schaltete das Telefon aus. Für Dates hatte sie jetzt wahrhaftig keine Zeit. Jetzt nicht und die nächsten hundert Jahre vermutlich auch nicht.

Am nächsten Morgen weckte sie Tim früh, damit sie wenigstens zusammen frühstücken konnten, ehe sie ihn wieder zu ihren Eltern brachte. Zum Glück fühlte er sich bei Oma und Opa pudelwohl. Er liebte es, mit Sandras Vater im Hobbykeller herumzuwerkeln oder im Garten zu arbeiten. Manchmal konnte sie ihn kaum loseisen, wenn sie ihn abends abholen wollte.

Nachdem sie Tim abgegeben hatte, fuhr sie auf direktem Weg zum Präsidium. Auf dem Weg zu den Räumen der Mordkommission grüßte sie ihren Kollegen Alex Michelsen. Alex ermittelte noch in einem Totschlagsdelikt aus seiner letzten Bereitschaftswoche. Auch er sah fertig aus, obwohl der massige Kriminalhauptkommissar sonst den Eindruck erweckte, dass ihn nichts erschüttern könnte. Doch die Arbeit bei der Kripo ging an niemandem spurlos vorbei. Vielleicht ließ sich dieser Fall ja schnell aufklären. Wenn sie Glück hatte, waren die Kollegen in der Nacht schon weitergekommen und hatten einen Verdächtigen oder wenigstens einen eindeutigen Hinweis.

Sie hatte kein Glück.

Als sie das Großraumbüro der Mordkommission betrat, fand sie Ronny mit Werner Dietharz vor einen Computerbildschirm gedrängt. Sie hoben nicht einmal den Blick, als sie die beiden grüßte. Stirnrunzelnd schaute sie über die Köpfe der Männer hinweg auf den Monitor.

»Darf ich fragen, was das soll?«

Das Video, das über den Bildschirm flimmerte, zeigte ein Paar beim Geschlechtsakt.

»Sandra, hi! Ich habe dich gar nicht kommen hören«, sagte Werner eilig und erhob sich, während Ronny unbeirrt auf die Aufnahmen starrte.

»Weil ihr zu sehr damit beschäftigt wart, Pornos zu schauen?«

»Quatsch!«, antwortete Werner und pausierte das Video.

Jetzt wandte auch Ronny den Kopf. »Morgen, Bambi!«

»Sieht aber ganz so aus.« Sandra deutete auf den Monitor. »Was, zum Henker, guckt ihr euch da an?«

»Die vermutlich letzten Bilder, die unser Mordopfer lebend zeigen«, antwortete Ronny. Der Triumph in seiner Stimme war nicht zu überhören.

Sandra machte ein verständnisloses Gesicht. »Ihr wart bei ihm zu Hause und habt seine private Videosammlung mitgenommen?«

»Klar, gönn uns doch unseren Spaß.«

Sandra funkelte Ronny an. Konnte er nicht einmal eine vernünftige Antwort geben?

»Natürlich nicht«, schaltete sich Werner ein.

Obwohl Werner deutlich mehr Berufserfahrung hatte als Sandra, stellte er niemals ihre Autorität infrage. Nicht nur deswegen war der erfahrene Ermittler Gold wert für ihr Team. Das väterliche Erscheinungsbild des großen grauhaarigen Mannes täuschte gelegentlich über seine enorme Auffassungs- und Kombinationsgabe hinweg. Darüber hinaus diente er nicht selten als Vermittler und Pufferzone zwischen Sandra und Ronny.

»Was hat es dann mit dem Video auf sich?«, fragte sie.

»Lettorfs Frau – also seine Witwe – hat es gestern in ihrem Briefkasten gefunden«, antwortete Werner.

Sandra brauchte einen Moment, um ihre Gedanken zu ordnen. »Also ist das nicht seine Frau auf dem Film?«

»Nee, die ist nicht ganz so scharf wie die Kleine.« Ronny lachte anzüglich.

»Wer ist es dann?«

»Das wissen wir nicht«, erwiderte Werner. »In dem Umschlag war nur ein USB-Stick mit dem Vermerk ›Schau dir das an‹.«

Sandra begann auf und ab zu gehen. »Jemand schickt Lettorfs Frau eine Aufzeichnung von ihrem Mann, wie er es mit einer anderen treibt. Am selben Tag wird er tot aufgefunden«, resümierte sie.

Werner nickte.

»Hat seine Frau für die Tatzeit ein Alibi?«

»Wird gerade überprüft«, sagte Werner. »Wahrscheinlich nicht, sie war wohl allein zu Hause.«

Sandra fuhr sich übers Gesicht. Eifersucht konnte aus gewöhnlichen Menschen Mörder machen, das hatte sie oft genug erlebt. Es war nicht auszuschließen, dass die Wut über den Seitensprung ihres Mannes Lettorfs Frau zum Äußersten getrieben hatte. Das erklärte allerdings nicht, wer ihr das Video zugespielt hatte. Und wer die Frau war, mit der Dirk Lettorf seine Ehefrau betrogen hatte.

Sie wandte sich wieder dem Standbild auf dem Monitor zu. Dort lag ein etwas übergewichtiger Mann auf einem Bett. Rittlings auf ihm saß eine schlanke junge Frau. Sie war blond, ein großflächiges Tribaltattoo erstreckte sich auf ihrer linken Körperseite vom Hals über Brust und Hüfte bis zum Oberschenkel. Sandra startete die Wiedergabe erneut. Die Aufnahme wirkte wie ein Handyvideo. Gerade beugte sich die Frau zu Lettorf hinunter, während sie ihr Becken rhythmisch vor- und zurückbewegte. Lettorfs Hände ruhten auf ihren Pobacken, sein Gesicht wurde halb durch ein Kissen verdeckt. Einmal erschien es Sandra, als schielte die Frau verstohlen Richtung Kamera. Wussten die beiden, dass sie gefilmt wurden?

»Und ihr seid euch sicher, dass der Mann auf dem Video Dirk Lettorf ist?«

Werner nickte. »Seine Frau hat ihn eindeutig identifiziert, Sandra. Am Anfang erkennt man ihn ganz gut.«

»Ich will sofort mit ihr reden! Und ich muss wissen, wer die Frau auf dem Video ist.«

»Ja, das würde mich auch interessieren«, schaltete sich Ronny wieder ein. »Das Mädel ist ziemlich scharf. Ein echtes Rodeotalent.«

»Frau Lettorf wird uns heute zur Verfügung stehen«, bemühte sich Werner, die unangenehme Pause zu überbrücken. »Sie muss ihre Kinder bei Verwandten unterbringen und einige Dinge regeln, jetzt da ihr Mann von heute auf morgen tot ist. Sie erwartet uns heute Abend um acht. Vorher habt ihr noch einen Termin in der Rechtsmedizin. Ich habe euch bei Dr. Feliakis für sechs Uhr angekündigt. Er sagt, eher sei mit einem Obduktionsergebnis nicht zu rechnen.«

Sandra nickte. »In Ordnung. Dann sehen wir uns später. Bis dahin fahre ich noch mal nach Hause. Ich muss nämlich auch noch ein paar Dinge regeln.«

5. Kapitel

Nachdem Sandra vom Polizeipräsidium zurückgekehrt war, aßen sie bei ihren Eltern zu Mittag, dann fuhr sie mit Tim erst zu Edeka und anschließend zu dm. Sie konnte sich schönere Beschäftigungen für die wenigen Stunden mit ihrem Sohn vorstellen, sie war jedoch die ganze Woche über nicht zum Einkaufen gekommen. Natürlich wäre es einfacher gewesen, Erik zu fragen, ob Tim das Wochenende bei ihm verbringen könnte. Nur manchmal hatte sie das Gefühl, dass ihnen gerade diese Alltagserlebnisse fehlten. Zeit miteinander zu verbringen, Dinge gemeinsam zu erledigen. War es das, was andere Leute »Privatleben« nannten?

Tim erzählte von seiner Woche in der Schule. Stolz berichtete er, wie er in der Mathestunde am Freitag als Einziger die letzte Textaufgabe hatte lösen können. Sosehr sich Sandra allerdings bemühte, ihm aufmerksam zuzuhören, ihre Gedanken wanderten immer wieder zu dem toten Dirk Lettorf und der blonden Frau mit dem auffälligen Tattoo.

»Wie lange musst du heute Abend arbeiten, Mama?«, fragte Tim, als sie mit ihren Einkaufstüten die Stufen zu ihrer Wohnung hinaufstiegen.

»Ich weiß es nicht, ich hoffe, nicht so lange.«

»Glaubst du, du fängst den Mörder heute?«

»Vielleicht haben meine Kollegen ihn ja längst.«

»Dann hättest du ja doch frei!«

»Stimmt. Aber ich glaube, dann hätten sie mich schon angerufen, Tim.«

»Wer ist denn umgebracht worden?«

Er stellte die Frage bereits zum dritten Mal. Natürlich. Was konnte es für einen Siebenjährigen Spannenderes geben als eine Mama, die bei der Kriminalpolizei arbeitete? Andere Mütter waren zu Hause oder gingen ins Büro. Sandra jagte Mörder. Kein Wunder, dass Tim alles über ihren Beruf erfahren wollte.

»Das kann ich dir nicht verraten«, flüsterte sie in verschwörerischem Ton. »Polizeigeheimnis.«

Tim verdrehte die Augen. »Papa redet immer mit mir übers Gericht. Nur du erzählst nie was von deinem Job.«

Sandra schoss das Blut in den Kopf. »Ja, und das bleibt auch so«, erwiderte sie bestimmt und schloss die Wohnungstür auf.

Auch wenn Erik und sie sich bemühten, Tim nicht unter ihrem angespannten Verhältnis leiden zu lassen, traf eine Erwähnung ihres Ex-Manns nach wie vor einen wunden Punkt.

Der Nachmittag verging viel zu schnell, um halb sechs gab Sandra Tim wieder bei seinen Großeltern ab.

Als sie den Toyota auf dem Parkplatz vor dem Uniklinikum abstellte, brummte ihr Handy.

Du hast 5 neue Datingvorschläge. Sieh jetzt nach!, meldete *LoveMatch*.

Sandra seufzte. Sie fand nicht einmal die Zeit, sich bei dieser blödsinnigen App abzumelden. Als sie vor einem halben Jahr das Profil erstellt hatte, war es ihr wie eine Chance erschienen, nach der Scheidung von Erik vielleicht doch noch einmal jemanden kennenzulernen. Im realen Leben machten die Arbeit und ihre Verpflichtungen als Mutter das beinahe unmöglich. Es bestand ja immerhin die Möglichkeit, dass es da draußen noch Männer mit ehrlichen Absichten gab, die keine Angst vor einer Frau Ende dreißig mit einem siebenjährigen Sohn hatten. Leider waren die männlichen Benutzer der App fast ausnahmslos Soziopathen, die bloß auf schnellen Sex aus waren.

Da sie ohnehin ein paar Minuten zu früh war, entsperrte Sandra das Handy und wischte sich durch die Matches. Ein Erich aus Wuppertal, grauhaarig und um die fünfzig. Ein Farid, zwanzig Jahre alt, der mit nacktem Oberkörper vor dem Badezimmerspiegel posierte. Gab es wirklich Frauen, die auf so etwas ansprangen? Sie wischte weiter. Mark, achtunddreißig Jahre. Der Kerl sah gar nicht schlecht aus. Das Foto zeigte einen braunhaarigen Mann am Strand, der in die Kamera lächelte. Auf einem weiteren Bild hielt er mit beiden Händen einen großen Kaffeebecher. Das dritte Foto hatte Mark beim Skifahren festgehalten. Ein gut aussehender, sportlicher Typ in ihrem Alter. Vielleicht war das einen Versuch wert. Ohne weiter nachzudenken, tippte Sandra auf *Nachricht schreiben*.

Hi, na das ist ja mal ein hübsches Match! Wie geht's? Nettes Lächeln.

Etwas Originelleres fiel ihr nicht ein. Vermutlich bekam Mark Hunderte solcher Nachrichten am Tag und antwortete ohnehin nicht. Sandra drängte den Gedanken beiseite. Mark von *LoveMatch* spielte jetzt keine Rolle.

6. Kapitel

Nicki legte den Kopf in den Nacken und genoss das heiße Wasser, das auf ihr Gesicht prasselte. Das Rauschen der Dusche half ihr, die Probleme, die sie verfolgten, für einen Moment auszublenden und sich auf das zu konzentrieren, was vor ihr lag. Als wüsche das dampfende Nass all den Ballast ab, der sie zu Boden drückte und zu ersticken drohte. Am liebsten wäre sie ewig so stehen geblieben. Aber sie hatte einen Termin. Seufzend drehte sie das Wasser ab, trat aus der Dusche und wickelte sich in ein Handtuch.

Während sie sich abtrocknete und die Haare föhnte, ging sie die wenigen Informationen, die Lorena ihr gegeben hatte, im Geiste noch einmal durch. Der Auftrag schien einfach, und Nicki zweifelte nicht daran, dass sie das geforderte Bildmaterial in kurzer Zeit besorgen konnte. Dafür war sie lange genug im Geschäft. Trotzdem fragte sie sich, was ihre geheimnisvolle Auftraggeberin mit den Aufnahmen anstellen mochte. Aus irgendeinem Grund waren ihr die Videos von Nicki und den Männern, die sie auswählte, viel Geld wert. Nicki war sich nicht sicher, ob sie den Grund wissen wollte. Immerhin war Nicki auf den Filmen zu erkennen. Wenn die falschen Leute das Material zu sehen bekamen, waren die Konsequenzen schwer abzusehen. Doch sie war aktuell nicht in der Position, Fragen zu stellen. Sie brauchte das Geld. Und wenn sie erst über alle Berge war, konnte ihr egal sein, was mit den Videos passierte.

Sie verließ das Bad und öffnete den Kleiderschrank.

Prüfend betrachtete sie ihre Garderobe. Wenn sie glaubhaft wirken wollte, musste sie seriös rüberkommen und dennoch sexy genug, um das Interesse ihrer Zielperson zu wecken. Der dünne schwarze Rollkragenpullover brachte ihre Figur zur Geltung, ohne aufreizend zu wirken. Sie nahm eine dunkle Stoffhose heraus. Zu bieder. Nach kurzem Überlegen entschied sie sich für ihre Lieblingsjeans. Darin hatte sie ihre Wirkung bisher nie verfehlt. Nicki erschauderte. Die Vorstellung, einen Menschen mutwillig hinters Licht zu führen, missfiel ihr.

Sie schob ihre Skrupel beiseite und zog sich an. Wenn sie das Geld verdienen wollte, konnte sie sich keine Sentimentalitäten oder gar Gewissensbisse leisten. Wenn Abdul und sein Araberclan erst einmal Wind von ihren Fluchtplänen kriegten, würde Dortmund ein gefährliches Pflaster für sie werden. Sie musste die Stadt so schnell wie möglich verlassen. Und das Geld von Lorena konnte sie dabei gut brauchen. Außerdem, hatte jemals jemand auf sie und ihre Gefühle Rücksicht genommen? Keiner der Männer, mit denen sie Tag für Tag zu tun hatte, interessierte sich dafür, wie es ihr ging. Von Abdul und seinen Leuten ganz zu schweigen. Sie warf einen Blick auf das Foto von Jayden neben ihrem Bett. Wenigstens er war in Sicherheit. Er hatte mit dem Milieu, in das er hineingeboren worden war, nichts zu tun. Der Gedanke gab ihr Kraft.

Aber erst musste sie ihren Auftrag erfüllen. Ein letztes Mal prüfte sie ihr Outfit im Spiegel, warf sich ihre gelbe Felljacke über und machte sich auf den Weg.

7. Kapitel

Um Punkt sechs Uhr empfing Dr. Feliakis Sandra und Ronny im Sektionssaal des Instituts für Rechtsmedizin. Die eigentümliche Atmosphäre des weiß gefliesten Raums faszinierte Sandra bei jedem Besuch. Im kalten Licht der Deckenfluter bewegten sich die Menschen anders, der Widerhall der Stimmen von den nackten Wänden ließ sogar Ronny Schäfer in gedämpftem Ton sprechen. Es war, als träte in der unmittelbaren Gegenwart der Vergänglichkeit der wahre Kern der Dinge zutage. Als wäre der Schleier der Eitelkeiten und Banalitäten für einen Moment gelüftet worden.

Es hatte etwas Feierliches, wenn der Arzt an den leblosen Körpern seine Obduktionsergebnisse präsentierte. Es war eine letzte Zeremonie, die Menschen, die eines unnatürlichen Todes gestorben waren, etwas von ihrer Würde zurückgab. Als Schülerin hatte Sandra Medizin studieren wollen, doch ihr Abiturnotendurchschnitt hatte nicht dafür gereicht. Die Aussicht, jahrelang auf einen Studienplatz zu warten, hatte sie abgeschreckt, und nach einigem Überlegen hatte sie sich für die Polizeilaufbahn entschieden. Mittlerweile konnte sie sich keinen anderen Beruf mehr vorstellen, aber der Geruch der Desinfektionsmittel und der sterile Glanz der medizinischen Instrumente zogen sie immer noch in ihren Bann.

Auf dem Metalltisch in der Mitte des Raums lag die Leiche von Dirk Lettorf. Der Körper des fülligen Mannes war ab der Hüfte abwärts mit einem grünen Tuch bedeckt. Der friedliche Ausdruck auf dem Gesicht des Toten stand in krassem Gegensatz zu der grässlichen Wunde, die in seiner Brust klaffte und an deren Rändern abgebrochene Rippen aus dem zerfetzten Fleisch ragten. Auch aus zwei Metern Entfernung war der Gestank von Blut und beginnender Verwesung penetrant.

»Wie ich schon am Tatort sagte, hat sich der Täter viel Mühe gegeben, den armen Mann ganz sicher umzubringen«, verkündete Feliakis in seinem unverkennbaren melodischen Akzent. Er sprach mit der überschwänglichen Begeisterung eines Mannes, der von seiner großen Leidenschaft berichtet, und gestikulierte dabei wild mit den Händen.

Sandra lächelte. Dem unerschütterlich positiven Gemüt des Rechtsmediziners hatten auch über dreißig Berufsjahre voller Tod und Gewalt nichts anhaben können.

»Was ich am Tatort noch nicht erkennen konnte«, fuhr der Arzt fort, »der Mörder hat nicht blind auf sein Opfer eingestochen. Die Tat hatte durchaus Methode.« Er legte eine Pause ein und forderte sie mit einer Geste auf, näher an den Tisch heranzutreten. »Sehen Sie das?«, raunte er Sandra zu.

»Ich sehe nur Blut und Knochen. Schaut ziemlich übel aus.«

»Das kann man so ausdrücken«, erwiderte Feliakis. »Aber viel wichtiger ist das, was Sie nicht sehen.«

»Was ich nicht sehe?«, fragte Sandra verständnislos.

Feliakis nickte. »Die Leiche hat kein Herz.«

Sandra schluckte. »Sie meinen, der Täter hat dem Opfer das Herz herausgeschnitten?«

»Geschnitten, gerissen …« Feliakis wiegte den Kopf hin und her. Dabei tanzte das Licht der Deckenlampe auf seiner Glatze. »Das ist schwer einzuschätzen. Das Verletzungsmuster ist wüst. Wissen Sie, es ist nicht leicht, mit einem Messer in den Thorax einzudringen und das Herz zu entfernen. Das geht bloß mit viel Gewalt. Dementsprechend haben wir es nicht mit einer chirurgischen Organentnahme zu tun. Aber Fakt ist, das Herz ist weg.«

»Sonstige Verletzungen?«, fragte Ronny.

Feliakis schüttelte den Kopf. »Nichts Relevantes. Eine kleine Platzwunde am Hinterkopf, vermutlich vom Sturz auf den Boden. Ich vermute, dass der Täter den Angriff direkt auf die Brust des Opfers geführt hat. Als der Mann zusammengebrochen ist, hat er so lange auf ihn eingestochen, bis er das Herz erreicht hat.«

»Können Sie etwas zur Tatwaffe sagen?«, erkundigte sich Sandra.

»Sehen Sie sich das an«, antwortete der Doktor und deutete auf den Oberkörper des Toten. »Neben der großen Verletzung finden sich einige Einstiche. Sie stammen von einem Messer mit einer etwa drei Zentimeter breiten Klinge und Sägeschliff auf der Rückseite. Wir sehen solche Verletzungen bei Kampfmessern, wie man sie in Waffenshops kaufen kann. Anscheinend sind einige Stiche ein wenig danebengegangen.«

»Aber nur rechts«, murmelte Sandra.

»Sehr gut beobachtet«, gab Feliakis mit einem schelmischen Grinsen zurück. »Sie nehmen mir die Pointe vorweg. Soweit das noch erkennbar ist, wurden alle Hiebe oder Stiche von der rechten Seite des Opfers aus geführt. Das bedeutet …«

»… dass unser Täter Linkshänder ist«, vollendete Sandra den Satz.

Aus dem Augenwinkel sah sie Ronny anerkennend nicken. Vielleicht leuchtete ihm ja doch noch ein, dass er einiges von ihr lernen konnte.

8. Kapitel

Stefan Setzner sah auf die Uhr. Zwölf Minuten nach sechs. Es war bereits stockdunkel, der Mond war hinter der dichten Wolkendecke nur zu erahnen. Die Leuchtschrift des Wettbüros schräg gegenüber flackerte unstet. Stefan seufzte. Wieso konnten die Leute nicht pünktlich zu ihren Terminen erscheinen? Wenn diese Wielage ernsthaftes Interesse an der Wohnung hatte, war das wohl nicht zu viel verlangt. Er hatte gelernt, dass Pünktlichkeit ein Ausdruck von Respekt vor dem Gegenüber war, aber anscheinend nahmen es die Menschen damit heutzutage nicht mehr so genau. Er beschloss, nach Hause zu fahren, wenn die Frau nicht in den nächsten fünf Minuten auftauchte. Der Tag war lang gewesen, und er konnte sich Schöneres vorstellen, als samstagabends in der Kälte herumzustehen. Zu allem Überfluss setzte nun auch noch Schneeregen ein, und er hatte den Schirm im Auto gelassen. Fröstelnd schlug er den Kragen seines Mantels hoch.

»Entschuldigen Sie, sind Sie Herr Setzner?«

Stefan drehte sich langsam um. Eine zierliche blonde Frau streckte ihm unsicher lächelnd die Hand entgegen. »Tina Wielage, angenehm. Es tut mir leid, dass ich zu spät bin. Mein Auto ist liegen geblieben. Ist bestimmt die Kälte schuld.«

»Frau Wielage, freut mich, Sie kennenzulernen. Das macht überhaupt nichts. Schön, dass Sie es noch geschafft haben«, gab er mit professioneller Freundlichkeit zurück. »Ich hoffe, es ist nichts Schlimmes mit Ihrem Wagen.«

»Ja, das hoffe ich auch. Wissen Sie, ich habe ja überhaupt keine Ahnung von so was«, erwiderte sie.

Während er ihre Hand schüttelte, musterte Stefan die Frau. Sie war kaum kleiner als er, sehr schlank und trug eine eng anliegende Jeans mit Löchern zu einer gelben Felljacke. Schulterlange blonde Korkenzieherlocken umrahmten ihr mädchenhaftes Gesicht, aus dem große haselnussbraune Rehaugen leuchteten. Die wenigsten seiner Kunden waren so attraktiv. Stefan schätzte sie auf Ende zwanzig. Und diese Frau interessierte sich für eine Hundertzwanzig-Quadratmeter-Eigentumswohnung?

Er lenkte seine Gedanken wieder aufs Wesentliche. Tina Wielage war gekommen, um sich das Apartment anzusehen, also würde er es ihr zeigen. Alles andere war im Moment unwichtig.

»Wollen wir reingehen?«

»Sehr gerne, hier draußen ist es doch ziemlich ungemütlich«, erwiderte sie lachend.

Ihre fröhliche Art ließ Stefan den Ärger über ihre Verspätung vergessen.

Während er sie in die erste Etage führte, berichtete er von der erst vier Jahre zurückliegenden Sanierung des 1903 erbauten Hauses. Dass das Dach damals nicht erneuert worden war, ließ er unter den Tisch fallen. Gewiefte Interessenten fragten in der Regel ohnehin danach. Aber Stefan zweifelte daran, dass sich Tina Wielage mit Immobilien auskannte. An der Wohnungstür ließ er ihr den Vortritt.

»Wow, das sieht toll aus«, rief sie, als sie den großzügigen Flur betrat. »Ist das Parkett?«

Stefan nickte. »Die gesamte Wohnung ist mit Schiffsbodenparkett aus Eichenholz ausgestattet. Einen robusteren Boden finden Sie nicht. Und es schaut natürlich sehr edel aus.« Während sie die Räume durchliefen, begann er, die Vorzüge der Wohnung anzupreisen. »Die Fußbodenheizung wird mit Fernwärme betrieben. Das ist energetisch optimal. Der Balkon geht nach Südwesten, so haben Sie auch am Abend noch etwas Sonne. Tagsüber ist man ja meistens sowieso nicht zu Hause.«

»Ja, das stimmt. Ich bin viel unterwegs. Irgendwie muss man ja schließlich sein Geld verdienen. Was sagten Sie noch mal, was die Wohnung kosten soll?«

Stefan räusperte sich. »Vierhundertzehntausend Euro.«

»Hm.« Sie sah sich im Zimmer um und spielte mit der Kordel ihrer Kapuze. »Und meinen Sie, da kann man am Preis noch was machen?«

»Wenn Sie sich tatsächlich für die Wohnung interessieren, spreche ich gern noch einmal mit dem Verkäufer, ob er bereit ist, Ihnen preislich entgegenzukommen. Natürlich ist ein solches Objekt in dieser zentralen Lage sehr begehrt«, gab Stefan zurück.

In Wirklichkeit versuchte er schon seit vier Monaten, die Bude an den Mann zu bringen. Das Apartment war ungünstig geschnitten und besaß kein Gästebad, auf der zweispurigen Straße fuhr bis spätabends die Straßenbahn. Zusätzlich hatte die Tatsache, dass die Turnhalle in der Nachbarschaft zu einer Flüchtlingsunterkunft umfunktioniert worden war, bisher alle Kaufinteressenten abgeschreckt. Wenn Tina Wielage ernsthaftes Interesse zeigte, würde er dem jetzigen Eigentümer dringend raten, mit dem Preis runterzugehen.

»Ich muss sowieso noch einmal mit meiner Bank sprechen. So eine Summe zahlt man schließlich nicht aus der Portokasse«, sagte sie, immer noch lächelnd. »Aber die Wohnung gefällt mir ausgesprochen gut.«

»Das freut mich!«, rief Stefan. »Suchen Sie eigentlich für sich allein?«

»Ich wüsste nicht, mit wem ich hier einziehen sollte.« Tina Wielage lachte. »Wieso fragen Sie?«

»Ich … ich meine nur, die Wohnung ist ja eher groß«, stammelte Stefan und ärgerte sich über seine unprofessionelle Frage.

»Groß ist ja nicht immer schlecht«, meinte Tina Wielage unschuldig und schlenderte weiter durch die leeren Räume.

Stefan blieb einen Moment stehen, ehe er ihr folgte. »Gibt es noch irgendetwas, das Sie gerne wissen möchten?«, beeilte er sich zu fragen. »Ich würde Ihnen gerne noch den Keller zeigen.«

Tina Wielage winkte ab. »Nein danke. Da gibt es sicher Spinnen. Ich denke, ich habe alles gesehen. Bis wann muss ich mich entscheiden?«

Stefan zuckte mit den Schultern. »Je eher, desto besser. Ich denke, eine Woche Bedenkzeit kann ich Ihnen jedoch einräumen.«

Sie nickte. »In Ordnung. Ich melde mich noch diese Woche bei Ihnen.«

9. Kapitel

»Frau Lettorf, ich weiß, dass es schrecklich für Sie sein muss, über diese Dinge zu sprechen. Aber es ist sehr wichtig, dass Sie mir einige Fragen beantworten. Fühlen Sie sich dazu in der Lage?«

Sandra sprach betont ruhig und einfühlsam. Ramona Lettorf hatte vor nicht einmal vierundzwanzig Stunden erfahren, dass ihr Mann Opfer eines Gewaltverbrechens geworden war, kurz nachdem sie herausgefunden hatte, dass er sie betrog. Innerhalb kürzester Zeit war ihr gesamtes Leben zusammengebrochen. Das Ehepaar hatte zwei Kinder im Alter von fünf und sieben Jahren. Ramona Lettorf hatte ihnen noch nicht erzählt, was mit ihrem Vater geschehen war. Sandra hätte ihr gerne ein paar Tage gegönnt, um zumindest den ersten Schock zu verdauen, die Zeit drängte jedoch. Sie besaßen bislang keinen verwertbaren Hinweis auf Dirk Lettorfs Mörder, und wenn er schlau war, verwischte er in diesem Moment seine Spuren.

»Sie können mich alles fragen, was Sie wollen.« Ramona Lettorfs Stimme klang erstaunlich fest.

Sie war eine schmucklose Frau, untersetzt und mit kurz geschnittenen braunen Haaren. Für ihre dreiundvierzig Jahre sah sie alt aus, Sandra hätte sie locker auf fünfzig geschätzt. Zu Beginn des Gesprächs hatte sie bestätigt, was Sandra bereits aus den Unterlagen wusste. Dirk Lettorf hatte als Filialleiter bei der Sparkasse das Geld verdient, seine Frau, gelernte Bäckereifachverkäuferin, führte den Haushalt und versorgte die Kinder.

Vielleicht ist das das Schicksal von Ehefrauen.

Ramona Lettorf versauerte zu Hause als Kindermädchen und Putzfrau, während sich ihr Mann mit anderen Frauen vergnügte. Wenn sie darüber nachdachte, war alleinerziehend und geschieden zu sein, doch nicht die schlechteste Option.

»Wann haben Sie Ihren Mann zuletzt gesehen?«, erkundigte sich Sandra.

»Donnerstagmorgen. Er fuhr wie immer zur Arbeit. Am Abend hatte er eine Betriebsfeier und wollte danach bei einem Kollegen übernachten. Zumindest hat er das erzählt.«

»Ist Ihnen in letzter Zeit irgendetwas Besonderes an Ihrem Mann aufgefallen? Hat er sich anders verhalten, mit anderen Menschen verkehrt?«

Die Frau hob die Schultern. »Nicht dass ich wüsste. Warum fragen Sie?«

»Ich versuche herauszufinden, wer Interesse daran gehabt haben könnte, Ihren Mann zu töten. Hatte er Feinde? Menschen, die einen Grund hatten, ihn zu hassen?«

Ramona Lettorf schüttelte den Kopf. »Nein. Dirk hatte mit niemandem Probleme. Er war ein ganz normaler Mann. Wieso sollte er Feinde gehabt haben? Wir haben weder Geld noch sonst irgendwas.«

»Wir müssen davon ausgehen, dass der Täter Ihren Mann ganz bewusst als Opfer ausgewählt hat. Das Video, das man Ihnen geschickt hat … Sie sagten, dass Sie es am Donnerstag in ihrem Briefkasten gefunden haben?«

Die Lettorf nickte. »Ja, ich habe mich gewundert, was das soll. Zuerst wollte ich den USB-Stick wegwerfen. Schließlich war ich doch neugierig und habe es mir angeschaut.«

»Das muss verstörend für Sie gewesen sein«, sagte Sandra.

»Ich habe mich gefragt, wieso mir jemand so etwas schickt. Wer hat Freude daran, mir das anzutun?«, erwiderte Ramona Lettorf traurig.

»Kennen Sie die Frau, die auf dem Video zu sehen ist?«, hakte Sandra nach.

»Nein, ich habe keine Ahnung, wer sie ist. Glauben Sie, sie hat etwas mit Dirks Tod zu tun?«

»Das können wir zumindest nicht ausschließen«, antwortete Sandra. »Wussten Sie, dass Ihr Mann eine Affäre hat?«, setzte sie nach einer kurzen Pause nach.

Der Blick der Witwe driftete ins Leere. »Eine Affäre? Ich weiß nicht. Aber ich habe geahnt, dass er zu anderen Frauen gegangen ist.«

Sandra hob die Brauen. »Wie meinen Sie das, er ist zu anderen Frauen gegangen?«

»Ich glaube, dass Dirk auf den Strich zu Prostituierten gegangen ist.«

Sie sprach die Worte so emotionslos aus, dass Sandra einen Moment brauchte, um den Sinn zu verarbeiten.

»Wie kommen Sie darauf?«, fragte sie schließlich.

»Wenn Sie einen Menschen kennen, merken Sie, wenn etwas nicht stimmt. Bei Dirk habe ich das schon vor langer Zeit getan. Und eines Tages bin ich ihm einfach gefolgt.«

»Das müssen Sie mir genauer erklären, Frau Lettorf. Wohin gefolgt? Und warum?«

»Dirk hatte oft Termine außerhalb seiner Arbeitszeiten. Abends, manchmal sogar am Wochenende. Privatkundengespräche. In den letzten Jahren wurde das immer häufiger und seine Ausreden immer schlechter. Dirk ist kein besonders guter Lügner, wissen Sie? Ich meine, er war …« Ramona Lettorf schien den Faden zu verlieren, doch gleich darauf war sie wieder bei der Sache. »Jedenfalls bin ich ihm an einem Samstagnachmittag nachgefahren. Ich hatte mir das Auto der Nachbarin geliehen. Dirk hat nichts gemerkt. Er hatte nie Augen für seine Umgebung.«

»Wo ist Ihr Mann hingefahren?«

»Nach Köln.«

»Wohin genau?«

»Ich kenne mich dort nicht aus. Aber ich erkenne Nutten, wenn ich sie sehe.«

»Sie meinen, Ihr Mann ist zum Kölner Straßenstrich gefahren?«

Ramona Lettorf nickte.

»Haben Sie ihn zur Rede gestellt?«, wollte Sandra wissen.

Die Frau stieß ein bitteres Lachen aus. »Was sollte das denn bringen? Im besten Fall hätte er alles abgestritten und mir Vorwürfe gemacht, dass ich ihm nachspioniere. Im schlimmsten Fall hätte ich meine Ehe ruiniert.«

Die Ehe ruiniert. Sandra fragte sich, was es da noch zu ruinieren gegeben hatte, sie zwang sich jedoch, professionell zu bleiben.

»Wann war das, als Sie Ihrem Mann nachgefahren sind?«, fragte sie weiter.

»Letztes Jahr. Am fünften Mai. Unserem Hochzeitstag.«

Sandra schluckte. »Haben Sie …?« Sie zögerte, setzte neu an. »Haben Sie je darüber nachgedacht, Ihrem Mann etwas anzutun?«

Die Frau schaute auf ihre Hände. »Daran gedacht habe ich oft«, flüsterte sie. »Aber das hätte alles noch schlimmer gemacht.«

»Es muss Sie sehr verletzt haben, dass er Sie betrogen hat. Noch dazu an einem solchen Tag.«

»Um mich geht es doch überhaupt nicht«, fuhr sie ebenso leise fort. »Um mich ging es schon seit Langem nicht mehr. Ich hatte mich damit abgefunden, dass zwischen Dirk und mir nichts mehr lief. Nur was soll aus den Kindern werden ohne ihren Vater?« Ihre letzten Worte mündeten in ein trostloses Schluchzen.

Sandra griff über den Tisch hinweg nach Ramona Lettorfs Hand und drückte sie. Eine Weile schwiegen sie beide.

»Müssen Sie noch irgendetwas wissen?«, fragte Dirk Lettorfs Witwe schließlich, ohne Sandra anzusehen.

»Nein, vielen Dank. Ich glaube, das genügt für heute.«

10. Kapitel

Zufrieden lächelnd wendete Nicki das Bündel grüner und gelber Scheine in den Händen. Siebentausend Euro. Das letzte Mal hatte sie so viel Geld in den Fingern gehabt, als sie noch mit Meth gehandelt hatte. Damals hatte sie es umgehend in neue Drogen investiert, von denen sie zu viel selbst konsumiert hatte. Dieses Mal war sie schlauer.

Plötzlich klingelte es. Nicki fuhr zusammen. Reflexartig steckte sie die Euronoten in den Hosenbund und hielt die Luft an. Wieder ertönte die Schelle, eine Faust hämmerte gegen die Tür.

»Wir wissen, dass du da drin bist. Mach auf!«

Sie erkannte den Akzent von Dimitri, einem von Abduls ukrainischen Schlägern.

»Wir wollen mit dir reden!«

Nicki schloss die Augen und vermied jede Regung. Es war nicht verwunderlich, dass Abdul seine Leute schickte, um nachzusehen, wo sein bestes Pferdchen abgeblieben war. Mit Sicherheit hatten Dimitri und seine Kumpane den Auftrag erhalten, sie einzuschüchtern und ihr klarzumachen, dass ein Ausstieg für sie zu keinem guten Ende führen würde. Vielleicht waren sie auch gekommen, um sie zu Abdul zu bringen.

»Hör auf, uns zu verarschen, Nicki. Mach die Tür auf!« Das Hämmern wurde energischer.

Nicki atmete ruhig. Jetzt bloß nicht die Nerven verlieren. Wenn sie Zeit für ihre Flucht gewinnen wollte, musste sie ihren Arbeitgeber in Sicherheit wiegen.

»Moment!«, rief sie und hoffte, dass sich ihre Stimme arglos anhörte. Mit zittrigen Knien ging sie in den Flur, legte die Kette vor und öffnete die Wohnungstür einen Spaltbreit. »Was ist denn los? Müsst ihr so 'n Krach machen?«

Dimitri und sein breiter schwarzhaariger Begleiter mit dem Stiernacken bauten sich vor dem Türspalt auf.

»Kleiner Krankenbesuch«, schnauzte der Ukrainer. »Wir machen uns Sorgen um dich, weißt du?«

»Ich verspreche euch, in ein paar Tagen bin ich wieder fit.«

»Würde mich mal interessieren, was das für 'ne Krankheit sein soll«, schaltete sich der Stiernacken ein. »Siehst eigentlich ganz gesund aus.«

Das Flurlicht erlosch, sodass die beiden Gorillas nur noch als Umrisse zu erkennen waren. Mit einem unzufriedenen Grunzen drückte Dimitri wieder auf den Schalter.

»Wenn ich sage, ich kann nicht, dann kann ich nicht«, entgegnete Nicki gereizt. »Denkt ihr, ich brauche die Kohle nicht?«

»Ich glaub dir kein Wort«, gab Dimitri zurück. »Oder warum willst du uns nicht verraten, was du hast?«

»Ich will nicht drüber sprechen.« Nicki senkte den Blick.

»Wir aber«, sagte Dimitri knapp.

Nicki seufzte schwer. »Ich hatte 'ne Abtreibung. Seid ihr jetzt zufrieden?«

Sie warfen sich zweifelnde Blicke zu.

»Ich schwöre dir, Nicki, wenn du uns verarschst, machen wir dich fertig. Sieh lieber zu, dass du schnell wieder da bist. Abdul wird langsam ungeduldig«, zischte Dimitri bedrohlich.

Sein Begleiter fixierte Nicki einige Sekunden lang, ehe

sich die Männer umdrehten und die Treppe hinunterstiegen. Sie hatten noch nicht den nächsten Absatz erreicht, als das Licht erneut ausging.

Erleichtert schloss Nicki die Tür und lehnte sich mit dem Rücken dagegen. Wenn die beiden ihre Lüge geschluckt hatten, hatte sie ein paar Tage gewonnen. Doch lange würde es nicht dauern, bis sie wieder auf der Matte stehen würden. Und beim nächsten Mal würden sie sich sicher nicht abwimmeln lassen.

11. Kapitel

Heruntergekommene Wohnwagen säumten die Straße Am Eifeltor im Kölner Süden. Durch die Vorhänge vor den winzigen Fenstern drang schummriges Licht nach draußen in die Nacht. Zwischen den Anhängern zogen junge Frauen in dicken Jacken und mit für die Jahreszeit viel zu kurzen Röcken an ihren Zigaretten.

Werner Dietharz nahm den Fuß vom Gas. Alle Autos fuhren langsam. Durch das Beifahrerfenster des BMW beobachtete Sandra die Huren, die in der Februarkälte auf Freier warteten. Sie versuchte, in den Gesichtern zu lesen, wie sich diese Frauen fühlen mochten. Immer wieder hörte man, dass die Prostitution mit der Zeit ein Job wie jeder andere wurde. Sandra fragte sich dennoch, wie viel von sich selbst man aufgeben musste, um seinen Körper an wildfremde Männer zu verkaufen. Vor ihnen hielt ein silbergrauer Mercedes mit Mülheimer Kennzeichen vor einer blonden, langbeinigen Frau am Straßenrand. Werner setzte den Blinker und fuhr langsam an dem Wagen vorbei. Sandra vermied es, den Fahrer anzusehen. Sie wollte gar nicht wissen, wer die Männer waren, die spätabends schnellen Sex für ein paar Euro suchten. Dirk Lettorf war einer von ihnen gewesen.

»Kannst du dir das vorstellen?«, fragte sie, um die Stille im Wagen zu durchbrechen. »Da fährt der Typ an seinem Hochzeitstag den ganzen Weg nach Köln, um sich in einem dieser schäbigen Wohnwagen zu vergnügen.«

Werner lachte auf. »Ich kann mir das nicht vorstellen, aber ich glaube, da ist Lettorf kein Einzelfall.«

Natürlich war er das nicht. Am Eifeltor herrschte reger Betrieb. Fahrzeuge aus ganz Nordrhein-Westfalen fuhren im Schritttempo die Wagenreihe ab. Essen, Bochum, Herne. Nur Kölner Nummernschilder sah Sandra keine. Kein Wunder. Wer wollte schon in seiner eigenen Stadt auf dem Strich gesehen werden?

Sie waren direkt nach der Befragung von Ramona Lettorf nach Köln aufgebrochen, um sich auf dem Kiez umzusehen. Am Eifeltor war der größte und bekannteste Straßenstrich der Stadt, und die Anfahrtsbeschreibung passte zur Erinnerung von Ramona Lettorf. Wenn ihr Mann hier verkehrt hatte, arbeitete vielleicht auch die Frau aus dem Video hier.

»Und, meinst du, sie ist dabei?«, fragte Werner.

Sandra schüttelte den Kopf. »Ich glaube nicht. Zumindest hab ich sie nicht erkannt. Vielleicht ist sie in ihrem Wohnwagen beschäftigt.«

»Möglich. Oder Ronny hat sie schon gefunden.«

Sandra schwieg. Ronny hatte darauf bestanden, allein zu fahren. Objektiv gesehen war das vernünftig. Sie erhöhten ihre Chancen, und mit drei Ermittlern in einem Auto wären sie ohnehin zu sehr aufgefallen. Sandra hoffte nur, dass sich ihr Stellvertreter nicht benahm wie die Axt im Wald.

»Halt mal an«, sagte sie knapp.

Werner warf ihr einen kurzen Seitenblick zu, bremste den Wagen jedoch umgehend ab. Als Sandra das Seitenfenster herunterfuhr, schlug ihr kalte Luft entgegen. Sofort kam eine kleine Frau mit langen dunklen Haaren ein paar Schritte auf den BMW zu. Sie trug eine silbern glänzende Jacke und hohe Stiefel. Sobald sie Sandra erblickte, hielt sie in der Bewegung inne und zog die Brauen zusammen.

»Entschuldigen Sie!«, rief Sandra. »Ich habe eine Frage.«

Die Prostituierte blickte sich unsicher um, als fürchtete sie, beobachtet zu werden. Dann machte sie noch einen Schritt auf den Wagen zu, bevor sie erneut wie angewurzelt stehen blieb.

»Ich suche eine junge Frau«, fuhr Sandra fort. »Ich weiß nicht, wie sie heißt. Sie hat ein Tattoo und …«

»Was wollen Sie?«, fiel ihr die Prostituierte ins Wort. Sie sprach mit einem osteuropäischen Akzent, der ihrer Stimme eine ungewöhnliche Schärfe verlieh. Ihr Atem bildete weiße Wolken in der eisigen Luft.

»Ich muss mit ihr sprechen.«

»Seid ihr Bullen?«, fragte die junge Frau barsch zurück. »Ich weiß nicht, von wem du redest!« Ohne ein weiteres Wort drehte sie sich auf dem Absatz um und verschwand in der Dunkelheit.

»Scheiße!«, zischte Sandra und schloss das Fenster.

»Und jetzt?«, fragte Werner.

»Versuchen wir es weiter.«

Werner fuhr wieder an. Schon wenige Meter weiter wartete die nächste junge Frau am Straßenrand. Als er die Fahrt verlangsamte, drehte sie sich um und ging in die entgegengesetzte Richtung davon.

»Fahr mal etwas weiter, vielleicht hat sie uns gerade bei der anderen gesehen.«

Werner trat aufs Gas, doch auch die anderen Frauen drehten ihnen den Rücken zu oder stiegen in ihre Wohnwagen, sobald sie sich näherten.

»Das können wir vergessen«, sagte Sandra resigniert. »Sie hat die anderen gewarnt.«

Werner nickte. »Unsereins ist nicht gerade besonders beliebt bei denen.«

»Wir fahren nach Hause«, entschied Sandra. »Es ist nach Mitternacht. Die Frau ist nicht hier, und wenn jemand sie kennt, wird er es uns nicht verraten.«

Sie seufzte und drehte die Sitzheizung eine Stufe höher. Die Prostituierten rochen Polizisten zehn Meter gegen den Wind, und die Bereitschaft zur Kooperation war denkbar gering. Es war ein offenes Geheimnis, dass die Hell's Angels den Kölner Straßenstrich kontrollierten. Mit den Gesetzeshütern gesehen zu werden, war für die Frauen alles andere als gesund.

Sandras Privathandy brummte.

Neue Nachricht von Mark!

Sofort schob sie das Mobiltelefon zurück in die Hosentasche. Werner schielte zu ihr herüber.

»Meine Eltern schreiben, dass alles okay ist mit Tim«, log sie und vermied es, ihn anzusehen. Sie hatte das Gefühl, dass sie rot wurde.

Werner schwieg. Vermutlich war es ihm völlig egal, von wem sie mitten in der Nacht Nachrichten erhielt. Werner hatte sein eigenes Leben mit seinen eigenen Problemen. Über Sandra zu urteilen war mit Sicherheit das Letzte, wonach ihm war. Trotzdem hatte sie ein schlechtes Gewissen.

»Wie geht's Friederike?«, brach sie das Schweigen.

Werner wiegte den Kopf. »Sie schlägt sich tapfer. Die Therapie setzt ihr allerdings ganz schön zu.«

Seine Frau litt an Brustkrebs und unterzog sich derzeit einer Chemotherapie. Er sprach nur selten über sein Privatleben, Sandra wusste jedoch, dass er schwer daran zu tragen hatte.

»Für dich ist das bestimmt auch nicht leicht. Solltest

du mehr Zeit brauchen, um ihr zur Seite zu stehen, kümmere ich mich darum.«

Er winkte ab. »Danke, das ist nett, Sandra. Aber Friederike wird verrückt, wenn ich den ganzen Tag um sie herumspringe. Sie lässt sich ja kaum helfen.«

»Kann ich verstehen. Sie will kein Mitleid.«

Werner nickte. »Genau. Und mir tut die Arbeit auch gut. So habe ich etwas, worüber ich mit ihr reden kann außer über die Krankheit. Und der Job erinnert mich daran, dass andere Leute auch Probleme haben.«

Sandra erwiderte nichts. Werners Selbstlosigkeit war bewundernswert. Mit einem Mal erschienen ihr die eigenen Sorgen lächerlich klein.

Stumm fuhren sie über die A3 zurück nach Essen.

12. Kapitel

Auf Zehenspitzen schlich Sandra ins Gästezimmer. Schon an der Tür hörte sie Tims gleichmäßigen Atem. Er lag auf der Schlafcouch, auf der auch Sandra übernachtete, wenn sie und Tim über Nacht bei ihren Eltern blieben. In letzter Zeit war das beängstigend oft der Fall gewesen. Allein bekam sie ihr Leben kaum noch auf die Reihe. Arbeit, Einkaufen, Essen machen, Tim bei den Hausaufgaben helfen ... Das Gästezimmer war Sandras altes Kinderzimmer, und manchmal fühlte es sich an, als wäre sie heimlich, still und leise wieder zu Hause eingezogen.

Sie aktivierte die Taschenlampenfunktion ihres Privathandys und leuchtete zu Tim hinüber. Er drehte den Kopf, blinzelte und zog die Bettdecke bis zur Nasenspitze hoch. Dann schlief er wieder genauso fest wie vorher. Es schmerzte, dass sie nicht mehr mit ihm über seinen Tag sprechen konnte. Als Erik und sie noch ein Paar gewesen waren, war es wesentlich einfacher gewesen, die Aufgaben zu verteilen und Tim die Aufmerksamkeit zu widmen, die ihm zustand.

Sandra beschloss, dass es sie nicht weiterbrachte, vergangenen Zeiten nachzutrauern. Momentan sah es nicht so aus, als würde sich an ihrem Dasein als Alleinerziehende etwas ändern. Also musste sie wohl oder übel das Beste aus ihrer Situation machen. Lautlos zog sie sich aus und stieg ebenfalls ins Bett. Ihre Eltern ließen die Couch mittlerweile ausgezogen. Es lohnte nicht, sie jedes Mal wieder zusammenzuklappen.

Sandra legte das Diensthandy auf den Nachttisch und stöpselte ihr privates Telefon ans Ladekabel. Ein Summen signalisierte, dass es an der Stromversorgung hing. Sandra pflegte ihr Handy auszuschalten, wenn sie schlafen ging. Es genügte, dass sie dienstlich rund um die Uhr erreichbar sein musste. Heute zögerte sie. Sie hatte weiß Gott andere Sorgen, aber einen Blick auf die Nachricht von Mark zu werfen, konnte schließlich nicht schaden.

Sie öffnete die *LoveMatch*-App und klickte auf den kleinen Briefumschlag. Sofort erschien die Nachricht.

Danke, kann ich nur zurückgeben ☺ *Mir geht's super, und selbst?* Daneben Marks lächelndes Gesicht.

Ach, so weit okay. Etwas müde. Danke für das Kompliment!, tippte Sandra. Sie wollte das Handy schon weglegen, als es sich erneut bemerkbar machte.

Kein Wunder, um die Uhrzeit. Wieso bist du noch wach?, fragte er.

Sandras Herz begann zu pochen. Es war ewig her, dass sie mitten in der Nacht Nachrichten ausgetauscht hatte. Noch dazu mit einem Wildfremden.

Ich war bis gerade arbeiten. Augen auf bei der Berufswahl ☺ *Und du?*

Kann nicht schlafen. Was arbeitest du denn so spät in der Nacht?

Sandra atmete tief durch.

Erzähle ich dir ein andermal. Jetzt muss ich wirklich schlafen, antwortete sie dem gut aussehenden Fremden.

Schade! ☹ *Macht Spaß, mit dir zu schreiben*, kam es von Mark zurück.

Danke! Ich fand's auch nett.

Schreiben wir morgen weiter? Würde mich freuen.

Sandra merkte, wie ihre Hände zitterten. Verdammt noch mal, sie war keine sechzehn mehr!

Ja, mal sehen.

Mark musste ja nicht gleich merken, wie aufgeregt sie war.

Sandra starrte auf das Display, Mark meldete sich jedoch nicht mehr. Vielleicht war er eingeschnappt wegen ihrer knappen Antwort. Sie verspürte den Drang, ihm zu schreiben, dass sie sich auch freuen würde, weiter mit ihm zu texten. Doch sie riss sich zusammen und schaltete das Handy aus. Seit sie Erik vor dreizehn Jahren kennengelernt hatte, hatte sie mit keinem Mann mehr geflirtet. Und auch damals war er es gewesen, der sie auf einer Party bei Freunden angesprochen und mit seiner lockeren, selbstbewussten Art gleich für sich eingenommen hatte. Sandra war zu dieser Zeit lose mit einem anderen Mann ausgegangen, aber Erik hatten ihre halbherzigen Versuche, ihn abzuwimmeln, bloß angestachelt. Zwei Wochen später waren sie zusammengekommen, ein Jahr danach hatten sie geheiratet. Nach der Trennung von Erik hatte ihr der Sinn erst mal nach allem gestanden – nur nicht nach Männern. Jetzt wurde es langsam wieder Zeit. Deshalb musste sie sich allerdings nicht gleich dermaßen zum Affen machen. Wenn Mark Interesse an ihr hatte, würde er sich schon regen. Erschöpft schloss sie die Augen und schlief sofort ein.

13. Kapitel

Dämmriger Schein von Kerzen. Tanzende Schatten auf den alten Mauern. Sonntag für Sonntag. Der würzige Geruch des Weihrauchs hüllt mich ein. Genau wie der sonore Gesang des Priesters auf Latein. Natürlich Latein. Wir feiern die Messe nach der traditionellen Liturgie. Ich kenne es nicht anders. Meine Eltern lehnen die Neuerungen des zweiten vatikanischen Konzils seit jeher ab. Die heilige Messe.

»*Dominus vobiscum.*«

»*Et cum spiritu tuo*«, antworte ich.

Ich mag den Klang der Sprache. Die Worte kenne ich längst auswendig, spreche sie automatisch mit.

»*Agnus dei, qui tollis peccata mundi, miserere nobis.*«

Früher habe ich mich hier sicher gefühlt. Beschützt vor der Welt da draußen. Und heute?

Agnus dei. Lamm Gottes, du nimmst hinweg die Sünden der Welt.

Wenn ich zu ihr hinüberschaue, wird mir speiübel. Wie sie dort kniet. Der fromme Blick. Die gefalteten Hände. Wen willst du täuschen? Ich habe die Briefe gelesen, Mutter. Die Sünden der Welt? Du selbst hast sie in unser Haus getragen. Dass du es wagst, den Leib Christi zu empfangen. Gott sieht alles, Mutter. Du hast es selbst gesagt. Gott sieht alles!

Ich glaube, ich muss mich übergeben. Der Leib Christi. Dein lüsterner Mund. Und Vater. Vater, du schweigst. Ich will schreien. Lamm Gottes. Du kannst sie nicht hinwegnehmen, diese Sünde. Was sind die heiligen Worte wert, wenn man den Satan in sich trägt? Wie kann die Gemeinde Schutz bieten, wenn die Sünde in ihrer Mitte wohnt? Nein, niemand nimmt diese Sünde fort.

Die Orgel ertönt. Ich will mir die Ohren zuhalten. Wegrennen. Aber ich bleibe. Bleibe stumm.

»*Kyrie, eleison!*« Herr, erbarme dich unser!

14. Kapitel

»Morgen, Bambi! Ausgeschlafen?«, feixte Ronny, als Sandra um kurz nach acht den Konferenzraum betrat, in dem die Morgenbesprechung stattfand.

Alle Mitglieder der Mordkommission hatten sich bereits um den großen Tisch versammelt. Sandra wusste selbst, dass sie zu spät dran war. Tim hatte beim Frühstück getrödelt. Doch sie sah keinen Grund, sich dafür zu entschuldigen. Sie arbeitete weiß Gott genug, und schließlich war sie Ronnys Vorgesetzte, nicht umgekehrt. Kommentarlos warf sie ihre Lederjacke über den Stuhl am Kopfende des Tisches und setzte sich.

»Guten Morgen«, sagte sie knapp. »Irgendwelche neuen Erkenntnisse über Nacht?«

»Nichts«, antwortete Werner.

»Na ja, das würde ich so nicht sagen«, widersprach Ronny gedehnt und verschränkte die Arme vor der Brust.

Die übrigen Anwesenden sahen ihn genauso fragend an wie Sandra.

»Raus mit der Sprache, was gibt's?«, forderte sie ihn auf.

»Ich hab mich gestern mal ein wenig bei den Damen am Eifeltor umgehört, ob sie unsere blonde Freundin kennen«, erwiderte Ronny in süffisantem Ton.

Werner und Sandra warfen sich einen stummen Blick zu.

»Und weiter?«, fragte sie.

»Das Mädel aus dem Video ist keine Unbekannte auf

dem Kiez. Die Kleine nennt sich ›Nicki‹. Ihren echten Namen kennt angeblich niemand.«

»Und wo war Nicki gestern Abend?«, hakte Sandra nach.

»Sie arbeitet wohl schon eine ganze Weile nicht mehr auf dem Straßenstrich. Bei dem Thema konnte ich natürlich nicht zu sehr in die Tiefe gehen, ohne Verdacht zu erregen. Aber anscheinend hat sie neue Beschützer, mit denen sich ihre alten Arbeitgeber ungern anlegen wollen.«

»Warum hast du mir nichts davon erzählt?«, fragte Werner ungläubig.

»Na, ich wollte warten, bis die Chefin da ist. Wäre ja blöd, wenn sie es als Letzte erfahren hätte.«

Sandra funkelte Ronny an. »Wie hast du es geschafft, dass die Frauen mit dir geredet haben?«

»Als Kerl mit ein paar Scheinen in der Tasche ist es nicht besonders schwer, mit 'ner Nutte ins Gespräch zu kommen.«

»Du hast dich als Freier ausgegeben?«

Ronny lachte verächtlich. »Als Polizist sicher nicht.«

Sandra schüttelte den Kopf. Natürlich war es naheliegend. Die Vorstellung, wie Ronny einer der Frauen am Eifeltor fünfzig Euro zusteckte, damit sie ihm verriet, wie die Blondine hieß, nach der er suchte, widerte sie allerdings an. Vermutlich hatte Ronny mehr Erfahrung im Gespräch mit Prostituierten, als sie sich vorstellen wollte. Solange er damit ihre Ermittlungen voranbrachte, sollte es ihr recht sein.

»Okay«, warf Werner ein. »Aber wo sich diese Nicki aufhält, wissen wir trotzdem nicht.«

»Du unterschätzt mich«, entgegnete Ronny. »Nach meinen Informationen ist Nicki immer noch im Gewerbe tätig. Und wenn es stimmt, was mir die junge Dame gestern Abend verraten hat, kann man sie sonntagabends in einem Etablissement in Dortmund antreffen.«

»Na also, das ist doch immerhin eine Spur«, meinte Sandra.

»Und die haben wir *wem* zu verdanken?«, fragte Ronny provozierend.

»Es geht nicht darum, wer was herausfindet«, sagte Sandra scharf. »Es geht darum, dass wir gemeinsam den Mörder von Dirk Lettorf finden. Und ich verlange von dir, dass du dich an die Regeln hältst und mich als Leiterin der Ermittlungen über jedes wesentliche Ermittlungsergebnis umgehend informierst. Ansonsten können wir unseren Umgang miteinander auch gerne in einem Disziplinarverfahren regeln. Haben wir uns verstanden?«

»Selbstverständlich«, antwortete Ronny, vermied es jedoch, sie anzusehen.

»Gut.« Sandra blickte in die Runde. »Ich möchte, dass wir den Laden, in dem Nicki angeblich arbeitet, genau unter die Lupe nehmen. Wenn sie auftaucht, muss ich unverzüglich mit ihr sprechen.«

15. Kapitel

Geräuschvoll schlürfte Nicki den letzten Rest Cola aus ihrem Becher und stierte unter dem Rand ihrer Kapuze hindurch aus dem Fenster der McDonald's-Filiale am Dortmunder Hauptbahnhof. Unaufhörlich hetzten dick eingepackte Reisende und Passanten vorbei, die ebenso willkürlich durcheinanderzustieben schienen wie die herabfallenden Schneeflocken. Und doch jagte jeder dieser Menschen seinen eigenen Zielen hinterher. Jeder starrte vor sich auf den Boden oder aufs Smartphone. Im Moloch der Großstadt hatte niemand Augen für den anderen, jeder war gefangen in seiner eigenen kleinen Welt, aus der es kein Entrinnen gab.

Die Erkenntnis gab Nicki Hoffnung, dass auch von ihr niemand Notiz nahm. Dennoch fühlte sie sich unwohl an einem öffentlichen Ort wie diesem. Sie stellte den Becher ab. Luna hatte um zwölf Uhr hier sein wollen, jetzt war es bereits nach halb eins. Nicki kannte das schon. Luna war nie pünktlich, aber bisher war sie immer noch irgendwann aufgetaucht. Nicki zog ihr Handy aus der Tasche. Keine Nachricht. Sie widerstand der Versuchung, Luna anzurufen. Es war besser, wenn ihr Kontakt nicht nachzuverfolgen war.

Endlich entdeckte sie Lunas blau gefärbten Haarschopf auf der gegenüberliegenden Straßenseite. Mit hochgezogenen Schultern, die Hände in den Taschen ihrer Bomberjacke vergraben, bahnte sie sich ihren Weg zwischen den parkenden Autos zu ihr herüber. Trotz des Sauwetters trug sie einen lilafarbenen Minirock aus

Kunstleder und keine Strumpfhose. Ihre Füße steckten in schwarzen Springerstiefeln. Nicki erschrak, als sie die dürren Beine sah, die von zahllosen blauen Flecken übersät waren. Mit gesenktem Kopf betrat Luna das Schnellrestaurant und setzte sich zu Nicki an den Tisch.

»Es ist arschkalt!«, fluchte sie und rieb die Handflächen aneinander. »Hinter dem Kaufhof haben sie heute Morgen einen Penner gefunden. Einfach erfroren.«

»Du siehst scheiße aus«, stellte Nicki fest.

»Nette Begrüßung.« Lunas Blick zuckte unstet umher, unaufhörlich kaute sie auf ihrer Unterlippe herum.

Als sie sich letztes Jahr in Abduls Etablissement kennengelernt hatten, war Luna eine außergewöhnlich attraktive junge Frau gewesen. Damals hatte sie sicher zehn Kilo mehr gewogen, und mit ihrer großen Klappe und ihrem hellen Verstand hatte sie sofort einen Stein im Brett bei Nicki gehabt. Doch schon zum Ende ihrer gemeinsamen Zeit hatte sich Luna verändert. Trotzdem war es ein Schock, sie in diesem Zustand zu sehen.

»Sorry, ich bin halt ehrlich«, sagte Nicki.

»Etwas zu ehrlich vielleicht«, knurrte Luna.

»Ich mein's nur gut«, erwiderte sie beschwichtigend. »Wenn du so weitermachst, hältst du nicht mehr lange durch. Was pfeifst du dir eigentlich rein?«

»Stilles Wasser und ab und zu 'ne Apfelschorle«, antwortete Luna sarkastisch.

»Luna, ich mein's ernst!«

»Mann, nerv mich nicht! Ich kann selber auf mich aufpassen«, fuhr Luna sie an.

Nicki kniff die Augen zusammen. Lunas hohlwangiges Gesicht mit den blutunterlaufenen Augen und das Zittern ihrer Hände verrieten, dass sie keineswegs auf sich aufpassen konnte. Die Kleine war auf dem besten Weg, sich im Teufelskreis aus Drogen und Prostitution zu verlieren. Genau wie sie selbst vor einigen Jahren. Sie atmete tief durch. Es war nicht ihr Job, Lunas Leben zu retten. Sie hatte hart genug mit ihrem eigenen zu kämpfen.

»Hast du mir was mitgebracht?«, kam sie zum eigentlichen Grund ihres Treffens.

Luna schüttelte den Kopf. »Dauert noch 'n bisschen«, nuschelte sie.

»Was soll das heißen?«, brauste Nicki auf. Ein junger Mann am Nebentisch wandte sich zu ihnen um. Sie zwang sich, leiser weiterzusprechen. »Ich hab keine Zeit, ich brauche die Papiere so schnell wie möglich.«

Luna verdrehte die Augen. »Jetzt dreh mal nicht gleich durch, du kriegst deine Scheißpapiere schon. Wieso hast du es überhaupt plötzlich so eilig wegzukommen?«

»Pst!« Nicki sah sich nach allen Seiten um. Niemand schien Notiz von ihrer Unterredung zu nehmen. Der Typ am Nebentisch mampfte seinen Burger und tippte nebenbei auf dem Handy herum. »Sorg einfach dafür, dass ich schnell meine Papiere kriege. Dann bin ich weg und geh dir nicht mehr auf die Nerven. Und kein Wort, zu niemandem, verstehst du?«

»Entspann dich. Bis Freitag hab ich alles. Komm um zehn hierher und bring die Kohle mit.«

»Ich werde da sein. Aber wehe, du verarschst mich!«

»Du weißt, dass ich dich nicht verarsche, Nicki«, sagte Luna gekränkt.

»Ja, das weiß ich. Sorry! Ich habe 'ne Menge Stress im Moment.«

Luna lachte bitter. »Du hast Stress? Du hast es ja anscheinend nicht mehr nötig zu arbeiten. Frag mich mal. Ich kann mir nicht mal 'nen beschissenen Burger leisten.«

»Weil du deine ganze Kohle in Drogen investierst!«, zischte Nicki.

»Boah, halt's Maul!«

Nicki griff in die Hosentasche und kramte einen Zwanzigeuroschein hervor. »Kauf dir was zu essen, Luna.« Sie stand auf. »Wir sehen uns am Freitag. Pass auf dich auf!«

16. Kapitel

Nach einem langen Tag voller ergebnisloser Befragungen von Personen aus dem Umfeld des Getöteten fand das Team am Nachmittag wieder im Konferenzraum der Mordkommission zusammen. Sandra hatte mit mehreren Arbeitskollegen von Dirk Lettorf gesprochen, die bestätigten, dass er des Öfteren nach der Arbeit zu Prostituierten gegangen war. Es war erschreckend, wie wenig Männer ein Geheimnis aus so etwas machten. Einen Anhaltspunkt, wieso der Bankkaufmann hatte sterben müssen, konnte jedoch niemand liefern.

»Was haben wir über das Etablissement herausgefunden, in dem diese Nicki angeblich arbeitet?«, fragte Sandra und goss sich einen Kaffee aus der Thermoskanne ein. »Vielleicht hat die Frau Ronny auch einen Bären aufgebunden.«

»Ich denke, Ronnys Information stimmt«, antwortete Werner. »Die Dortmunder Kollegen haben das Objekt schon länger im Visier. Vieles deutet darauf hin, dass sich ein illegales Bordell in dem Wohnhaus verbirgt. Das Apartment im zweiten Obergeschoss hat ein gewisser Sven Lehmann angemietet. Der Typ ist schon öfter als Strohmann für den Al-Asmari-Clan in Erscheinung getreten.«

Sandra nickte. Die Familie war im Dortmunder Rotlichtmilieu berüchtigt. Abdul Al-Asmari, einer der Köpfe des Clans, kontrollierte das Bordellgeschäft in der Nachbarstadt. Selbst machte er sich die Hände dabei natürlich nicht schmutzig – offiziell lebte Abdul von Hartz IV. Die

Wohnung in der Bahnstraße passte perfekt in sein Portfolio.

»Sag ich's doch, auf mich ist Verlass«, warf Ronny ein.

»Sicher«, murmelte Sandra.

Ronny lachte auf. »Was meinst du?«

»Nichts.«

Sandra wandte sich wieder Werner zu. »Soll das heißen, statt für die Hell's Angels arbeitet die Frau jetzt für die Araber?«

Was nicht nach einem Aufstieg klang, war für die Verhältnisse des Rotlichts genau das. Während die Rocker den Straßen- und Drogenstrich in vielen Großstädten NRWs im Griff hatten, betrieben die Al-Asmaris illegale Bordelle im ganzen Dortmunder Stadtgebiet. Deren Kundschaft war zahlungskräftiger und hatte dementsprechend andere Ansprüche. Von dem Geld sahen die Frauen zwar auch nicht mehr als draußen, dafür mussten sie nicht auf der Straße stehen. Außerdem waren die Al-Asmaris starke Verbündete. An eine Prostituierte, die für den Clan anschaffte, traute sich kein Konkurrent heran, und die Freier taten ebenfalls gut daran zu bezahlen. Wer jedoch einmal in die Fänge des Clans geraten war, kam nur schwer wieder heraus.

»Haben die Kollegen schon irgendwas Verdächtiges beobachtet?«, fragte Sandra.

»Wir observieren das Gebäude seit dem Mittag, bisher ist alles ruhig«, gab Werner zurück. »Wenn es stimmt, was die Prostituierte Ronny erzählt hat, dürfte der Betrieb erst abends richtig losgehen.«

Sandra nickte. »Hoffen wir mal, dass unsere blonde Freundin dann auch irgendwann auftaucht. Wenn sie bis zehn nicht da ist, schauen wir uns den Laden mal an.«

»Wir können das Bordell auch hochnehmen lassen. Wir müssen da nicht selbst hin«, wandte Werner ein.

Mehrere Kollegen in der Runde nickten zustimmend.

Sandra schüttelte den Kopf. »Ich will nicht die ganze Dortmunder Unterwelt aufschrecken. Was die in dieser Wohnung treiben, ist mir ziemlich gleichgültig, aber wir brauchen die Frau. Und unsere Chancen stehen deutlich besser, wenn wir diskret vorgehen.«

»Dann haben wir wohl heute einen langen Abend vor uns.« Ronny stand auf.

»Lässt sich nicht ändern«, antwortete Sandra und beendete die Besprechung.

»Wie geht's jetzt weiter?«, wollte Werner wissen, nachdem sie den Konferenzraum verlassen hatten.

»Ich muss jetzt auf jeden Fall erst mal nach Hause«, antwortete Sandra. »Bleibt ihr noch?«

»Klar, wie sollen wir sonst den Sonntag rumkriegen?«, erwiderte Ronny bissig.

»Wir haben auch keine Kinder, die auf uns warten«, sagte Werner beschwichtigend. »Geh du ruhig, Ronny und ich halten die Stellung.«

Sandra nickte. Werners Kinder waren längst aus dem Haus, außerdem hatte seine Frau nie gearbeitet und ihm zeitlebens den Rücken frei gehalten. Ronny lebte allein, und sie konnte sich schwer vorstellen, dass er in einer Frau jemals mehr als einen kurzfristigen Zeitvertreib sehen würde.

»Alles klar«, sagte sie und zog ihre Jacke an. »Wenn es was Neues gibt, könnt ihr mich jederzeit erreichen. Ansonsten bin ich heute Abend um acht Uhr wieder hier.«

17. Kapitel

Stefan Setzner presste die Fingerspitzen an die Schläfen und schloss die Augen. Wann hatte dieser Tag endlich ein Ende? Das Ibuprofen hatte es nicht geschafft, die hämmernden Kopfschmerzen zu vertreiben, die ihn schon seit dem Morgen quälten. Wenn es nach Ines ging, war er selbst schuld, weil er zu wenig schlief und zu viel Alkohol trank. Vielleicht hatte sie damit nicht unrecht, aber Stefan war überzeugt, dass er einfach Urlaub brauchte. Leider war das keine Option. Als selbstständiger Immobilienmakler zahlte er für jeden freien Tag mit Verdienstausfall, und das konnte er sich momentan nicht erlauben.

Er schlug die Augen wieder auf und sah auf die Uhr. 16:24 Uhr. Er musste los, wenn er es rechtzeitig zum Notartermin schaffen wollte. Es hatte lange genug gedauert, einen Käufer für die kleine Souterrainwohnung in Krefeld zu finden, und er war ohnehin heilfroh, dass Dr. Brinkhoff den Beurkundungstermin am Sonntag ermöglicht hatte. Der Kunde lebte den Großteil des Jahres in Südafrika und flog bereits morgen wieder zurück – bis dahin musste alles unter Dach und Fach sein. Müde erhob sich Stefan vom Sessel, nahm seine Jacke von der Garderobe und begab sich auf den Weg in die Tiefgarage. Wenn er die Vertragsunterzeichnung hinter sich hatte, würde er nach Hause fahren, sich ein Bier aufmachen und irgendeinen Müll auf Netflix schauen. Die Vorstellung machte die Aussicht auf die ermüdende Zeremonie in Dr. Brinkhoffs Kanzlei etwas erträglicher.

Er war kaum aus der Garage gerollt, als sein Handy klingelte. Das Display des Bordcomputers zeigte eine Mobilfunknummer, die ihm nichts sagte.

»*Noblesse Immobilien*, Stefan Setzner am Apparat. Was kann ich für Sie tun?«, nahm er das Gespräch an.

»Herr Setzner! Gut, dass ich Sie erreiche. Hier spricht Tina Wielage. Ich weiß nicht, ob Sie sich an mich erinnern.«

»Selbstverständlich erinnere ich mich, Frau Wielage«, antwortete er. »Ich hatte gar nicht so schnell mit Ihrem Anruf gerechnet. Wie kann ich Ihnen helfen?«

»Ich würde gerne kurzfristig mit Ihnen sprechen. Ich habe da noch ein paar Fragen wegen der Wohnung.«

»Heißt das, Sie sind weiterhin interessiert?«, fragte er, während er den Blinker setzte und links abbog.

»Sehr sogar. Ich werde gleich morgen mit der Bank reden, aber eigentlich mache ich mir um die Finanzierung keine Sorgen.«

Stefan grinste. Tina Wielage war offenbar nicht sehr beschlagen in Psychologie. Für die Preisverhandlungen brachte sie ihr Enthusiasmus in eine denkbar schlechte Position.

»Das freut mich zu hören. Ich bin mir sicher, dass wir die offenen Fragen klären können. Im Moment ist es ungünstig. Könnten wir vielleicht morgen telefonieren? Ich bin auf dem Weg zu einem Termin.«

»Das verstehe ich. Ich möchte Sie auch um Gottes willen nicht aufhalten.« Sie zögerte. »Eigentlich würde ich diese Dinge lieber persönlich mit Ihnen besprechen.«

Stefan verdrehte die Augen. Was glaubten die Leute eigentlich, wie viel Zeit er hatte? Wenn die Wielage Fragen zur Wärmedämmung oder zum Preis der Einbauküche hatte, sollte sie ihn das gefälligst am Telefon fragen.

»Das ist natürlich auch machbar«, erwiderte er dennoch bemüht freundlich. »Am besten rufen Sie mich morgen früh noch einmal an, und wir vereinbaren einen Termin.« Er lenkte den Wagen an den Straßenrand vor der Kanzlei. Wenigstens bei der Parkplatzsuche hatte er Glück.

»Ich will Ihnen nicht lästig sein«, drang Tina Wielages Stimme aus dem Lautsprecher, »doch wäre es nicht ausnahmsweise möglich, dass wir uns heute noch treffen? Den Rest der Woche passt es überhaupt nicht bei mir. Und ich möchte keine Zeit verlieren, die Wohnung interessiert mich sehr.«

»Ich komme heute nicht mehr zurück ins Büro, tut mir leid. Ich bin zuversichtlich, wir können das auch telefonisch klären oder wenn es Ihnen zeitlich besser passt. Ich muss jetzt Schluss machen.«

Tina Wielage reagierte nicht.

»Sind Sie noch dran?«, fragte Stefan nach einigen Sekunden.

»Ja«, antwortete sie zögernd. »Wenn das so ist, muss ich mir das noch mal überlegen mit der Wohnung. Ich melde mich dann gegebenenfalls.«

Diese blöde Schnepfe. Sie wusste genau, dass er das Gespräch nicht so beenden konnte.

»Frau Wielage, lassen Sie uns bitte morgen sprechen.«

»Wenn ich bereit bin, eine solche Summe zu investieren, erwarte ich von Ihnen ein gewisses Entgegenkommen. Ich muss mich in meinem Beruf auch nach den Wünschen meiner Kunden richten.«

Stefan runzelte die Stirn. Er konnte sich nicht erinnern, dass Tina Wielage erwähnt hatte, was sie beruflich tat. Jedenfalls schien sie eine zähere Verhandlungsgegnerin zu sein, als er zunächst geglaubt hatte.

»Also gut, wenn es tatsächlich so dringend ist, kann

ich nach meinem Termin bei Ihnen vorbeifahren«, lenkte er ein. »Das wird aber vermutlich erst nach neunzehn Uhr sein.«

»Das macht nichts.« Sie klang nun wieder versöhnlich. »Es wird auch nicht lange dauern.«

18. Kapitel

»Darf ich morgen bei Sebastian schlafen?«, fragte Tim, während Sandra die kochend heiße Auflaufform aus dem Ofen nahm.

Sie hatte ihm schon vor Tagen versprochen, am Wochenende Lasagne zu machen, und auch wenn die Zeit, bis sie wieder losmusste, knapp war, wollte sie zumindest dieses Versprechen halten.

»Max darf auch«, fügte er hinzu, als Sandra nicht gleich antwortete.

Vorsichtig stellte sie die Form auf der Arbeitsplatte ab und legte die Topflappen beiseite.

»Muss das ausgerechnet an einem Montag sein? Trefft euch doch am Wochenende.«

»Da ist Sebastian nicht da und nächstes auch nicht. Außerdem gehen wir Dienstag sowieso bloß ins Museum!«

»Lass uns das beim Essen in Ruhe besprechen«, bat sie. »Bringst du bitte schon mal einen Untersetzer zum Tisch?«

Tim gehorchte schweigend. Auch während Sandra die Portionen austeilte, sagte er kaum ein Wort. Wenn er wollte, konnte er so stur sein.

»Mamaaaaa?«, sagte er gedehnt, bevor er den ersten Bissen gegessen hatte.

»Ja?«

»Ich würde wirklich gerne morgen bei Sebastian schlafen.«

»Ich habe ja gar nichts dagegen. Aber dann bleibt ihr

wieder bis in die Puppen auf, und am nächsten Tag bist du total kaputt. Außerdem bist du Dienstagabend schon bei Papa. Ich freue mich auch, wenn du mal zu Hause bist.«

»Ich bin immer zu Hause.« Tim schmollte.

Ja, dachte Sandra, du bist immer zu Hause. Nur ich bin fast nie da.

Auch heute Abend würde sie Tim nicht ins Bett bringen können. Ihre Mutter hatte sich bereit erklärt, bei ihnen zu übernachten, damit Tim nicht allein war, wenn Sandra später aufbrechen würde, um in einem Dortmunder Bordell nach einer blonden Frau namens Nicki zu suchen.

»Also, darf ich jetzt oder nicht?«, fragte er nach dem Essen noch einmal, während er die Teller in die Spülmaschine räumte. Der Ausdruck in seinen großen blauen Augen zerriss ihr schier das Herz.

»Lass mich gleich mal mit Sebastians Mutter telefonieren, in Ordnung?«

»Okaaaaay …« Tim schien nicht richtig zu wissen, was er davon halten sollte.

»Na, ich will doch wissen, was du mitnehmen musst, wenn du da übernachtest.«

Schlagartig erhellte sich sein Gesicht. »Das heißt, ich darf hin?«

»Wie könnte ich dir das verbieten?«, antwortete Sandra und nahm ihn in den Arm. »Aber den Rest der Woche bleibst du abends zu Hause.«

»Klar, mach ich.« Tim sah ihr in die Augen. »Du aber auch.«

»Ja!«, sagte Sandra bestimmt. »Ich auch.«

Sie ahnte, dass sie das Versprechen nicht würde halten können, und es fühlte sich falsch an, Tim anzulügen. Dennoch wollte sie ihn nicht schon wieder enttäuschen.

Vielleicht geschah ja ein Wunder, und sie lösten den Fall schneller, als sie dachte.

Die Klingel ertönte.

»Oma ist da!«, rief Tim und lief zur Wohnungstür.

Während ihre Mutter und Tim sich begrüßten, zog Sandra verstohlen das Handy aus der Tasche. Hatte es nicht vorhin vibriert, als sie mit Tim über seine Übernachtungspläne gesprochen hatte? Tatsächlich, eine neue Nachricht von Mark. Sie widerstand der Versuchung, gleich nachzusehen.

»Hallo, mein Kind! Das riecht ja vorzüglich. Wäre jedoch nicht nötig gewesen.« Sandras Mutter lachte und stellte ihre Tasche ab.

»Es ist noch genug da, bedien dich.« Sandra umarmte sie.

»Danke, danke. Später vielleicht. Wir haben heute Mittag gegessen. Musst du direkt los?«

»Ja, ich muss um acht im Präsidium sein. Macht euch einen schönen Abend, ihr zwei.«

»Das machen wir ganz bestimmt, keine Sorge«, erwiderte ihre Mutter und zwinkerte Tim zu.

Sandra verabschiedete sich und rief noch kurz Sebastians Mutter an, um die Details von Tims Übernachtung zu besprechen, bevor sie das Haus verließ. Auf dem Weg zum Auto las sie Marks Nachricht.

Spielen wir jetzt, wer zuerst schreibt, hat verloren? ☺

Sie grinste. *Ganz genau. Und das bist ja wohl ganz klar du.*

Kann man nichts machen. Aber Glückwunsch zum Sieg. Du hast ein Date mit mir gewonnen!

Der Typ war schlagfertig. Sandra steckte das Handy in die Hosentasche und öffnete die Wagentür. Sie musste die Frontscheibe freikratzen, ehe sie losfahren konnte.

Du meinst wohl, das geht so einfach?, schrieb sie mit vor

Kälte schmerzenden Fingern, nachdem sie sich hinters Steuer gesetzt hatte.

Sie schaltete die Heckscheibenheizung an und wartete, bis die Eisschicht angetaut war.

Ich hoffe es. ☺ *Was machst du morgen Abend?*

Morgen Abend. Sandra wischte sich noch einmal durch Marks Fotos. Er sah wirklich gut aus. Hoffentlich zeigten die Fotos auch den Mann, mit dem sie textete. Online konnte sich jeder die Identität basteln, die ihm am besten passte. Die Vorstellung, dass am anderen Ende ein dicker sechzigjähriger Typ saß, ließ sie schaudern. So oder so war es mit Sicherheit ziemlich unvernünftig, an ihrem kinderfreien Abend einen Typen aus dem Internet zu daten.

Morgen Abend hätte ich noch einen Termin frei. ☺, tippte sie trotzdem ins Handy.

Vielleicht tat es ihr gut, mal etwas Unvernünftiges zu tun. Mit klopfendem Herzen ließ sie den Motor an.

19. Kapitel

Tina Wielage empfing Stefan in der Wohnungstür und strahlte übers ganze Gesicht.

»Es ist reizend, dass Sie heute Abend noch vorbeikommen konnten«, flötete sie und legte den Kopf schräg, während er den letzten Treppenabsatz hinaufstieg.

Sie trug ein viel zu großes weißes T-Shirt mit herausgetrenntem Kragen und der Aufschrift *Eat clean – Talk dirty* zu ausgewaschenen Hotpants. Stefan gab ihr zur Begrüßung die Hand und zog seinen durchnässten Parka aus. Er warf einen kurzen Blick in den Spiegel neben der Garderobe und strich seine Haare zurecht. Es schneite bereits den ganzen Tag, und er hatte einen Parkplatz zwei Straßen weiter gefunden. Immerhin war die Wohnung angenehm beheizt. Tina Wielage nahm ihm die Jacke ab und hängte sie an einen Haken. Verstohlen musterte er die junge Frau. Anders als bei ihrer letzten Begegnung hatte sie die Haare zu einem Pferdeschwanz gebunden. Stefan registrierte das Tattoo, das links an ihrem Hals bis hinters Ohr verlief.

»Es tut mir leid, wenn ich vorhin am Telefon etwas unfreundlich war«, entschuldigte er sich. »Ich hatte heute einiges zu tun, aber ich versuche, alles möglich zu machen, damit meine Kunden zufrieden sind.«

»Ich bin jetzt schon sehr zufrieden mit Ihnen.« Sie zwinkerte ihm zu. »Kommen Sie bitte rein. Möchten Sie etwas trinken?«

»Ein Glas Wasser wäre nett, vielen Dank.«

Durch einen schmalen Flur gelangten sie ins Wohnzimmer. Während Tina Wielage an der Küchenzeile in der hinteren linken Ecke des Raums das Wasser eingoss, sah er sich um. Zwei Türen gingen vom Wohnzimmer ab. Bad und Schlafzimmer. Ein Zweizimmerapartment, kaum größer als vierzig Quadratmeter. In dieser Lage in Dortmund-Eving konnte die Miete nicht viel mehr als zweihundertachtzig Euro betragen. Die Einrichtung – eine rote Eckcouch, ein quadratischer Esstisch – stammte von IKEA. Sie schien noch nicht lange hier zu wohnen, denn das Klingelschild war mit einem provisorischen handgeschriebenen Zettel überklebt. Und nun wollte sie sich plötzlich dringend eine Eigentumswohnung kaufen? Irgendetwas stimmte nicht mit dieser Frau.

»Setzen Sie sich bitte«, riss sie ihn aus seinen Gedanken. »Sie stehen da ja rum wie bestellt und nicht abgeholt.«

»Entschuldigen Sie«, entgegnete Stefan und nahm auf der Couch Platz. »Es war ein langer Tag.« Er fühlte sich ertappt, aber falls sie bemerkt hatte, wie er ihre Wohnverhältnisse musterte, ließ sie sich nichts anmerken.

»Das glaube ich Ihnen gerne«, sagte sie stattdessen. »Jetzt können Sie sich ein wenig entspannen. Das haben Sie sich verdient.«

Wenn Stefan etwas verdient hatte, dann war das ein kaltes Bier auf seinem eigenen Sofa und kein Hausbesuch bei einer überdrehten Klientin. Wenn es allerdings half, die Bude endlich an die Frau zu bringen, war es ihm recht.

Als sich die Wielage herunterbeugte, um die Gläser auf dem Couchtisch abzustellen, bemerkte Stefan, dass ihre Shorts kaum die Pobacken bedeckten. Er spürte, wie seine Wangen glühten. Lief sie zu Hause immer halb nackt herum, war es kein Wunder, dass sie die Heizung bis zum Anschlag aufdrehen musste. Erst jetzt fiel ihm die schwarze Tribaltätowierung auf, die sich ihr linkes Bein hinaufschlängelte. Handelte es sich um dasselbe Tattoo, das auch an ihrem Hals zu sehen war? Er fragte sich, wie das ganze Bild ausschauen mochte.

»Sie haben gesagt, dass Sie noch etwas klären wollen«, kam er auf den Grund seines Besuchs zu sprechen.

»Ja genau, ich weiß gar nicht so recht, wie ich anfangen soll«, meinte sie verlegen lächelnd und ließ sich neben ihm auf der Couch nieder. »Es ist mir irgendwie unangenehm.«

Stefan spürte, wie sich sein Puls beschleunigte. »Das braucht es nicht zu sein. Schießen Sie los!« Er nahm einen Schluck aus dem Wasserglas.

»Sie sind sehr nett zu mir. Ich hatte von Anfang an ein gutes Gefühl bei Ihnen.« Mit jedem Wort rückte die Wielage näher an ihn heran. »Ich habe ja gar keine Ahnung von Immobilien. Doch bei Ihnen wusste ich gleich, dass ich Ihnen vertrauen kann.«

Schon berührten ihre nackten Oberschenkel sein Bein. Lächelnd öffnete Tina Wielage ihren Pferdeschwanz und sah Stefan in die Augen. Rasch nahm er noch einen großen Schluck Wasser und rutschte ein Stück von ihr weg.

»Sie können mir vertrauen, das versichere ich Ihnen. Also, wie kann ich Ihnen nun helfen?«, versuchte er noch einmal, professionell zu bleiben.

»Sehen Sie, das gefällt mir an Ihnen. Sie kommen immer sofort zum Punkt.« Ohne ihren Blick von ihm abzuwenden, legte sie die Hand auf sein Knie und ließ die Finger an seinem Oberschenkel hinaufwandern.

Stefan brach der Schweiß aus, es gelang ihm jedoch nicht zu widersprechen.

»Ich mag es, wenn ein Mann weiß, was er will«, hauchte sie.

»Frau Wielage, ich …«

»Pst!« Sie legte den Zeigefinger auf Stefans Lippen, während sie sich an seinem Gürtel zu schaffen machte. »Sie sagten doch, dass Sie etwas Entspannung brauchen. Übers Geschäft können wir uns später immer noch unterhalten.«

20. Kapitel

Sandra parkte den BMW in einer Seitenstraße in der Nähe des Dortmunder Bordells. Die letzten paar Hundert Meter würden sie zu Fuß zurücklegen, um keine unnötige Aufmerksamkeit zu erwecken.

»Bist du so weit? Oder musst du erst noch deine Mails checken, Ronny?«, fragte sie ihren Kollegen, der auf dem Beifahrersitz mit seinem Handy spielte und während der Fahrt die meiste Zeit geschwiegen hatte.

Schmunzelnd steckte Ronny das Telefon weg. »Hätte mir jemand gesagt, dass ich mal mit dir zusammen in den Puff gehe, hätte ich ihn für verrückt erklärt.«

Sandra überging den Spruch. »Wenn wir Pech haben, hat sich bereits rumgesprochen, dass wir nach Nicki suchen. Also reiß dich zusammen, wir können keinen Ärger brauchen.«

»Jetzt mach dir mal nicht ins Hemd, Bambi«, erwiderte Ronny. Offenbar hatte er ihren Anschiss gut verdaut. »Lass mich einfach machen. Ich kenne mich auf der Straße besser aus als du. Und wenn es Stress gibt, haben wir ja Verstärkung in der Hinterhand.«

Sandra nickte. Einheiten der Dortmunder Polizei hielten sich in unmittelbarer Nähe des Objekts bereit, um im Notfall unverzüglich eingreifen oder die Umgebung abriegeln zu können. Ohne ein weiteres Wort stiegen sie aus und machten sich auf den Weg.

Die Straße war gesäumt von schmucklosen Mehrfamilienhäusern, wie sie das Straßenbild aller Ruhrgebietsstädte prägten. Altersschwache Straßenlaternen tauchten den nassen Asphalt in gelbes Licht. Der Schnee der letzten Tage bildete an den Hauswänden schmutzige Haufen. Autos parkten zu beiden Seiten auf den Bordsteinen.

Gerade in der Nähe der Messe waren illegale Bordelle wie das, in dem Nicki angeblich arbeitete, keine Seltenheit. Die ständig wechselnden Aussteller und Besucher lieferten einen schier unerschöpflichen Kundenstamm. Vor Hausnummer 42 blieben sie stehen. Wenn Ronny recht hatte, befand sich ihr Ziel hier. Die weiß verputzte Fassade und die Haustür aus dunklem Holz ließen keinen Rückschluss darauf zu, was sich dahinter verbarg.

Ronny schaute Sandra in die Augen. »Alles klar?«

Sie nickte.

Er atmete tief durch und drückte auf die Klingel mit der Aufschrift *Bielak GmbH.*

Endlose Sekunden verstrichen, ehe sich eine Stimme aus der Gegensprechanlage meldete. »Hallo?«

»Pizzaservice«, sagte Ronny. Das Codewort.

Der Türsummer ertönte, sie traten ein. Aus einer der Etagen über ihnen drangen Musik und Stimmen durchs Treppenhaus. Schweigend stiegen sie die Stufen hinauf bis in die zweite Etage, wo ein Mann, der es mit dem Steroidmissbrauch etwas übertrieben hatte, sie in der Wohnungstür erwartete. Er trug einen Vollbart und um den Hals eine schwere Goldkette. Auf seinem schwarzen T-Shirt glitzerte ein silberner Totenkopf. Als er Sandra erblickte, verfinsterte sich seine Miene.

»Für Frauen kein Zutritt!«, bellte er.

»Das werden wir noch sehen«, entgegnete Sandra und erklomm die letzten Stufen. Dann zückte sie ihren Dienstausweis. »Rehbein, Kripo Essen. Mein Kollege Schäfer und ich würden Ihnen gerne ein paar Fragen stellen.«

»Und was, wenn ich nicht mit Ihnen reden will?«, blaffte der Mann zurück.

»Ich würde Ihnen dringend raten, mit uns zu reden, wenn Sie nicht wollen, dass wir Ihr Etablissement zumachen«, gab Ronny zurück.

»Keine Ahnung, wovon Sie sprechen.«

Ein kleinerer Mann mit rasiertem Schädel und einer großen Narbe unter dem rechten Auge erschien im Türrahmen. Wie sein Kollege trug er ein enges schwarzes T-Shirt, die muskulösen Arme waren über und über mit Tattoos bedeckt.

»Gibt's Probleme?«, knurrte er.

»Alles im Griff. Die Herrschaften wollten gerade gehen«, antwortete der Bärtige in bedrohlich ruhigem Tonfall.

Seine stechenden dunklen Augen fixierten Sandra, und sie verspürte unvermittelt den Drang, den Kopf zu wenden. Dennoch hielt sie seinem Blick stand. Jedes Anzeichen von Schwäche konnte die Situation zum Kippen bringen.

»Können Sie sich ausweisen?«, schaltete sich Ronny ein.

Sandra meinte, ein leichtes Zittern in seiner Stimme zu hören.

»Hab meinen Ausweis verloren.«

»Dann müssen wir Sie zur Feststellung Ihrer Personalien leider mit ins Präsidium nehmen. Vielleicht schauen wir uns gemeinsam Ihre Polizeiakte an. Ich bin mir sicher, Sie haben nicht zum ersten Mal mit uns zu tun.«

Ronnys Worte zeigten Wirkung, denn im Gesicht des Mannes war zu erkennen, wie es in seinem Kopf arbeitete.

»Was wollen Sie?«, murmelte er schließlich widerwillig.

»Wir suchen eine junge Frau«, ergriff Sandra wieder das Wort. »Sie nennt sich ›Nicki‹. Nach unseren Informationen arbeitet die Frau bei Ihnen.«

»Kenn ich nicht, nie gehört«, sagte der Mann knapp.

Wie zur Bestätigung schüttelte auch sein kahlköpfiger Kollege den Kopf.

»Das bedeutet, Nicki hält sich nicht in dieser Wohnung auf?«, hakte Sandra nach.

»Wir kennen die Kleine nicht, und sie ist auch nicht hier«, gab der Türsteher zurück.

»Davon würden wir uns gerne selbst überzeugen«, insistierte Sandra.

Der Mann verschränkte die aufgepumpten Arme vor der Brust und stellte sich ihr in den Weg. »Stopp, junge Frau! Sie dürfen die Wohnung nicht betreten. Ich glaube, es ist besser, wenn Sie gehen.«

»Dann hätten wir jetzt doch mal gerne Ihre Ausweise gesehen.« Ronny hielt die Hand auf.

Die beiden Männer warfen sich einen Blick zu. Keiner von ihnen machte Anstalten, sich auszuweisen.

»Also?«, fragte Sandra, nachdem einige Sekunden schweigend vergangen waren.

Wortlos machte der Totenkopfmann einen Schritt zur Seite. Die Hand an der Dienstwaffe, trat Sandra an ihm vorbei in die Wohnung, dicht gefolgt von Ronny. Aus dem Augenwinkel bemerkte sie, wie die Männer sie von oben bis unten musterten. Vorsichtig einen Fuß vor den anderen setzend, scannte sie den Flur.

Mehrere farbige Leuchtkabel auf dem Boden tauchten die Diele in ein schummriges Licht. Aus einer Bluetoothbox in der Ecke dröhnte Musik mit gleichförmig hämmerndem Bass. Duftkerzen erfüllten die Luft mit künstlichem Vanillegeruch. Sandra zählte fünf Zimmer, die vom Flur abgingen. Durch eine offene Tür zu ihrer

Rechten sah sie eine junge Frau mit blau gefärbten Haaren, die nur mit Unterwäsche bekleidet auf einem Bett saß und unsicher zu ihr herübersah. Als sich ihre Blicke trafen, senkte das Mädchen den Kopf. Sie würden ohnehin die Personalien aller Anwesenden aufnehmen, um Nicki handelte es sich jedoch definitiv nicht.

Sandra wirbelte herum, als die Tür gegenüber aufschwang. Ein grauhaariger Mann um die fünfzig trat heraus. Als er Sandra entdeckte, blieb er wie angewurzelt stehen und schaute sie skeptisch an. Hinter ihm erkannte Sandra ein Badezimmer. Mit wenigen Worten wies sie den Freier an, zur Seite zu gehen und sich ruhig zu verhalten. Die übrigen Türen waren verschlossen, vermutlich kümmerten sich die Frauen dort gerade um ihre Kundschaft. Sandra verständigte sich mit einem Kopfnicken mit Ronny.

»Schließen Sie die Tür«, rief Ronny den beiden Türstehern zu, die widerwillig gehorchten. »Niemand verlässt die Wohnung, bis wir die Überprüfung abgeschlossen haben.«

Sandra spannte sich an, als Ronny die erste der verschlossenen Türen ruckartig öffnete. Der Raum dahinter war stockdunkel. Ronny schaltete das Licht ein, und Sandra trat mit vorgehaltener Waffe ins Zimmer. Ein Bett, ein kleiner Nachttisch. Sonst nichts. Kein Mensch hielt sich darin auf.

Mit schnellen Schritten begaben sie sich zur nächsten Tür. Wieder stieß Ronny sie ohne Vorwarnung auf, diesmal empfing sie ein erschrockener Aufschrei. Ein deutlich übergewichtiger Mann lag nackt auf dem Bett, auf ihm sitzend eine junge schwarze Frau mit rotem BH. Als sie die Beamten sah, sprang sie wie von der Tarantel gestochen von ihrem Kunden herunter und wickelte sich in einen Bademantel. Der Dicke glotzte sie nur an und schien nicht zu begreifen, was vor sich ging.

»›tschuldigung!«, rief Ronny und zog die Tür wieder zu.

Sandra schüttelte den Kopf. Was für ein absurdes Schauspiel. Schweigend wandten sie sich dem letzten Zimmer zu. Doch ehe Ronny seine Hand auf die Klinke legen konnte, wurde die Tür aufgezogen. Sofort hoben sie ihre Waffen und wappneten sich. Als das Gesicht einer Frau mit knabenhaften Zügen und kurzen schwarzen Haaren im Türspalt erschien, ließ Sandra die Waffe sinken. Nein, Nicki schien heute nicht hier zu sein.

»Zufrieden?«, blaffte der aufgepumpte Aufpasser. »Und jetzt macht, dass ihr wegkommt.«

»Immer langsam«, ließ sich Ronny nicht beirren. »Wir haben es uns anders überlegt. Einmal die Ausweise bitte.«

21. Kapitel

»Also, Janine, was hattest du in der Wohnung zu suchen?«, fragte Sandra zum wiederholten Mal.

»Hab da halt abgehangen, hab ich doch schon gesagt.«

Das Mädchen mit den blauen Haaren hing gereizt auf dem Stuhl im Vernehmungszimmer und drehte unentwegt ein Feuerzeug zwischen den Fingern. Ihre dürren Beine, die in schwarzen Netzstrümpfen und Schnürstiefeln steckten, wippten unruhig hin und her.

»Kann ich vielleicht mal eine rauchen?«

»Nur zu.« Sandra machte eine einladende Geste. Rauchen war im Präsidium verboten, ihr blieb allerdings keine andere Wahl, wenn sie das Mädchen zum Reden bringen wollte.

Sie hatten die junge Frau, die sich ihnen als »Luna« vorgestellt hatte, mit den anderen Mädchen in dem illegalen Dortmunder Bordell aufgegriffen. Die Personenüberprüfung hatte ergeben, dass es sich um Janine Przyborek handelte, die dem örtlichen Jugendamt als Straßenkind bekannt war. Ihre schwarze Wimperntusche war auf den Wangen verlaufen, an den Unterarmen erkannte Sandra zahlreiche ältere und frische Schnittwunden sowie kreisrunde Brandmale, wie sie typischerweise beim Ausdrücken von Zigaretten entstanden. Welche Verletzungen dabei womöglich selbst beigebracht und welche die Folge von Misshandlungen waren, war nicht zu unterscheiden.

»Wir wissen, dass du nicht freiwillig für diese Leute

arbeitest«, versuchte sie es noch einmal. »Aber wenn du nicht mit uns redest, können wir dir nicht helfen.«

Trotzig zündete sich Luna eine Zigarette an.

»Du bist siebzehn, Janine! Hast du dir mal überlegt, wie dein Leben weitergehen soll?«, fragte Sandra eindringlich.

Das Mädchen rollte mit den Augen. »Sind Sie 'ne Sozialarbeiterin oder so? Warum nerven Sie mich mit der Scheiße?«

Sandra lehnte sich zurück und atmete tief durch. Luna hatte recht. Es war nicht ihre Aufgabe, sich um die Zukunft der jungen Prostituierten zu sorgen. Polizei und Jugendamt würden sich der Sache ohnehin annehmen. Aber da bis auf die Anwesenheit der Minderjährigen in einer offensichtlich als Bordell genutzten Wohnung nichts vorgefallen war, würde die gestrige Nacht für niemanden ernsthafte Konsequenzen haben. Keiner würde Janine davon abhalten können, ihr Leben vollständig zu ruinieren. Sandra war genug Frauen mit ähnlichem Schicksal begegnet, um das zu wissen. Trotzdem war das Gefühl der Ohnmacht schwer zu ertragen.

»Nun gut. Dann verrat mir wenigstens, ob du eine Frau namens Nicki kennst.«

Luna zuckte mit den Schultern. »Kein Plan, wen Sie meinen. Ich kenn tausend Nickis.« Wieder zog sie an ihrer Zigarette und blies den Rauch Richtung Decke.

»Sieht eine von diesen Nickis vielleicht so aus?«, fragte Sandra und legte ihr ein Foto der Frau aus dem Video vor.

Beim Anblick des Standbilds, das Nicki beim Sex mit Dirk Lettorf zeigte, hob Janine überrascht die Brauen, setzte jedoch gleich wieder ihre trotzige Miene auf. »Selbst wenn ich sie kennen würde, verpfeife ich sie bestimmt nicht an die Bullen.«

»Jetzt hör mir mal zu!« Sandra wurde laut. »Wir haben dich nicht zum Spaß mitgenommen. Wir ermitteln in einem Mordfall, und Nicki ist vielleicht unsere wichtigste Zeugin.«

Zum ersten Mal schien Luna beeindruckt, denn sie schwieg für einige Sekunden.

»Was denn für 'n Mordfall?«, brachte sie schließlich hervor, ihre Stimme klang allerdings bei Weitem nicht mehr so kaltschnäuzig.

»Darüber kann ich leider nicht sprechen. Doch wenn du weißt, wie Nicki mit richtigem Namen heißt oder wo sie sich aufhält, müssen wir das unbedingt wissen! Vielleicht können wir so verhindern, dass weitere Unschuldige sterben müssen.«

»Kann sein, dass ich sie schon mal gesehen habe.«

»Du musst uns sagen, wer sie ist und wo wir sie finden können. Das ist von größter Wichtigkeit«, forderte Sandra sie auf.

Wieder zuckte Luna mit den Schultern. »Keine Ahnung, wie sie richtig heißt. Ist bei uns nicht so üblich, wissen Sie?«

Ja, Sandra wusste. Seit sie bei der Kripo im Ruhrgebiet tätig war, hatte sie tiefe Einblicke ins Milieu erhalten. Unter Prostituierten gab man ungern seine Identität preis, nicht nur aus Angst. Viele Frauen schlüpften in eine Rolle, die es ihnen leichter machte, ihren Körper zu verkaufen.

»Kommt Nicki regelmäßig in die Bergstraße?«

Luna schüttelte den Kopf. »Früher war sie öfter da, aber ich hab sie schon seit ein paar Wochen nicht mehr gesehen.«

»Hast du eine Ahnung, warum Nicki nicht mehr kommt?«

»Nein …« Luna zögerte. »Es erfährt doch keiner, was ich hier sage, oder?«

Sandra beugte sich über den Tisch und fasste die Hände des Mädchens. »Janine«, sagte sie verschwörerisch. »Ich weiß, dass du Angst hast. Und ich verspreche dir, dass wir niemandem erzählen, von wem wir die Informationen haben.«

Luna kaute auf ihrer Unterlippe herum.

»Von deiner Hilfe könnten Menschenleben abhängen.«

»Ich weiß nicht …«

»Wenn du etwas weißt und es uns nicht sagst, kann das ernsthafte Folgen für dich haben.«

»Sie können echt anstrengend sein.« Janine wand ihre Hände aus Sandras Griff und kramte in ihrer Tasche. »Okay, ich hab Nickis Handynummer.«

22. Kapitel

Es war ein verträumter Montagmittag im Dortmunder Stadtgarten. Über Nacht war wieder etwas Schnee gefallen, jetzt schien die Sonne am wolkenlosen Himmel. Die weiße Puderschicht, die Hecken und Rasenflächen bedeckte, verlieh der Szenerie etwas Friedliches. Einzelne Spaziergänger schlenderten in dicke Jacken gehüllt unter den kahlen Bäumen dahin und genossen die klare Luft. Hin und wieder hörte man ein Lachen oder das Schreien eines Babys. Ein junges Paar ging mit seinen beiden Kindern spazieren. Der Junge war vielleicht fünf Jahre alt. So alt wie Jayden. In der Ferne bellte ein Hund. Nicki zog an ihrer Zigarette und lehnte sich auf der roten Parkbank zurück. Die Bank war von einem Dortmunder Zirkusbesitzer gestiftet worden und eignete sich ideal als Treffpunkt, da sie sich als einzige von den übrigen braunen Bänken abhob. Sie sog die Atmosphäre ein, um sich später daran erinnern zu können. Wenn alles glattlief, würde sie Dortmund schon bald verlassen. Wer konnte sagen, ob sie die Stadt, in der sie vor sechsundzwanzig Jahren geboren worden war, jemals wiedersehen würde?

Sie schreckte aus ihren Gedanken hoch, als neben ihr eine Frau Platz nahm. Sie wagte nicht, den Kopf zu wenden, sondern hielt den Blick starr geradeaus gerichtet, während die Frau neben ihr eine Brötchentüte aus der Tasche nahm und zu essen begann. Nicki wusste auch so, wer sie war. Das schwere Parfüm, das Nicki an ihre Großmutter erinnerte, war unverkennbar.

»Ganz schön kalt geworden, findest du nicht?«, fragte Lorena.

»Ja«, sagte Nicki. »Da haben Sie recht. Verdammt kalt sogar.«

»Ich liebe diesen Ort trotzdem. Ich komme fast jeden Tag her. Hier habe ich das Gefühl, dass die Welt für einen Moment stillsteht. Wünschst du dir manchmal, du könntest die Zeit anhalten?«

»Im Augenblick wünsche ich mir eher, ich könnte vorspulen«, antwortete Nicki.

Lorena nickte bedächtig. »Das kenne ich gut. Manchmal ist das Leben beinahe unerträglich, und du betest, dass es schnell vorbeigehen möge. Aber das Geheimnis ist, geduldig zu bleiben. Wenn du deinen Frieden gefunden hast, hoffst du, dass der Moment niemals vergeht.«

»Haben Sie Ihren Frieden gefunden?«

»Ich denke, ich bin auf dem besten Weg.«

Einige Sekunden lang schwiegen sie. Hatte Lorena sie herbestellt, um über den Seelenfrieden zu philosophieren? Nicki wusste, dass es nicht so war.

»Hast du das Material?«, fragte Lorena irgendwann.

Stumm drückte Nicki ihr den USB-Stick in die Hand. Wenn sie jemand beobachtete, musste er denken, dass sie einen Drogendeal abschlossen. Doch kein Passant hatte Augen für das ungleiche Paar. Nachdem sie den Stick eingesteckt hatte, verharrte Lorena reglos auf der Bank. Worauf wartete sie? Nicki zwang sich, ruhig zu atmen. Sie wollte so schnell wie möglich ihr Geld haben und verschwinden.

»Denkst du, du könntest mir ein weiteres Mal behilflich sein?«, fragte ihre Nachbarin unvermittelt.

»Hören Sie!«, zischte Nicki. »Das war definitiv das letzte Mal. Ich möchte nur mein Geld, und dann lassen Sie mich gefälligst in Ruhe!«

»Wie du meinst.« Lorena reichte ihr die Brötchentüte. »Falls du Hunger hast. Ich schaffe den Rest nicht mehr. Sorg dafür, dass Setzner Donnerstagabend am vereinbarten Ort erscheint. Wir beide sehen uns am Mittwoch um sieben Uhr morgens an der Haltestelle Saarlandstraße. Ich bringe dann die restlichen Brötchen mit.«

Ehe Nicki etwas entgegnen konnte, erhob sich Lorena und ging. Nicki wartete, bis sie hinter der nächsten Wegbiegung verschwunden war, bevor sie in die Tüte schaute. Zufrieden lächelnd erblickte sie das Bündel Geldscheine. Vielleicht hatte sie ihren Seelenfrieden noch nicht gefunden, für den Anfang war das allerdings gar nicht so übel.

23. Kapitel

In der Nachmittagsbesprechung berichteten zwei Beamte von den Vernehmungen der im Dortmunder Bordell aufgegriffenen Personen. Die zwei anderen Prostituierten hatten nach längerer Befragung zugegeben, sich ähnlich wie Janine Przyborek an Nicki zu erinnern. Anhand der Bilder aus dem Video hatten auch sie die Identität der Gesuchten bestätigt, gaben jedoch ebenfalls an, die blonde Frau seit Wochen nicht gesehen zu haben. Ihren echten Namen kannten sie nicht. Die Aufpasser waren einschlägig vorbestraft und dementsprechend abgebrüht im Umgang mit der Staatsgewalt. Sie verweigerten jede Aussage. Kein Hinweis auf die Hintermänner des illegalen Etablissements war ihnen zu entlocken, und beide behaupteten, die tätowierte junge Frau nicht einmal zu kennen. Es war zum Aus-der-Haut-Fahren. Da hatten sie die Frau, die möglicherweise mit dem Mord an dem Familienvater in Verbindung stand, beinahe aufgespürt und kamen trotzdem nicht von der Stelle. Vor dem Konferenzraum lief Ronny telefonierend auf und ab. Was immer er zu bereden hatte, musste so wichtig sein, dass er dafür die Besprechung verlassen hatte. Durch die einen Spaltbreit offen stehende Tür war seine aufgeregte Stimme zu hören.

»Die Handynummer, die Janine Przyborek uns gegeben hat, gehört einer Vanessa Hüssmann«, verkündete Werner.

Sandra legte den Kopf schief. »Kann das unsere Nicki sein? Was wissen wir über die Frau?«

»Sechsundzwanzig Jahre alt. Seit drei Jahren als arbeitssuchend gemeldet. Zahlreiche Vorstrafen, vor allem Diebstähle und Verstöße gegen das Betäubungsmittelgesetz. Die Hüssmann hat einen fünfjährigen Sohn, allerdings hat man ihr direkt nach der Geburt das Sorgerecht entzogen, da sie zu dieser Zeit ohne festen Wohnsitz und drogenabhängig gewesen ist. Vater unbekannt, der Junge lebt in einer Pflegefamilie. Vanessa Hüssmann selbst ist wohnhaft in der …« Werner las von dem Zettel in seiner Hand ab. »… Benzberger Straße zweihundertvierundzwanzig in Dortmund.«

Sandra nickte. Alter und Biografie konnten ins Milieu und zu der Person aus dem Sexvideo passen.

»Sehr gut«, sagte sie. »Sind die Dortmunder schon unterwegs?«

»Selbstverständlich. Die örtlichen Kollegen statten der jungen Dame einen Besuch ab. Sollte sie nicht daheim sein, wird die Umgebung der Wohnung beschattet, bis sie nach Hause kommt. Was hat sich bei euch getan?«

»Die DNA-Analysen vom Tatort sind da«, schaltete sich Ronny ein, der in diesem Moment im Türrahmen erschien. »Und ich vermute, sie werden euch ziemlich überraschen.« Zufrieden nahm er die fragenden Gesichter seiner Kollegen zur Kenntnis.

»Na, dann schieß mal los«, brummte Werner.

»Nun ja …« Ronny ließ sich in aller Ruhe am Konferenztisch nieder, ehe er weitersprach. »Die Emanzipation macht eben doch Fortschritte. Es sieht ganz so aus, als wären wir auf der Jagd nach einer Killerin.«

»Aha«, murmelte Sandra zweifelnd.

»Die Fremd-DNA stammt eindeutig von einer weiblichen Person«, fuhr Ronny fort. »Würde mich nicht wundern, wenn der Gencode zu unserer Freundin Nicki passt.«

Werner runzelte die Stirn. »Selbst wenn sich ihre DNA an seiner Leiche befindet, die beiden hatten Sex, das besagt überhaupt nichts.«

Ronny grinste. »Schon klar. Aber die DNA der Unbekannten findet sich nicht nur an seiner Leiche und seiner Kleidung, sondern auch in der Wunde. Sieht nicht so aus, als hätte die gute Frau Handschuhe getragen bei der ganzen Matscherei.«

»Haben wir die DNA mit der seiner Ehefrau abgeglichen? Immerhin hätte sie ein Motiv, ihn umzubringen«, gab Werner zu bedenken.

»Wird gerade erledigt.«

»Ich kann mir beim besten Willen nicht vorstellen, dass Ramona Lettorf eine Mörderin ist«, sagte Sandra kopfschüttelnd.

»Dass du es dir nicht vorstellen kannst, bedeutet nicht, dass es nicht so ist. Stille Wasser sind tief. Ich frage mich ja auch, was in dir noch alles schlummert«, gab Ronny zurück.

Sandra ging nicht darauf ein. Sie sah auf die Uhr. 18:10 Uhr. Wenn sie jetzt aufbrach, schaffte sie es, vor ihrer Verabredung zu duschen.

»Gibt's noch was? Sonst beenden wir den Tag für heute. Wer weiß, wann sie diese Vanessa Hüssmann aufgreifen, dann sind wir eh wieder alle hier.«

Die Kollegen nickten zustimmend und begannen, sich von ihren Stühlen zu erheben.

Hastig stand Sandra auf und ging zur Tür.

»Du hast es ja eilig«, sagte Ronny amüsiert. »Hast du noch ein Date, Bambi?«

Sandra spürte, wie sich ihr Pulsschlag beschleunigte.

»Selbst wenn, wärst du ganz sicher der Letzte, dem ich davon erzählen würde.«

»Würde mich schon mal interessieren, auf was für Typen du stehst.«

»Guck einfach in den Spiegel und stell dir das Gegenteil vor«, erwiderte sie und verließ den Raum.

24. Kapitel

»Kommst du zum Essen, Stefan?«

»Ja, gleich.«

Ines hatte schon zum dritten Mal gerufen, Stefan schaffte es jedoch nicht, sich vom Rechner loszureißen. Er musste die Anzeige für das Penthouse in Wichlinghofen endlich online stellen, aber irgendwie verschob die Immoscout-Website jedes Mal die Formatierung. Entnervt beschloss er, nach dem Abendessen einen weiteren Versuch zu starten. Er wollte nicht, dass die Stimmung weiter in den Keller ging. Seit gestern Abend bildete er sich ein, dass Ines ihn misstrauisch musterte, als sähe sie ihm das schlechte Gewissen wegen seines Seitensprungs an der Nasenspitze an. Außerdem war sie ohnehin schon gereizt, weil er fast nie Zeit für sie hatte. Doch so war das nun einmal als Selbstständiger. Irgendwie mussten die Raten für das Haus ja bezahlt werden.

Sein Handy klingelte. Auch das noch. Die Nummer auf dem Display sagte ihm nichts.

»Stefan Setzner, guten Abend!«

»Herr Setzner, schön, dass ich Sie erreiche. Tina Wielage am Apparat.«

Dieses Miststück! Er hatte all ihre Anrufe seit gestern unbeantwortet gelassen, und jetzt rief sie von einem anderen Handy aus an.

»Frau Wielage«, zischte er und verschwand im Bad, damit Ines ihn nicht hörte. »Ich habe kein Interesse, mit Ihnen zu sprechen! Rufen Sie mich nicht mehr an. Wir kommen nicht ins Geschäft.«

»Warum denn nicht?«, fragte sie unschuldig. »Ich habe doch gesagt, dass mich die Wohnung sehr interessiert.«

Stefan seufzte resigniert. »Ich denke, Sie wissen ganz genau, warum. Und jetzt lassen Sie mich gefälligst in Ruhe.«

»Hat es Ihnen gestern nicht gefallen?«

»Hören Sie auf damit«, fuhr er sie an. Verdammt, er durfte nicht so laut sein. »Vergessen Sie, dass wir uns je getroffen haben«, setzte er im Flüsterton nach.

»Wie könnte ich einen so schönen Abend vergessen? Ich würde Sie sehr gerne wiedersehen«, säuselte sie durch den Lautsprecher.

»Vergessen Sie's! Ich werde mich ganz bestimmt nicht mit Ihnen treffen.«

»Das ist schade«, antwortete Tina Wielage, doch ihr Tonfall war mit einem Mal merklich schärfer geworden. »Meinen Sie, ich sollte mich stattdessen lieber mal mit Ihrer Frau unterhalten? Ich bin mir sicher, ich kenne ein paar Geschichten, die sie brennend interessieren würden.«

Was für eine miese Schlampe!

»Was wollen Sie von mir?«, presste Stefan zwischen den Zähnen hervor.

»Ich will, dass wir uns Donnerstagabend treffen. Um acht Uhr auf dem Parkplatz hinter Ihrem Büro. Und versuchen Sie nicht, mich zu verarschen. Es sei denn, Sie wollen Ihrer Ines erklären, was Sie abends so treiben, wenn Sie wieder mal einen wichtigen Termin haben.«

Stefan traten Tränen in die Augen. Woher kannte die Frau Ines' Namen? Tina Wielage war keine Wohnungsinteressentin. Was war er bloß für ein erbärmlicher Idiot gewesen?

»Warum tun Sie mir das an?«, wimmerte er mehr, als dass er sprach.

»Stellen Sie nicht so viele Fragen. Kommen Sie einfach.«

Bevor er etwas entgegnen konnte, hatte sie aufgelegt. Fassungslos starrte er auf das Telefon in seiner Hand. Was, zur Hölle, spielte diese Frau für ein Spiel mit ihm? Glaubte sie, ihn erpressen zu können, um so den Preis für die Wohnung zu drücken? Er spürte Wut in sich aufsteigen. Wenn sie ihn für so dumm und schwach hielt, hatte sie sich gewaltig geschnitten. Die Wielage wollte sich mit ihm treffen? Bitte. Er würde ihr schon klarmachen, dass sie sich lieber einen anderen Gegner suchte.

Jetzt war allerdings nicht der richtige Zeitpunkt, sich darüber Gedanken zu machen. Erst einmal musste er dafür sorgen, dass sich Ines wieder beruhigte und keinen Verdacht schöpfte. Er zog die Nase hoch und steckte das Handy in die Hosentasche. Um das blonde Flittchen konnte er sich morgen immer noch kümmern.

25. Kapitel

Gespannt sah Sandra die Rüttenscheider Straße hinauf und hinunter, während sie vor der Tür der *Beef Boutique* wartete. Mark hatte den neuen Burgerladen für ihr erstes Date vorgeschlagen, und ihr war es nur recht, wenn sie am Ende eines langen Arbeitstags etwas Anständiges zu essen bekam. Auch an einem Montagabend herrschte auf der Essener Ausgehmeile reges Treiben. Lachende und fröhlich dreinschauende Menschen liefen paarweise oder in Gruppen vorbei oder saßen in den zahlreichen Cafés und Restaurants. Zwischen den schneebedeckten Bäumen funkelten die Lichter der quer über die Straße gespannten Lichterketten und retteten einen Rest Weihnachtsstimmung in den frühen Februar hinüber. Sandra überlegte, wann sie das letzte Mal essen gegangen war oder mit Freundinnen Cocktails geschlürft hatte. Es fühlte sich an wie in einem früheren Leben.

»Sandra?«

Erschrocken fuhr sie herum.

»Ich bin Mark.«

Der Mann, der breit lächelnd vor ihr stand, trug eine braune Lederjacke zu dunkelblauen Jeans und sah genauso aus wie auf dem Foto. Allerdings war Mark deutlich größer, als sie ihn sich vorgestellt hatte.

»Hi, Mark! Freut mich«, brachte sie mit Mühe hervor und begrüßte ihn mit einer flüchtigen Umarmung, bei der sie sich auf die Zehenspitzen stellen musste.

»Und mich erst. Toll siehst du aus«, erwiderte er, immer noch strahlend.

Sandra spürte, wie sie errötete. »Danke ... Wollen wir reingehen?«

Mark hatte einen Tisch reserviert. Sie nahmen Platz, bestellten Bier und begannen in den Speisekarten zu blättern.

»Warst du schon mal hier?«, fragte Sandra, um das Gespräch zu eröffnen.

»Nein, ist auch für mich Premiere. Aber der Barbecue Burger klingt gut.«

»Das ist gemein, den wollte ich nehmen«, rief Sandra mit gespielter Empörung.

»Ich meinte natürlich auch für dich.«

Sie mussten beide lachen. Als die Getränke kamen, nahm Sandra einen großen Schluck von ihrem Pils.

»Eine Frau, die Barbecue Burger isst. Gefällt mir«, sagte Mark anerkennend. »Ich hatte schon Angst, dass du vielleicht Veganerin bist.«

Sandra lachte. »So ziemlich das Gegenteil davon.«

»Das ist schon mal eine gute Basis. Und trinken kannst du ganz offensichtlich auch.«

»Ja. Nur heute wird es bei dem einen Bier bleiben, es kann sein, dass ich jederzeit zum Dienst muss.«

Mark hob die Brauen. »Sag bloß, du bist Ärztin.«

Sandra schüttelte den Kopf. »Nein, so gut war ich nicht in der Schule.«

»Magst du mir verraten, was du beruflich machst?«

»Ich ... ich bin bei der Polizei«, antwortete sie zögernd.

»Wow! Das heißt, wenn ich mich danebenbenehme, verhaftest du mich?«

Sandra musste grinsen. »Wer weiß! Benimmst du dich denn oft daneben?«

»Ohne meinen Anwalt sage ich gar nichts.« Mark verschränkte die Arme vor der Brust.

»Na gut. Darf ich denn auch wissen, in welcher Branche du tätig bist?«

»Ich bin Unternehmensberater.«

Die Kellnerin servierte die Bestellung. Sie machten sich über die riesigen Burger her und warfen sich amüsierte Blicke zu, wenn sich einer das Gesicht mit Barbecuesoße bekleckerte.

»Ich weiß nicht, wie genau du mein Profil gelesen hast«, sagte Sandra zwischen zwei Bissen. »Aber eine Sache muss ich dir sagen. Ich habe einen siebenjährigen Sohn.«

Zu ihrer Erleichterung lächelte Mark noch freundlicher. »Habe ich gelesen. Sehr cool. Wie heißt er?«

»Tim.«

»Wie mein großer Bruder. Das kann ich mir gut merken.«

Sandras Herz machte einen Sprung. Wenn ihn die Tatsache, dass sie eine alleinerziehende Mutter war, nicht abschreckte, war schon mal viel gewonnen.

»Wie schaffst du das denn alles ganz allein? Mit dem Kleinen und der Arbeit?«

Hatte Mark gerade ihre Leistung als berufstätige alleinerziehende Mutter gewürdigt? Irgendetwas musste faul sein an diesem Typen.

»Meine Eltern helfen mir. Ist schon hart manchmal.«

Mark nickte. »Kann ich mir vorstellen.«

»Hast du Kinder?«, wollte Sandra wissen.

»Nein.« Er schüttelte den Kopf. »Bisher leider nicht. Aber ich hätte gern welche.«

Sandra lachte hell auf. »Meine Familienplanung ist eigentlich abgeschlossen.«

Nun lachte auch Mark. »So war das nicht gemeint.«

Wieder merkte Sandra, wie sie rot wurde, doch es war ihr nicht unangenehm. Mark strahlte eine Lockerheit aus, die ihr die Befangenheit nahm. Ihr erstes *Love-Match*-Date schien ein echter Volltreffer zu sein.

Sie alberten noch eine Weile herum und unterhielten sich über Gott und die Welt, ehe Sandra um halb elf verkündete, dass sie aufbrechen müsse. Mark bezahlte die Rechnung und half ihr in die Jacke. Auf dem Gehweg vor dem Restaurant hielten sie einen Moment inne.

»Soll ich dich nach Hause fahren?«, fragte Mark.

»Danke, ich bin selbst mit dem Auto da.«

»Mit dem Streifenwagen?«

»Genau.« Sandra grinste. »Den zeige ich dir beim nächsten Mal.«

»Heißt das, wir sehen uns wieder?« Eine Spur von Unsicherheit mischte sich in Marks spitzbübisches Lächeln.

»Das hoffe ich«, antwortete Sandra und versuchte, die Aufregung in ihrer Stimme zu unterdrücken. Das Herz schlug ihr bis zum Hals, und auch Marks Augen strahlten. Sie tauschten Handynummern aus und verabschiedeten sich. Breit grinsend ging Sandra zu ihrem Toyota.

26. Kapitel

Sandra stieg am nächsten Morgen gerade aus der Dusche, als der schrille Klingelton des Diensthandys ertönte. Hastig trocknete sie ihre Hände ab und nahm den Anruf entgegen.

»Rehbein.«

»Sandra, ich bin's. Werner. Die Dortmunder haben Vanessa Hüssmann vor ihrer Wohnung angetroffen.«

»Was?« Sandra brauchte einen Moment, um das Gehörte zu verarbeiten. »Wo ist sie jetzt?«

»Auf dem Weg ins Präsidium. Die Kollegen bringen sie direkt hierher. Ich dachte, du würdest dich gerne mit ihr unterhalten.«

Das wollte Sandra allerdings. Knapp verabschiedete sie sich von Werner. Nicht einmal zehn Minuten später war sie angezogen und verließ die Wohnung. Auf dem Weg nach unten checkte sie ihr privates Handy.

Eine Nachricht von Mark, um 2:27 Uhr. *Ich kann nicht schlafen.* ☺

Ein Lächeln huschte über Sandras Gesicht. Der Typ ging ganz schön ran, anscheinend hatte ihm ihr erstes Date gefallen. Dennoch steckte sie das Handy wieder weg, ohne zu antworten. Sie hatte jetzt keine Zeit zum Flirten. Wenn die Dortmunder Kripo die Frau aus dem Video gefunden hatte, würde ihr Alltag hoffentlich schon bald wieder etwas ruhiger werden.

Im Präsidium hetzte sie über den langen Korridor direkt zum Vernehmungszimmer. Werner und Ronny warteten davor. Sandra begrüßte sie, ehe sie gefolgt von

Ronny in den quadratischen, fensterlosen Raum trat. Die Tatsache, dass Vanessa Hüssmann Sex mit dem späteren Opfer gehabt und das Ganze womöglich selbst heimlich auf Video aufgenommen hatte, rechtfertigte eine umgehende Vernehmung. Sandra setzte sich an den rechteckigen Resopaltisch, auf dem nur ein Laptop und ein Wasserglas standen, und wartete. Sie musste so schnell wie möglich wissen, ob die Kollegen die richtige Frau aufgegriffen hatten. Schließlich konnte Janine Przyborek ihnen auch eine falsche Handynummer gegeben haben. Als die Tür endlich aufschwang und zwei Beamte Vanessa Hüssmann hereinführten, waren ihre Zweifel augenblicklich beseitigt. Das Tattoo am Hals der blonden Frau, die sich energisch im Griff ihrer beiden Begleiter wand, sprang ihr sofort ins Auge.

»Können Sie mir vielleicht endlich mal erklären, was Sie von mir wollen?«, fragte Vanessa Hüssmann aufgebracht, nachdem sie widerwillig auf dem Stuhl gegenüber Platz genommen hatte. »Sie behandeln mich ja wie eine Verbrecherin!«

»Beruhigen Sie sich. Ihnen wird nichts zur Last gelegt«, erwiderte Sandra mit gemessener Stimme und stellte sich und Ronny vor. »Wir möchten Ihnen lediglich ein paar Fragen stellen.« Sie hatte die Hände vor sich auf dem Tisch gefaltet. Ronny lief hinter ihrem Stuhl auf und ab. »Wenn Sie mit uns kooperieren, sind wir schnell fertig. Sind Sie bereit, mit uns zu reden?«

»Hab ich 'ne Wahl?«, antwortete Vanessa Hüssmann trotzig.

»Die haben Sie durchaus«, erläuterte Sandra geduldig. »Sie können die Aussage verweigern. Allerdings beschleunigt das den Prozess nicht gerade.«

Sie verdrehte die Augen. »Also, worum geht's?«

»Was sagt Ihnen der Name Dirk Lettorf?«

»Tut mir leid, ich habe ein ganz schlechtes Namensgedächtnis. Wer soll das sein?«

Sie war eine hübsche Frau. Ihre blonden Locken, die Stupsnase und die großen braunen Augen verliehen ihr ein mädchenhaftes Aussehen. Trotzdem sah sie alt aus für eine Sechsundzwanzigjährige. Ihre Gesichtshaut war spröde, wie man es oft bei starken Rauchern sah, und rund um die Lippen gruben sich bereits die ersten Falten in das junge Gesicht. Das Leben im Milieu war nicht spurlos an Vanessa Hüssmann vorübergegangen.

»Denken Sie noch einmal nach«, sagte Sandra mild. »Wir sind uns sicher, dass Sie ihn kennen.«

»Was tut das überhaupt zur Sache? Worum geht's eigentlich?«

»Wir stellen die Fragen«, warf Ronny barsch ein. »Kennen Sie diesen Mann oder nicht?« Er legte ein Foto von Lettorf vor ihr auf den Tisch.

»Auch wenn Sie hier den Bad Cop spielen, ich kann mich nicht erinnern.« Vanessa Hüssmann lächelte ihn provozierend an.

»Sicher, dass Sie nicht erst kürzlich mit ihm geschlafen haben?«, entgegnete er.

»Vielleicht ja, vielleicht nein«, antwortete die Frau und unterdrückte ein Gähnen. »Und wenn schon? Ist ja schließlich nicht verboten.«

»Nein«, übernahm Sandra wieder. »Nur leider ist Dirk Lettorf tot. Ermordet.«

Das letzte Wort hing für einige Sekunden zwischen ihnen in der Luft, bevor Vanessa Hüssmann ihre Stimme wiederfand. Der Schock in ihren Augen wirkte echt. Womöglich hatte sie tatsächlich keine Ahnung vom Tod des Bankangestellten.

»Davon weiß ich nichts. Was habe ich damit zu tun?«, fragte sie schließlich zurück.

»Davon wissen Sie nichts? Heißt das, Sie kannten den Mann?«, hakte Ronny nach.

»Das habe ich nicht gesagt.«

»Und das?« Ronny drehte den Laptop auf dem Tisch in ihre Richtung und drückte auf Play. »Sind das etwa nicht Sie?«

Sandra beobachtete Vanessa Hüssmann, während die auf den Bildschirm starrte. Von ihrer Position aus konnte sie den Monitor nicht sehen, doch sie wusste auch so, welches Video Ronny ihr vorführte. Das Stöhnen und Ächzen aus den Laptopboxen und der flackernde Widerschein auf dem Gesicht der jungen Frau taten ein Übriges. Mit offenem Mund verfolgte Vanessa Hüssmann die Aufnahme. Ihr das Sextape ohne Vorankündigung zu zeigen, war sicher nicht die feine Art, aber vermutlich die beste Möglichkeit, eine authentische Reaktion zu erhalten.

»Woher haben Sie das?«, fragte die Frau mit belegter Stimme, ohne ihren Blick vom Bildschirm abzuwenden.

»Dirk Lettorfs Witwe hat das Video auf einem USB-Stick zugeschickt bekommen. Am Donnerstag«, antwortete Sandra sachlich. »Möglicherweise war Lettorf da bereits tot.«

Langsam löste Vanessa Hüssmann ihre Augen vom Computer und sah Sandra ungläubig an. »Wie bitte?«

»Wussten Sie, dass Sie gefilmt wurden?«, fragte Ronny, ohne auf darauf einzugehen.

Vanessa Hüssmann antwortete nicht. Aus ihrem Gesichtsausdruck sprach grenzenlose Verwirrung.

»Frau Hüssmann, versuchen Sie sich zu konzentrieren«, bat Sandra. »Wir müssen wissen, wer das Video gemacht hat. Vermutlich steht diese Person mit dem Mord an Dirk Lettorf in Verbindung.«

»Ich habe das Video gedreht«, flüsterte die junge Frau.

Also doch. Ihr Gefühl hatte Sandra nicht getäuscht.

»Machen Sie das bei all Ihren Freiern?«, erkundigte sich Ronny.

Vanessa Hüssmann ließ die Frage unbeantwortet.

Mit einer Handbewegung bedeutete Sandra Ronny, das Vernehmungszimmer zu verlassen. Sie waren an einem heiklen Punkt der Befragung angekommen, da konnte sie keine dummen Sprüche von ihm brauchen.

Widerwillig verließ Ronny den Raum.

»Warum haben Sie sich gefilmt?«, fragte sie sanft.

»Ich habe Geld dafür bekommen«, antwortete Vanessa Hüssmann abwesend.

»Von Lettorf?«

Die Prostituierte schüttelte den Kopf. »Nein, von einer Frau.«

»Von welcher Frau? Kennen Sie ihren Namen?«

»Nein, keine Ahnung. Ich weiß nicht, wie sie wirklich heißt. Mir hat sie sich als ›Lorena‹ vorgestellt.«

Sandra runzelte die Stirn. Die Geschichte klang ziemlich unglaubwürdig, aber Vanessa Hüssmann machte nicht den Eindruck einer Frau, die log. Sie beschloss, sich auf das Spiel einzulassen.

»Woher kennen Sie Lorena?«

»Sie hat mich vor zwei Wochen auf der Straße angesprochen. Es war an einem Dienstagmorgen, ich wollte gerade von der Arbeit nach Hause gehen.«

»Und weiter?«, fragte Sandra, da Vanessa Hüssmann stockte.

»Auf einmal sprach mich diese ältere Frau an. Ich hatte sie noch nie gesehen, aber sie kannte meinen Namen. Also nicht meinen echten Namen. Meinen … Arbeitsnamen.«

»Nicki«, sagte Sandra leise.

Sie nickte. »Genau.«

»Hat es Sie nicht gewundert, dass die Frau wusste, wer Sie sind?«

»Anfangs schon. Dann dachte ich, sie hat sich auf der Straße umgehört. Sie wusste ja auch, was ich beruflich mache. Ich bin schon eine ganze Weile im Geschäft, da kennt man mich in der Stadt.«

»Es war eine ältere Frau, sagen Sie?«, fuhr Sandra mit der Befragung fort. »Wie alt ungefähr?«

»Vielleicht um die fünfzig. Ich kann so was schlecht schätzen. Jedenfalls meinte sie, dass sie einen lukrativen Job für mich habe. Alles was ich tun müsse, sei, einen bestimmten Mann zu verführen und mich beim Sex mit ihm zu filmen. Sie wollte unbedingt dieses Video haben.«

»Haben Sie sich nicht gefragt, was sie mit dem Video anstellen wollte?«

»Ich dachte, sie wollte sehen, wie ich es mit diesem Typen treibe. Dass er vielleicht ihr Ex ist oder was weiß ich. Glauben Sie mir, ich habe schon deutlich seltsamere Angebote bekommen. Die Leute stehen auf die komischsten Dinge.«

»Und wie haben Sie Dirk Lettorf kennengelernt?«

»Lorena hat mir gesagt, in welchem Laden er immer zu Mittag isst. Dort habe ich ihn angesprochen und ihm meine Nummer gegeben. Der Rest war einfach, wenn man weiß, wie Männer ticken.«

»Wann und wo ist das Video entstanden?«

»Letzten Montag, bei mir zu Hause. Wir waren vorher zusammen in einer Bar und sind anschließend zu mir gefahren.«

»War das Ihr erstes Treffen?«, fragte Sandra weiter.

»Ja. War nicht gerade der schwierigste Job.«

»Und wann haben Sie den Film an Lorena weitergegeben?«

»Am Dienstag. Sie hat an der Ecke auf mich gewartet, an der sie mich angesprochen hatte. Im Austausch für das Video hat sie mir mein Geld gegeben«, erwiderte Vanessa Hüssmann.

»Wie viel war das?«

»Fünftausend Euro.«

Sandra pfiff leise durch die Zähne. Dieser Lorena schien eine Menge an den Aufnahmen zu liegen.

»Hatten Sie danach noch einmal Kontakt zu Lorena?«, wollte sie wissen.

»Nein. Seitdem habe ich sie nicht mehr gesehen.«

»Und zu Lettorf?«, hakte sie nach.

Die junge Frau senkte den Kopf. »Ich habe ihn noch einmal angerufen. Das war Teil des Deals.«

»Warum mussten Sie ihn noch mal anrufen?«

»Ich sollte mich mit ihm verabreden. Donnerstagnacht, auf einem Parkplatz.«

»An der A40«, vervollständigte Sandra. »Ausfahrt Essen-Kray.«

»Woher wissen Sie das?«, fragte Vanessa Hüssmann erstaunt.

»Dort haben wir Dirk Lettorfs Leiche gefunden.«

27. Kapitel

Ich sauge die Luft tief in meine Lungen. Dieser Geruch –
so vertraut. Das Holz. Die Teppiche. Wenig hat sich hier
verändert, seit ich denken kann. Seit ich vor neunzehn
Jahren in diesem Haus geboren wurde. Im Schlafzimmer. Die Hebamme und eine Ordensschwester sind dabei gewesen. Vater hat es mir erzählt. Dieses Haus, mein
Zuhause. Ich erschaudere.

Ein Zuhause sollte einem Geborgenheit schenken. Ein
Ort, an dem man ehrlich zu dir ist. In meinem Heim lau-
ert die heimtückische Lüge dagegen in jedem Wort. In
jeder Bewegung, der kleinsten Berührung. Die Lüge.
Und die Schande. Großer Gott, die Schande! Ich kann sie
riechen. Ich kann sie sehen. Sie trieft aus den Bettlaken.
Sie verpestet die Luft. Ich ersticke, wenn ich sie noch länger ertragen muss.

Sie lehrten mich Vergebung. Nachsicht. Milde. Doch
was ist ihre Vergebung wert, wenn sie die Ruchlosen
schützt? Ich habe lange gehofft, dass ihr Gewissen sie
quält. Dass sie keine Ruhe finden werden. Aber sie zeigen keine Reue. Sie beten und bewegen sich in der Gemeinde, als hätten sie nichts zu verbergen. Eine Gemeinde voller Heuchler, voller schamloser Sünder mit
frommen Gesichtern. Verlogenheit. Feigheit. In unserer
Mitte, in diesem Haus lassen sie den Keim der Sünde ge-
deihen.

Und ich habe geglaubt, ich könnte bei ihr etwas be-
wirken. Wenigstens bei ihr. Wie naiv ich gewesen bin.
Aus einer verdorbenen Wurzel kann nur ein fauler

Baum erwachsen. Das werde ich nicht dulden! Heute Nacht bringe ich es zu Ende. Es ist lau und trocken. Ein leichter Wind, perfekt für mein Vorhaben. Gott will Gerechtigkeit. Er braucht seine Diener auf Erden. Heute endet es.

»Dein Wort ist wie Feuer, o Herr.«

Dein Wort allein genügt jedoch nicht. Ich weiß, dass du auf mich zählst.

»Dein Wille geschehe.«

Schon züngeln die Flammen an der Tür.

»Dein Zorn ist gerecht, o Herr. Lasse das Feuer ihre Seelen reinigen.«

28. Kapitel

Als Nicki am Dortmunder Hauptbahnhof aus der S-Bahn stieg, schwirrten ihr tausend Fragen im Kopf herum. Zwei Polizeibeamte hatten sie am Morgen vor ihrer Wohnung angesprochen und nachdrücklich aufgefordert, sie zum Essener Polizeipräsidium zu begleiten. Nicki war davon ausgegangen, dass es sich um die üblichen Ermittlungen im Rotlichtmilieu handelte. Sie hatte seit Jahren keine Straftat mehr begangen, aber Abdul Al-Asmari und seine Komplizen standen ganz oben auf den Fahndungslisten. Jeder, der mit ihnen zu tun hatte, geriet früher oder später ins Visier der Polizei. Nicki war schon unzählige Male befragt und zur Aussage gedrängt worden. Sie wusste, dass es den anderen Mädchen genauso ging.

Dass die Hintermänner der illegalen Bordelle im gesamten Dortmunder Stadtgebiet dennoch bisher jeder Strafverfolgung entgangen waren, war neben dem ungeheuren Geschick des Clans bei der Verschleierung seiner Organisationsstrukturen und Geldströme vor allem auf die Brutalität seiner Methoden zurückzuführen. Nicki hatte selbst gesehen, wie es denen erging, die bei der Polizei gegen die Familie aussagten, und schon vor langer Zeit beschlossen, dass der einzige Ausweg darin bestand, sich auf eigene Faust aus dem Staub zu machen und eine neue Identität anzunehmen. Daher hatte sie dankend abgelehnt, als die Polizisten anboten, sie nach der Befragung wieder nach Hause bringen zu lassen. Sie wollte so wenig wie möglich mit den Bullen zu tun haben und schon gar nicht mit ihnen gesehen werden.

Nicki zog den Reißverschluss ihrer Jacke zu, als sie aus dem Bahnhofsgebäude ins Freie trat. Es war etwas wärmer geworden, dafür peitschte der Wind ihr den Schneeregen direkt ins Gesicht. Dennoch entschied sie sich, zu Fuß zu gehen. Von hier war es eine gute halbe Stunde bis zu ihrer Wohnung. Vermutlich würde ihr der Spaziergang guttun und helfen, ihre Gedanken zu sortieren.

Die Nachricht von Dirk Lettorfs Tod war ein Schock. Nicki fragte sich, ob sie schuld an seinem Tod war, zumindest teilweise. Hatte Lorena den Mann umgebracht und seiner Frau das Sexvideo zugespielt? Warum sonst hätte sie Lettorf zu dem verlassenen Parkplatz an der A40 bestellen sollen? Spätestens bei diesem Teil der Vereinbarung hätte sie hellhörig werden müssen. Doch die Aussicht auf die üppige Bezahlung hatte sie abgelenkt. Ihr wurde übel bei dem Gedanken, dass sie mit der Verführung des Familienvaters zu einem Mord beigetragen hatte. Schlimmer noch, wenn es so war, schwebte auch Stefan Setzner in Lebensgefahr. Das Treffen am Donnerstag war eine tödliche Falle!

Dennoch hatte sie nichts gesagt. Sie hatte gelogen, als die Beamten gefragt hatten, ob sie noch einmal Kontakt zu Lorena gehabt hatte. So mies, wie sie sich wegen Lettorfs Tod fühlte, sie musste jetzt zuallererst an sich selbst denken. Natürlich würde sie die Polizei über Setzner und das geplante Treffen informieren. Aber nicht, bevor sie ihre restlichen dreitausend Euro erhalten hatte. Geld, das ihr die Freiheit zurückgeben würde. Dann würde sie Dortmund, Abdul, das Rotlicht nie mehr wiedersehen. Und Jayden. Der Gedanke schmerzte wie ein Messer in ihrer Brust.

Die Entscheidung, ihr altes Ich hinter sich zu lassen, bedeutete ebenfalls, jede Hoffnung auf ein Wiedersehen mit ihrem Sohn für immer zu begraben. Schwachsinn, ermahnte sie sich selbst. Du hast sowieso keine Ahnung, wo sich Jayden aufhält, und durch die Kontaktsperre wirst du es auch nie herausfinden. Sie wischte sich mit dem Handrücken eine Träne aus dem Augenwinkel.

Es half nichts. Sie musste sich auf die Vorbereitungen für ihre Flucht konzentrieren. Sobald sie von Luna ihre neuen Papiere bekommen hatte, würde sie in den Zug nach Wien steigen und sich von dort Richtung Osten absetzen. Vorher würde sie von Lorena noch ihren Lohn kassieren und anschließend die Polizei anrufen und Setzner warnen. Bis dahin hieß es, das Spiel der Verrückten mitzuspielen, damit sie keinen Verdacht schöpfte.

29. Kapitel

»Der ist so süß, Mama. Wir sind mit ihm Gassi gegangen, aber auf dem Rückweg mussten wir ihn tragen, weil er nicht mehr konnte. Da hat er ganz traurig geguckt. Ich durfte ihn auch mal nehmen.«

Sandra schmunzelte. Normalerweise musste sie Tim jedes Wort aus der Nase ziehen. Doch jetzt am Telefon überschlug er sich geradezu vor Begeisterung. Unentwegt erzählte er vom gestrigen Tag bei Sebastian und dessen Familie. Besonders der Berner-Sennenhund-Welpe Bobby, den sich die Lauensteins vor einigen Wochen angeschafft hatten, hatte es ihm angetan.

Nach dem heutigen Schulausflug zum Ruhr Museum hatte Erik Tim abgeholt, um den Geburtstag seines Vaters zu feiern. Sosehr sie sich auch wünschte, ihren Sohn zu sehen, waren zwei Abende ohne Kind unter der Woche erholsam. Während Tim vom Abendessen mit Nachos vor dem Fernseher berichtete, schielte Sandra immer wieder auf ihr Handy. Hoffentlich merkte Tim nicht, dass sie abgelenkt war. Mark schickte ihr schon den ganzen Tag Nachrichten. Es fühlte sich gut an, wie er sich um sie bemühte. Sie musste sich zwingen, nicht sofort zu antworten. Schließlich sollte ihre attraktive Internetbekanntschaft das Interesse nicht gleich wieder verlieren.

Sicher, dass wir uns heute Abend nicht sehen können?, schrieb er gerade.

Ich brauche heute mal etwas Schlaf. Du wirst dich noch ein bisschen gedulden müssen.

Wenn du mir sagst, wo du wohnst, komme ich bei dir vorbei.

»Und was macht ihr Schönes, Schatz?«, fragte sie.

»Wir grillen gleich!«, antwortete Tim begeistert. »Und später gucken wir einen Film.«

Es war toll, dass er die Zeit mit seinem Vater genoss. Dennoch erinnerten solche Gelegenheiten sie jedes Mal schmerzlich daran, dass ihr Traum von einer intakten Familie unwiederbringlich geplatzt war. Während Tim schon wieder von dem Hund schwärmte, beantwortete sie Marks Nachricht.

So schnell lasse ich keine fremden Männer in meine Wohnung. Auch nicht, wenn sie gut aussehend und charmant sind. ☺

Dann kommst du eben raus.

Spinner.

Sie steckte das Handy weg und stand auf. Während sie das Geschirr vom Abendessen in die Küche trug und den Aufschnitt in den Kühlschrank räumte, rang sie mit sich. Es fiel ihr ohnehin schwer, ihre knappe Zeit zwischen dem Job und der Erziehung ihres Sohns aufzuteilen. War es da klug, sich Hals über Kopf in eine Affäre mit einer Internetbekanntschaft zu stürzen? Andererseits hatte sie seit dem Ende ihrer Ehe keinen Mann mehr kennengelernt. Sie beschloss, erst wieder aufs Display zu schauen, wenn sie zu Ende telefoniert hatten, und kehrte ins Wohnzimmer zurück.

»Können wir uns nicht auch einen Hund kaufen?«

»Und wer soll sich um den kümmern, du Scherzkeks?«, erwiderte Sandra.

»Das kann ich machen«, antwortete Tim unbekümmert. »So viel ist das gar nicht. Bobby ist total pflegeleicht.«

»Gehst du dann jeden Tag vor der Schule mit dem

Hund raus? Und nachmittags und abends? Selbst wenn es regnet?«

»Klar. Und außerdem können Opa und Oma ab und zu auf ihn aufpassen.«

Sandra lachte. »Na, die werden sich bedanken. Die passen doch schon auf dich auf.«

»Bei Sebastians Familie klappt das ja auch.« Tim klang beleidigt.

»Sebastians Mutter arbeitet halbtags. Ich muss leider allein das Geld verdienen.«

»Ich weiß, Mama«, sagte Tim resigniert. »Alles, weil ihr euch getrennt habt.«

Der Vorwurf in seinen Worten brach Sandra das Herz.

»Mir wäre es anders auch lieber. Nur manchmal geht es eben nicht.«

Sie hatten Eriks Affäre bis heute vor Tim geheim gehalten. Sandra wollte nicht, dass er ein schlechtes Bild von seinem Vater bekam und ihm die alleinige Schuld an der Trennung gab. Obwohl das in ihren Augen zutraf.

»Wir sollten langsam aufhören zu telefonieren, Tim. Bestimmt hat Papa den Grill schon angeworfen.«

»Nee, das machen wir gleich zusammen. Stimmt's, Papa?«

»Wir machen alles zusammen, Großer. Grüß Mama!«, rief Erik im Hintergrund.

»Schöne Grüße. Und einen tollen Abend euch.«

Während sie sich von Tim verabschiedete, spürte sie es in ihrer Hosentasche vibrieren. Sobald sie aufgelegt hatte, zog sie das Handy hervor.

Wie war noch mal die Adresse?, blinkte Marks Nachricht sie an.

Du meinst das ernst, oder?, antwortete sie.

Klar. ☺

Kopfschüttelnd steckte Sandra das Handy weg. So gern sie weiter mit Mark geschrieben hätte, sie hatte noch einiges zu erledigen.

Sandra bügelte die Wäsche, die sich auf dem Stuhl in ihrem Schlafzimmer stapelte. Ihr Blick fiel auf die ungeöffnete Post auf ihrem Schreibtisch. Wann sollte sie sich nur um all den Kram kümmern? Schon letzte Woche hatte sie einen Termin zur Inspektion ihres Wagens machen wollen und war wieder nicht dazu gekommen. Wann war sie zuletzt beim Zahnarzt gewesen? Beim Gynäkologen?

Ermattet ließ sie sich aufs Bett fallen. Ihr Handy blieb stumm. Der Funkwecker zeigte 21:35 Uhr.

Hey, eingeschlafen?, tippte sie ins Telefon.

Mit klopfendem Herzen wartete sie auf eine Antwort. Doch Mark ließ sich Zeit. Vermutlich schrieb er mit zehn Frauen gleichzeitig und war längst auf dem Weg zu einer anderen *LoveMatch*-Bekanntschaft. Als Sandra gerade beschließen wollte, ins Bett zu gehen, brummte das Smartphone.

Fast. ☺ *Und selbst?*

Bin zu müde, um zu schlafen.

Vielleicht fällt uns ja was Besseres ein. ☺

Sandras Hände waren schweißnass.

So einfach geht das nicht …

Wer sagt das?

Ja, wer sagte das eigentlich?

Du willst wirklich vorbeikommen?, schrieb sie.

Und ob ich das will!

Das geht nicht. Wir kennen uns kaum. Aber wir könnten noch mal was essen gehen.

Super Idee … Also? Wo wohnst du?

Sandra atmete tief ein und aus. Mit zittrigen Fingern tippte sie ihre Adresse ein.

Drei Herzchen waren die Antwort. Sandra versuchte, einen kühlen Kopf zu bewahren. Nur weil das erste Date gut gelaufen war, musste es nicht so weitergehen. Vielleicht entpuppte sich Mark bei genauerem Hinsehen als Idiot oder Langweiler. Vielleicht sah er in echt gar nicht so gut aus wie in ihrer Erinnerung.

Das Vibrieren des Telefons riss sie aus ihren Gedanken.

Kommst du raus?

Mit einem Mal schlug Sandra das Herz bis zum Hals. Ein Teil von ihr wollte sich am liebsten unter der Bettdecke verkriechen. Jetzt einen Rückzieher zu machen war allerdings keine Option, wenn Mark sie nicht für zickig und kompliziert halten sollte. Sie erhob sich und fuhr sich durch die Haare. Anschließend nahm sie ihre Lederjacke von der Garderobe, stieg in ihre Sneakers, steckte den Schlüssel ein und ging hinaus.

Der eiskalte Regen, der ihr entgegenschlug, ließ Sandra zusammenzucken. Während sie hastig die Jacke überwarf, sah sie sich um. Ein dunkler SUV parkte mit brennendem Licht am gegenüberliegenden Straßenrand. Zögerlich trat sie näher und erkannte Marks strahlendes Lächeln hinter dem Steuer. Mit einer Handbewegung lud er sie ein, an der Beifahrerseite einzusteigen.

»Hi, Sandra! Schön, dich wiederzusehen!«, sagte er freudig, nachdem sie sich auf den Sitz geworfen und die Tür hinter sich zugezogen hatte.

»Hi!« Sie umarmte ihn zur Begrüßung. »Du bist ja komplett verrückt.«

»Das sagst du jetzt schon?« Er lachte. »Du kennst mich ja noch gar nicht richtig.«

»Stimmt.« Sandra lächelte verlegen. »Aber irgendwie

hab ich das Gefühl, dass es sich lohnt, dich kennenzulernen.«

»Wie kommst du darauf?«

»Weil du es bisher immer wieder geschafft hast, mich zu überraschen.«

Einen Moment lang schwiegen sie beide. Nur das Prasseln des Regens auf dem Dach des Geländewagens war zu hören.

»Also, wo fahren wir hin?«, fragte er schließlich.

»Weiß nicht, worauf hast du denn Lust?«

Ohne Vorwarnung beugte sich Mark zu ihr herüber. Noch bevor Sandra realisiert hatte, was geschah, spürte sie seine Lippen auf ihren. Mit einem Mal bekam sie Gänsehaut am ganzen Körper. Sie hatte seit dem Scheitern ihrer Ehe keinen Mann mehr geküsst. Ihr Verstand erhob Einspruch, doch Sandra brachte ihn zum Schweigen. Sie schloss die Augen und genoss, wie er mit ihrer Zunge spielte, spürte seine Hand in ihrem Haar. Selbst wenn er sie bloß für diese Nacht wollte. Vielleicht war das genau das, was sie jetzt brauchte. Schon hatte er den Reißverschluss ihrer Jacke geöffnet und fuhr mit der Hand unter ihr T-Shirt. Sandra schob ihren Sitz nach hinten und zog Mark auf sich.

30. Kapitel

Der Wind pfiff eisig durch den Rolltreppenschacht der U-Bahn-Haltestelle Saarlandstraße. Lorena hatte nicht gesagt, an welchem der vier Eingänge sie sich mit ihr treffen wollte, ob an den Gleisen oder oben an der Straße. Da es draußen wie aus Eimern goss, zog Nicki es vor, unten zu warten. Ihre Sporttasche in der Hand, schlenderte sie an den Gleisen auf und ab, als wartete sie auf die Bahn. Lorena würde sie ohnehin finden, das hatten ihre bisherigen Begegnungen gezeigt. Wichtig war, dass sie ruhig blieb und Lorena nicht misstrauisch machte. Wenn die geheimnisvolle Frau spitzbekam, dass Nicki mit der Polizei gesprochen hatte, war neben Stefan Setzners Leben womöglich auch ihr eigenes in Gefahr. Nein, sie musste ihren Lohn kassieren und dann so schnell wie möglich Land gewinnen. Wenn sie die Kohle erst mal in der Tasche hatte, konnte die alte Schachtel zur Hölle fahren.

Um Punkt sieben Uhr sah sie den altbekannten braunen Mantel am oberen Absatz der Rolltreppe auftauchen. Den Blick starr geradeaus gerichtet, schien Lorena zu ihr herunterzuschweben. Eine durchsichtige Regenhaube, wie man sie sonst nur von uralten Frauen kannte, bedeckte ihr Haar. Nicki musterte Lorena verstohlen. Es war schwer vorstellbar, dass diese sonderbare Frau eine Mörderin war.

»Guten Morgen, Nicki«, begrüßte Lorena sie, als sie am Fuß der Treppe angelangt war. »Wie immer pünktlich! Ich schätze deine Zuverlässigkeit.«

»Wenn ich etwas zusage, halte ich es auch ein«, erwiderte Nicki.

Lorena nickte. »Das ist heutzutage keine Selbstverständlichkeit mehr. Weißt du, ich bin in meinem Leben schon oft genug betrogen und verraten worden.«

Nicki zuckte zusammen. Hatte Lorena Verdacht geschöpft?

»Dann haben wir was gemeinsam«, entgegnete sie mit belegter Stimme.

»Komm, wir gehen ein Stück.«

Ohne Nickis Entgegnung abzuwarten, hakte sich Lorena bei ihr ein und zog sie neben sich her den Bahnsteig entlang.

»Haben Sie das Video gesehen?«, fragte Nicki betont ruhig. »Waren Sie zufrieden?«

»Ja, ich habe es gesehen. Ich muss sagen, wieder einmal hervorragende Arbeit. Ich weiß schon, warum ich dich ausgewählt habe.«

»Dann hätte ich jetzt gerne meine Bezahlung«, flüsterte Nicki.

»Keine Sorge, du bekommst dein Geld. Wie ich schon sagte, Ehrlichkeit und Treue sind mir heilig. Und du solltest dir trotzdem überlegen, ob du nicht noch mehr verdienen möchtest.«

Ruckartig zog Nicki ihren Arm zurück und stellte sich Lorena in den Weg. »Auf keinen Fall! Ich will sofort mein Geld haben, und dann trennen sich unsere Wege.«

Lorena zog die Brauen zusammen und sah sie skeptisch an. »Misstraust du mir? Habe ich etwa nicht immer Wort gehalten?«

Nicki biss sich auf die Zunge. Jetzt bloß nicht die Beherrschung verlieren.

»Doch, das haben Sie«, fuhr sie in versöhnlicherem Tonfall fort. »Aber ich habe kein Interesse an weiteren

Aufträgen. Ich fühle mich nicht wohl dabei. Also geben Sie mir bitte mein Geld.«

Lorena drückte ihr einen Umschlag in die Hand. »Hier hast du dein Geld. Zähl es ruhig nach, wenn du magst. Du solltest jedoch noch einmal über mein Angebot nachdenken.«

»Nicht nötig!«, rief Nicki bereits im Gehen und ließ Lorena am Bahnsteig zurück.

Mit jedem Meter beschleunigte sie ihre Schritte, und während sie die Stufen der Rolltreppe hinaufhastete, warf sie einen schnellen Blick über die Schulter, ob die Alte ihr folgte. Lorena stand wie angewurzelt am Gleis und schaute ihr hinterher. Oben auf der Straße rannte Nicki los, so schnell sie konnte. Der Regen peitschte ihr ins Gesicht und durchnässte ihre Kleidung. Ohne nachzudenken, lief sie weiter, immer geradeaus, bis sie vor Erschöpfung stehen bleiben musste. Keuchend zog sie ihr Handy aus der Tasche und wählte die Nummer, die die Polizistin ihr gegeben hatte.

31. Kapitel

Als der Wecker klingelte, fühlte sich Sandra, als hätte sie überhaupt nicht geschlafen. Schwerfällig wälzte sie sich aus dem Bett und schlurfte ins Bad. Sie hatte erst weit nach Mitternacht im Bett gelegen und sich seither ständig von einer Seite auf die andere gewälzt. Mark und sie hatten sich noch lange im Auto sitzend unterhalten. Augenscheinlich war er genauso überwältigt vom Verlauf des Abends wie sie. Nur mühsam hatte sie sich von ihm losreißen können, und als sie ihm beim Abschiedskuss in die Augen gesehen hatte, fühlte es sich so richtig an wie selten in ihrem Leben.

Beim Frühstück hatte Sandra ein seltsam schlechtes Gewissen wegen ihres nächtlichen Abenteuers. Als stände es ihr nicht zu, ihr Leben zu genießen. Vielleicht hatte sie bereits verlernt, wie das ging.

Nachdem sie ihr Müsli gelöffelt hatte, fuhr sie auf dem schnellsten Weg zum Präsidium. Sie brannte darauf zu erfahren, ob die Suche nach der ominösen Lorena Fortschritte machte oder ob sich endlich ein Zeuge gemeldet hatte, der etwas zu Dirk Lettorfs Ermordung berichten konnte.

Als sie gerade aus dem Wagen gestiegen war, klingelte ihr Diensthandy. Rasch zog sie es aus der Hosentasche. Unbekannte Nummer. Sie war jeden Moment im Büro, was konnte es um fünf vor acht Wichtiges geben?

»Sandra Rehbein, hallo?«

»Frau Rehbein? Hören Sie mich?« Die Frau am anderen Ende der Leitung klang gehetzt und außer Atem. »Hier spricht Vanessa Hüssmann.«

Sofort war Sandra ganz Ohr. »Frau Hüssmann. Ja, ich höre Sie. Was gibt es?«

»Ich kann nicht lange sprechen«, keuchte die junge Frau.

Das Handy ans Ohr gepresst, hetzte Sandra die Stufen zum Haupteingang des Präsidiums hinauf.

»Sie müssen sich um einen Mann kümmern. Stefan Setzner. Er ist der Nächste.«

Sandra schnappte sich einen Stapel Klebezettel und einen Kugelschreiber von der Theke der verdutzten Empfangsdame und kritzelte den Namen aufs Papier.

»Was meinen Sie damit, ›Er ist der Nächste‹? Wer ist dieser Setzner?«

»Er ist Immobilienmakler in Oberhausen. Warnen Sie ihn. Er darf auf keinen Fall zu unserem Treffen morgen Abend erscheinen – oder Lorena wird ihn umbringen!«, antwortete Vanessa Hüssmann.

»Was für ein Treffen? Sie müssen mir genau erklären …«

»Ich kann Ihnen nicht mehr sagen. Ich muss jetzt Schluss machen.«

»Warten Sie! Hatten Sie noch einmal Kontakt zu Lorena?«, rief Sandra ins Telefon.

Doch zu spät, die junge Frau hatte bereits aufgelegt. Sofort stürmte Sandra zu ihrem Büro.

Wer immer dieser Stefan Setzner war, sie mussten ihn finden, bevor Lorena es tat.

32. Kapitel

Als Stefan um kurz nach zwölf die Diele betrat, herrschte Totenstille im Haus. Vielleicht hatte sich Ines hingelegt, weil sie nicht damit rechnete, dass er tagsüber heimkam. Der Kunde, mit dem er sich zum Lunch hatte treffen wollen, hatte abgesagt, und er hatte beschlossen, stattdessen zu Hause zu Mittag zu essen.

»Nicht erschrecken, ich bin's nur!«, rief er in den Flur.

Keine Antwort. Er zog Jacke und Schuhe aus, stellte seine Aktentasche neben der Kommode ab und warf einen Blick darauf. Ines' Haustürschlüssel fehlte. Vermutlich war sie einkaufen oder sonstige Besorgungen machen. Hervorragend. Ihm war ohnehin nicht nach Reden zumute. Tina Wielages Erpressung beschäftigte ihn schon den ganzen Tag. Er war kaum imstande gewesen, sich auf seine Arbeit zu konzentrieren. Immer wieder fragte er sich, wie er so blöd und unprofessionell hatte sein können, sich von der Schnepfe verführen zu lassen. Er redete sich ein, dass er müde und abgespannt gewesen war. Zwischen ihm und Ines lief schon seit Jahren nicht mehr als gelegentlicher Routinesex. Und Tina Wielage war eine sehr attraktive Frau. War es da ein Wunder, dass er schwach geworden war?

Stefan schüttelte den Kopf über sich selbst. Seine Ausflüchte waren erbärmlich. Er hatte Scheiße gebaut, und nun saß er in der Klemme. Tina Wielage verlangte, dass er sich noch einmal mit ihr traf. Aber selbst wenn sie ihre Drohung wahr machte und Ines erzählte, was passiert war, welchen Grund hatte seine Frau, ihr zu glauben? Vielleicht war es am besten, wenn er in die Offensive ging. Er konnte Ines erzählen, dass er eine psychisch auffällige Wohnungsinteressentin hatte, die mit allen Mitteln versuchte, den Preis zu drücken und sogar angekündigt hatte, ihr einen angeblichen Seitensprung vorzulügen. Es bestand kein Zweifel, dass Ines ihm mehr vertrauen würde als einer dahergelaufenen Blondine.

Stefan ging in die Küche, um sich etwas zu essen zu machen. Gerade als er den Kühlschrank öffnen wollte, vibrierte sein Handy. Er zog es hervor. Eine Nachricht von einer unbekannten Nummer. Privat und beruflich dasselbe Mobiltelefon zu nutzen war auf Dauer nicht die beste Idee. Aber solange sein Einmannunternehmen ums Überleben kämpfte, musste er sowieso ununterbrochen erreichbar sein. Er öffnete die Nachricht und runzelte die Stirn. Kein Text befand sich darin, sondern lediglich ein Foto. Eine nackte Frau war darauf zu sehen. Handelte es sich um irgendwelchen Porno-Spam, wie er regelmäßig in seinem E-Mail-Postfach landete? Nein. Dieses Tattoo …

Stefan zoomte heran. Das war unmöglich. Das Bild zeigte Tina Wielage, die auf ihm saß. Er war eindeutig zu erkennen, wie er mit halb geschlossenen Augen bräsig Richtung Kamera glotzte. Ihm wurde übel. Das Foto ließ keinen Platz für Spekulationen, er würde Ines gegenüber nicht leugnen können, was geschehen war. Die Wielage hatte ihn reingelegt.

Der schrille Ton der Türklingel ließ ihn zusammenzucken. Stefan rührte sich nicht vom Fleck. Wer immer draußen stand, er konnte jetzt keinen Besuch brauchen. Doch schon wenige Sekunden später klingelte es erneut, und jemand hämmerte von außen gegen die Tür. Stefan ballte die Rechte zur Faust. Mit einem Mal verspürte er das dringende Bedürfnis, jemandem in die Fresse zu schlagen. Wutentbrannt stapfte er zur Tür und riss sie auf.

»Kriminalhauptkommissarin Rehbein, Kripo Essen. Sind Sie Stefan Setzner?«

Stefan starrte die kleine braunhaarige Frau in der schwarzen Lederjacke an und brachte keinen Ton heraus.

»Stefan Setzner?«, fragte der ebenfalls dunkel gekleidete Mann an der Seite der Polizistin. »Wir müssen Sie dringend sprechen. Würden Sie uns bitte reinlassen?«

Stefan war immer noch zu geschockt, um zu antworten. Wortlos machte er einen Schritt zur Seite und ließ die Beamten eintreten.

33. Kapitel

Stefan Setzner hatte vollkommen die Fassung verloren, nachdem sich Sandra und Ronny vorgestellt hatten. Bei dem Wort »Kripo« war jede Farbe aus seinem Gesicht gewichen, und Sandra hatte einige Minuten lang beschwichtigend auf ihn einreden müssen, ehe er in der Lage war, überhaupt eine ihrer Fragen zu beantworten. Noch immer wirkte er fahrig und überfordert, während er sie ins Wohnzimmer führte.

»Worum ... ich meine ... worum geht es denn überhaupt?«, stammelte Setzner. »Es ist ungünstig gerade ... also ... ich habe noch Termine.«

Sandra legte ihm eine Hand auf die Schulter. »Beruhigen Sie sich, Herr Setzner. Ihnen wird nichts zur Last gelegt. Aber wir müssen etwas Wichtiges mit Ihnen besprechen. Ich schlage vor, wir setzen uns, und ich erkläre Ihnen alles in Ruhe.«

Setzner blickte zwischen Sandra und Ronny hin und her, als überlegte er, ob er ihnen vertrauen könnte. Nur zögerlich folgte er der Aufforderung.

»Denken Sie, Sie sind in der Lage, mir zuzuhören?«, fragte Sandra, nachdem sie auf der Sitzgruppe Platz genommen hatten.

Setzner nickte stumm.

»Wir ermitteln in einem Mordfall«, fuhr sie fort. »Wir haben Grund zu der Annahme, dass der Täter es auch auf Sie abgesehen hat.«

»Auf mich?«, fragte Setzner ungläubig. »Wer sollte mich denn umbringen wollen?«

»Das wissen wir nicht«, entgegnete Sandra. »Wir haben Ihren Namen von einer Frau namens Vanessa Hüssmann erhalten. Kennen Sie die Person?«

Setzner schüttelte den Kopf. »Nie gehört.«

»Vielleicht nennt sie sich anders«, meldete sich Ronny zu Wort und zog ein Foto der Prostituierten aus der Jackentasche. »Wir glauben, dass Frau Hüssmann in den letzten Tagen Kontakt zu Ihnen hatte.«

Setzner nahm das Bild entgegen und betrachtete es einige Sekunden lang.

»Das kann doch alles nicht wahr sein«, flüsterte er schließlich.

»Kennen Sie die Frau?«, wiederholte Sandra so ruhig wie möglich.

»Ja, ich kenne sie«, antwortete Setzner matt. »Wieso ist das wichtig?«

»Vanessa Hüssmann hat in dem fraglichen Mordfall vermutlich im Auftrag des Täters gehandelt. Das Opfer wurde von ihr unter dem Vorwand einer Verabredung zum Tatort gelockt. Nach unseren Informationen könnte es einen ähnlichen Plan in Bezug auf Sie geben. Wenn sich Frau Hüssmann also bei Ihnen meldet, um …«

»Das hat sie bereits«, unterbrach Setzner sie.

»Wann und wo soll das Treffen stattfinden?«, hakte Sandra sofort nach.

»Morgen Abend, an meinem Büro. Sie glauben also tatsächlich, dass jemand mich umbringen will?«

»Wir müssen es zumindest vermuten«, erwiderte Sandra. »Sie dürfen sich auf keinen Fall mit Vanessa Hüssmann treffen! Sie stehen ab sofort unter Polizeischutz.«

Setzner fuhr sich mit den Händen durch die Haare und atmete schwer. Nervös wiegte er den Oberkörper vor und zurück. »Wer ist denn überhaupt ermordet worden?«

Sandra warf Ronny einen Blick zu. Sie hatten die Persönlichkeitsrechte des Opfers zu schützen. Wenn jedoch ein Zusammenhang zwischen dem Mord und dem mutmaßlich geplanten Verbrechen an Stefan Setzner bestand, hatte er den Toten möglicherweise gekannt. In diesem Fall konnte er vielleicht wertvolle Hinweise auf den Täter liefern.

Sandra zögerte einen Moment, entschied sich dann aber, Setzner einzuweihen. »Das Opfer ist ein Mann namens Dirk Lettorf.«

Als Setzner den Namen hörte, weiteten sich seine Augen vor Schreck. »Verdammte Scheiße …«

»Sie kannten Lettorf?«, fragte Ronny sofort, doch Stefan Setzner gab keine Antwort.

»Herr Setzner, wenn Sie Dirk Lettorf kannten, müssen wir das wissen«, drängte Sandra. »Es geht womöglich auch um Ihr Leben.«

Tränen traten in Stefan Setzners Augen. Seine Hände begannen zu zittern, sein Gesicht war kalkweiß.

»Wir haben es nicht anders verdient«, murmelte er.

Ronny beugte sich vor. »Wovon reden Sie?«

Setzner nahm keine Notiz mehr von ihm. Er hatte sich die Hände aufs Gesicht gedrückt und weinte hemmungslos. Es machte keinen Sinn, ihn hier und jetzt weiter befragen zu wollen.

Sandra stand auf. »Herr Setzner, darf ich Sie bitten, uns zum Präsidium zu begleiten? Wir würden Ihre Aussage gerne zu Protokoll nehmen.«

34. Kapitel

Mit zittrigen Fingern drückte Nicki die Schelle und wartete. Mehrere Sekunden vergingen ohne eine Antwort. Es goss immer noch ohne Unterlass, und sie schlotterte in ihrer vom Regen durchnässten Kleidung. Vielleicht war Clemens gar nicht zu Hause. Und selbst wenn, wer sagte, dass er sie hereinlassen würde?

»Ja bitte?« Clemens' Stimme klang blechern über die Gegensprechanlage.

»Hi, Clemens …« Ihr Mund war wie ausgetrocknet. »Ich bin's. Vanny.«

Sie hielt den Atem an, Clemens reagierte nicht. Wie sie vermutet hatte. Doch sie hatte keine Wahl, wenn sie die nächsten Tage nicht auf der Straße verbringen wollte. Sie klingelte erneut, diesmal länger. Er konnte sie nicht bei strömendem Regen draußen stehen lassen.

»Was willst du?«, fragte er gereizt.

»Ich muss mit dir reden.«

»Danke, kein Interesse«, entgegnete er kalt.

Nicki verdrehte die Augen. »Clemens, bitte mach die Tür auf. Es ist echt wichtig.«

Wieder schwieg die Gegensprechanlage. Frustriert schlug Nicki mit der flachen Hand gegen die Haustür. Was sollte sie machen, wenn Clemens stur blieb? Sie wollte bereits ein weiteres Mal klingeln, als der Türsummer ertönte. Erleichtert trat Nicki ein. Clemens erwartete sie im Hausflur, die Hände in den Taschen seiner grauen Jogginghose vergraben. Er sah noch genauso aus wie bei ihrer letzten Begegnung vor zwei Jahren. Eine schlaksige, traurige Erscheinung mit schlechter Körperhaltung und fettigen Haaren, die ihm halb ins Gesicht hingen. Unter dem weißen T-Shirt wölbte sich ein Bauchansatz, seine Arme ragten wie Zahnstocher aus den Ärmeln. Schwer zu glauben, dass er mittlerweile angeblich ernsthaft sein Studium durchzog.

»Na, da bin ich aber mal gespannt«, knurrte er. »Brauchst du wieder Geld?«

»Nein, ich brauche kein Geld«, erwiderte sie. »Kann ich reinkommen?«

»Du kannst nicht reinkommen, Vanessa«, gab er barsch zurück. »Und weißt du auch, warum? Weil du nie allein kommst. Du bringst immer Ärger mit. Und auf Ärger hab ich keinen Bock. Also, was willst du?«

Nicki konnte ihm nicht verübeln, dass er so abweisend war. Zur Schulzeit waren Clemens und sie mal ein Paar gewesen. Seine Mutter war von Anfang an gegen ihre Beziehung gewesen und ausgerastet, als sie Nicki mit ihrem Sohn beim Kiffen erwischt hatte. Clemens war der erste Mann gewesen, für den Nicki echte Gefühle entwickelt hatte. Mit dem Fortschreiten ihrer Sucht hatte sie ihn allerdings immer öfter ausgenutzt und belogen. Clemens hielt auch noch zu ihr, nachdem sie die Schule geschmissen hatte und härtere Drogen konsumierte. Erst als er herausfand, dass seine Freundin auf den Strich ging, um ihre Sucht zu finanzieren, zog er die Reißleine und brach den Kontakt endgültig ab. Nach der Trennung war Nicki in ein tiefes Loch gefallen. Seitdem hatte sie Clemens nur dann kontaktiert, wenn sie in Schwierigkeiten steckte. Er hatte ihr nicht erst einmal Geld geliehen. Im Laufe der Jahre waren so sicherlich einige Tausend Euro zusammengekommen. Und natürlich hatte Clemens nie einen Cent zurückgekriegt.

»Ist ein wenig kompliziert.« Nicki senkte die Stimme,

als eine ältere Frau die Treppe herunterlief. »Ich muss irgendwo unterkriechen für ein paar Tage.«

Clemens lachte verächtlich. »Du willst bei mir wohnen? Vergiss es! Wer ist hinter dir her? Die Bullen? Oder irgendwelche Zuhältertypen?«

»Nein, keine Sorge. Ich kann bloß gerade nicht in meine Wohnung«, versuchte sie, ihn zu beruhigen.

»Und da glaubst du, du kannst dich mal wieder melden und bei mir pennen?«

»Clemens, ich weiß, ich hab viel Scheiße gebaut. Aber ich schwöre dir, danach siehst du mich nie wieder«, flehte sie ihn an.

»Kommt mir irgendwie bekannt vor.«

»Bitte, Clemens! Du hörst und siehst mich nicht. Ich schlaf auf der Couch oder auf dem Fußboden, völlig egal.«

»Und was hab ich davon, dass ich dir wieder mal den Arsch rette?«, fragte er süffisant.

»Ich habe kein Geld, Clemens«, rief sie verzweifelt. »Ich kann dir nichts bezahlen.«

»Tja, dann muss ich dich leider enttäuschen.« Er setzte eine Miene gespielten Bedauerns auf. »Es sei denn natürlich … Was machst du noch gleich beruflich?«

Nicki starrte ihn an. »Willst du mich verarschen? Das ist nicht dein Ernst, oder?«

»Deine Entscheidung«, antwortete Clemens schulterzuckend. »Kannst dir ja überlegen, was dir die Unterkunft bei mir wert ist. Ansonsten musst du halt woanders hingehen. Du hast ja sicherlich noch jede Menge andere Freunde.« Er drehte sich um und schloss die Wohnungstür auf.

»Clemens, warte!«, rief Nicki.

»Hast du es dir anders überlegt?«, fragte er und wandte den Kopf.

»Ich mach alles, was du willst. Aber bitte lass mich rein.«

35. Kapitel

Es dauerte bis zum späten Nachmittag, bis Stefan Setzner nach seinem Zusammenbruch fähig war, sich den Fragen der Polizei zu stellen. In der Zwischenzeit hatten sie die Verbindungen zwischen Setzner und dem getöteten Dirk Lettorf recherchiert. Tatsächlich kannten sich die beiden schon eine ganze Weile.

Als Setzner schließlich am Vernehmungstisch Platz nahm, wirkte er einigermaßen gefasst. Sandra bot ihm ein Glas Wasser an, ehe sie begann.

»Ich möchte noch einmal auf Vanessa Hüssmann zurückkommen«, stieg sie in die Befragung ein. »Woher kennen Sie die Frau?«

»Sie hat eine meiner Wohnungen besichtigt. Allerdings unter einem anderen Namen. Sie hat sich als Tina Wielage ausgegeben. Ich war, ehrlich gesagt, von Anfang an misstrauisch. Sie wirkte nicht wie eine Frau, die sich eine Eigentumswohnung leisten kann.«

»Haben Sie sie nur dieses eine Mal gesehen?«

Setzner schüttelte den Kopf. »Nein. Am Sonntag hat sie mich unter einem Vorwand zu sich nach Hause gelockt. Wir ... wir haben miteinander geschlafen.«

Sandra biss sich auf die Zunge. Vanessa Hüssmann hatte bei ihrer Befragung gestern nichts davon erwähnt, einen zweiten Mann in Lorenas Auftrag verführt zu haben. Und das, obwohl sie wusste, dass Setzners Leben womöglich in Gefahr war. Warum hatte sie ihnen das Treffen verschwiegen und sich heute doch gemeldet?

»Ist es möglich, dass Sie beide gefilmt wurden?«, fragte sie weiter.

Setzner zuckte zusammen. »Woher wissen Sie davon?«

»Ich habe also recht?«, setzte sie nach.

»Ja«, antwortete Setzner mit hängenden Schultern. »Kurz bevor Sie gekommen sind, hat jemand mir ein Foto von mir und dieser Frau …«

»Hüssmann.«

»Ja. Jedenfalls hat jemand mir ein Foto geschickt, auf dem ich mit ihr zu sehen bin.«

»Weiß Ihre Frau davon, Herr Setzner?«

»Zum Glück nicht. Deshalb muss ich unbedingt zu dem Treffen morgen Abend erscheinen.«

Setzner saß vor ihr wie ein Häufchen Elend, doch Sandra konnte kein Mitleid mit ihm empfinden. Selbst schuld. Wieso betrog das Arschloch auch seine Frau? Genau wie Erik …

»Wie haben Sie erfahren, dass sich Vanessa Hüssmann morgen mit Ihnen treffen will?«

»Sie hat mich am Montag angerufen und mich mit meinem Seitensprung erpresst. Ich habe ihr gesagt, dass sie sich von mir fernhalten solle, aber sie hat darauf bestanden, dass ich dem Treffen zustimme. Ansonsten würde sie Ines alles erzählen. Das Foto sollte wohl beweisen, dass sie es ernst meint.«

»Wann und wo wollte sich Vanessa Hüssmann mit Ihnen treffen?«, hakte Sandra nach.

»Um neun Uhr auf dem Parkplatz hinter meinem Büro.«

Sandra warf Ronny, der neben ihr stand, einen Seitenblick zu, der hatte jedoch schon das Handy gezückt. Wenn Lorena zu dem geplanten Treffen erschien, würde die Polizei sie erwarten.

»Wir gehen davon aus, dass dieses Treffen eine Falle ist«, informierte sie den Befragten. »Nach allem, was wir wissen, war genau das bei Dirk Lettorf der Fall.«

Bei der Erwähnung des Namens begann Setzner, seine Hände zu kneten.

»Sie kannten Lettorf, nicht wahr? Sie haben zusammen Abitur gemacht.«

Setzner nickte.

»Haben Sie irgendwelche gemeinsamen Feinde? Gibt es jemanden, der Ihnen beiden nach dem Leben trachten könnte?«

»Schon möglich«, sagte er.

»Was meinen Sie damit?«

Setzner holte tief Luft. Dann lehnte er sich in seinem Stuhl zurück und sah Sandra in die Augen. »Es gibt eine Sache, die Sie wissen sollten. Dirk Lettorf und ich sind keine guten Menschen.«

36. Kapitel

Nicki schloss die Badezimmertür hinter sich ab und atmete tief durch. Sie hätte damit rechnen müssen, dass Clemens ihre Lage ausnutzen würde. Als sie ihn kennengelernt hatte, war er ein anständiger Kerl gewesen, nach dem Ende ihrer Beziehung hatte er sich völlig verändert. Er trank immer mehr, sein Soziologiestudium ließ er für mehrere Semester schleifen. Nicki wusste, dass er einigen Frauen gegenüber, mit denen er kurzzeitig zusammen gewesen war, handgreiflich geworden war. Sie musste sich den Vorwurf gefallen lassen, dass die Geschichte ihrer Trennung ihren Teil zu seiner Veränderung beigetragen hatte.

Das Badezimmer war klein und genauso heruntergekommen wie der Rest der Wohnung. Der Duschvorhang aus Plastik war von schwarzen Schimmelflecken übersät. Auf der Ablage unter dem Spiegel lagen eine ausgefranste Zahnbürste, eine offene Zahnpastatube und ein Elektrorasierer. Sie fragte sich, wann der Loser zum letzten Mal eine Frau abgekriegt hatte. Das Einzimmerapartment jedenfalls sah nach einem einsamen Junggesellen aus.

Sie ging zur Toilette und wusch sich das Gesicht. Zum Glück war Clemens noch immer leicht zufriedenzustellen und genauso schnell fertig wie damals. Nachdem er bekommen hatte, was er wollte, lag er selbstzufrieden auf der Couch und glotzte Fernsehen. Wenn das der Preis für ihr sicheres Versteck war, konnte sie damit leben. Sie hatte vor langer Zeit gelernt, mit Männern ins

Bett zu gehen, ohne sie an sich heranzulassen, und sie war bereit, fast alles zu tun, um Clemens bei Laune zu halten.

Ihre Wohnung war nicht mehr sicher, seit sie Lorena an die Polizei verraten hatte. Auf der Straße würde sie unweigerlich jemandem in die Arme laufen, der sie erkannte – wenn sie nicht vorher erfror. Und in ein Hotel zu gehen war zu riskant, jetzt, da die Bullen sie mit Sicherheit suchten. Sie spürte Panik in sich aufsteigen. Was, wenn ihr Versteck nicht bis Freitag geheim blieb? Lorena konnte sie unmöglich aufspüren, aber Abdul wurde langsam misstrauisch. Sie war seit zwei Wochen nicht zur Arbeit erschienen. Zweimal schon hatten Abduls Leute bei ihr vor der Tür gestanden, um nachzusehen, wo sie blieb. Erst hatte sie behauptet, ihre Mutter liege im Sterben, und ihnen dann die Geschichte mit der Abtreibung aufgetischt, doch es war bloß eine Frage der Zeit, bis sie zurückkamen. Wenn die Al-Asmaris bemerkten, dass sie aus ihrer Bude geflohen war, würden sie jeden Stein in Dortmund umdrehen, um sie aufzuspüren. Früher oder später würden sie sie finden, und dann ging es nicht nur ihr an den Kragen. Eigentlich war es unverantwortlich von ihr, Clemens dieser Gefahr auszusetzen.

Sie schüttelte den Gedanken ab. Abdul konnte nicht wissen, wo sie sich aufhielt. Sie hatte Clemens seit zwei Jahren nicht gesehen, geschweige denn besucht. Sie würde die Wohnung nicht verlassen, und niemand würde herausfinden, wo sie war. Und in drei Tagen war sie ohnehin über alle Berge.

37. Kapitel

»Was bedeutet das, Sie sind keine guten Menschen?«, fragte Sandra nach einer kurzen Pause.

Setzner senkte den Kopf, als könnte er nicht fortfahren, wenn sie ihm in die Augen sah. »Wir haben Scheiße gebaut ...«, sagte er leise vor sich hin. »Richtig große Scheiße.«

»Sie müssen sich nicht selbst belasten«, klärte Sandra ihn auf. »Aber wenn das, was Sie zu sagen haben, etwas mit dem Mord an Dirk Lettorf zu tun haben könnte, müssen Sie mir davon erzählen.«

Setzner nickte. »Das muss ich. Das hätte ich schon vor langer Zeit tun sollen.« Er vergrub das Gesicht erneut in den Händen und schluchzte.

Geduldig wartete Sandra, bis er in der Lage war weiterzusprechen.

»Was möchten Sie mir erzählen?« Sie reichte ihm ein Taschentuch.

»Es ... es ist lange her«, begann Setzner stockend, nachdem er sich die Augen getrocknet hatte. Sein Blick blieb starr auf die Tischplatte gerichtet. »Wir hatten gerade Abitur gemacht. Sie wissen schon, jeden Abend war irgendwo eine Party, ständig wurde gefeiert. Ich war neunzehn Jahre alt, im Grunde noch ein Kind. Ich habe viel getrunken zu dieser Zeit und Drogen genommen.«

»Und weiter?«

»Dirk und ich waren während der Schulzeit eng befreundet. Es gab noch einen dritten in unserer Clique,

Martin Hofmeister. Er war so etwas wie unser Anführer. Wir drei waren immer zusammen unterwegs.«

»Also Dirk Lettorf, Martin Hofmeister und Sie?«

Setzner nickte.

»Was ist damals passiert?«

»Es gab da diese Schwestern an unserer Schule. Hanna und Magdalena Adelsberg. Magdalena war in unserer Klasse, Hanna eine Klasse unter uns. Eigentlich hatte keiner was mit den beiden zu tun. Sie kamen aus einer sehr frommen Familie, waren ungeschminkt und trugen lange Röcke und Wollsocken. Die Art Mädchen, mit denen niemand befreundet sein will. Sie waren immer die Außenseiterinnen an der Schule.« Er hielt inne.

»Sprechen Sie bitte weiter«, bat Sandra.

»Hanna, die Jüngere der beiden, war ein hübsches Mädchen mit einer tollen Ausstrahlung. Ganz anders als Magdalena, die aus einem anderen Jahrhundert zu kommen schien. Natürlich wurde auch Hanna wegen ihrer Kleidung gehänselt. Doch im Grunde war es vor allem Magdalena, die etwas dagegen hatte, dass ihre kleine Schwester Anschluss fand. Sie hütete sie wie ihren Augapfel, und ich glaube, sie hat ihr das Leben zur Hölle gemacht.« Er hielt inne, als wären seine Gedanken abgeschweift. »Jedenfalls waren viele von uns Jungs scharf auf Hanna. Sie war so etwas wie die verbotene Frucht«, fuhr er schließlich leise fort.

»Was haben die Schwestern mit diesem Fall zu tun?«, wollte Sandra wissen.

»Martin hatte in der Zeit nach dem Abi Kontakt zu beiden«, erklärte Setzner. »Er hat sich besonders um Magdalena bemüht. Keine Ahnung, was da zwischen ihnen gewesen ist. Ich denke, er hat sie bloß benutzt, um sich an Hanna ranzumachen.« Er stockte. Zum ersten Mal hob er den Kopf und sah Sandra an.

»Ich habe das Gefühl, Sie möchten mir noch mehr erzählen.«

Setzner seufzte. »Eines Abends gab es diese Party bei Martin zu Hause. Magdalena und Hanna waren auch eingeladen, was ungewöhnlich war. Magdalena war sonst nie auf irgendwelchen Feiern mit dabei. Es wäre besser gewesen …« Er führte den Satz nicht zu Ende.

Was immer er zu berichten hatte, es musste ihm sehr schwerfallen, darüber zu reden.

»Was ist an diesem Abend passiert?«, fragte Sandra eindringlich.

»Die zwei tauchten tatsächlich auf. Am Anfang hat Magdalena ihre kleine Schwester nicht aus den Augen gelassen. Aber später waren wir mit Hanna oben, in Martins Zimmer. Keine Ahnung, wo Magdalena war.« Er flüsterte nur noch.

Sandra musste sich anstrengen, um jedes Wort zu verstehen.

»Ich weiß nicht mehr, was genau passiert ist. Ich meine, ich war betrunken. Wir hatten gekokst. Da passieren manchmal seltsame Dinge.« Tränen liefen ihm die Wangen hinunter. Er nahm einen Schluck aus dem Wasserglas, doch seine Hände zitterten so heftig, dass er einen Teil verschüttete.

»Lassen Sie sich Zeit.«

»Plötzlich packte Martin Hanna und warf sie aufs Bett. Ich habe gar nicht richtig kapiert, was da passierte. Alle haben gelacht und gegrölt. Ich war nicht Herr meiner Sinne. Ich hätte sonst niemals … ich meine … wir … wir haben mitgemacht.« Bei den letzten Worten wurde er von einem heftigen Weinkrampf geschüttelt.

»Sie haben Hanna vergewaltigt?«, vergewisserte sich Sandra.

Sie atmete tief durch. Solche Typen hatte sie schon oft

146

vor sich sitzen gehabt. Sie entschuldigten eine Vergewaltigung mit Alkohol und Drogen und stellten sich selbst als Opfer dar.

Langsam wurde Setzners Weinen leiser. Als er nur noch gelegentlich schluchzte, beschloss Sandra, ihre Befragung fortzuführen.

»Haben Sie jemals mit jemandem über die Ereignisse jener Nacht geredet?«

»Nein, keiner von uns hat je wieder ein Wort darüber verloren. Bloß zwei Tage danach, habe ich versucht, Martin darauf anzusprechen. Er meinte, ich solle die Schnauze halten und nie wieder davon anfangen, oder ich würde es für immer bereuen. Er habe dafür gesorgt, dass Hanna niemandem etwas erzähle. Seitdem hatten wir keinen Kontakt mehr. Auch mit Dirk hatte ich nie wieder zu tun. Wir sind uns aus dem Weg gegangen. Ich glaube, keiner von uns konnte den anderen noch in die Augen sehen. Manchmal höre ich Hannas Schreie nachts im Schlaf.«

»Und warum brechen Sie Ihr Schweigen jetzt? Glauben Sie, dass der Mord an Dirk Lettorf und das mutmaßlich geplante Verbrechen an Ihnen mit den Geschehnissen von damals zusammenhängen?«, fragte Sandra.

»Ich bin mir ganz sicher. Es ist unsere Strafe. Ich habe immer gewusst, dass wir damit nicht bis an unser Lebensende durchkommen. Dass uns die Schatten der Vergangenheit irgendwann einholen würden.«

»Hat Hanna Sie nie angezeigt?«, wollte Sandra wissen.

Setzner schüttelte stumm den Kopf.

»Sie glauben also, dass sich Hanna Adelsberg an Ihnen rächen will.«

»Nein, das ist unmöglich.«

»Warum, Herr Setzner?«, hakte Sandra nach.

»Weil Hanna Adelsberg tot ist. Drei Tage nach jener Nacht brannte das Haus der Familie nieder. Die Schwestern und ihre Eltern wurden von den Flammen überrascht. Niemand hat das Unglück überlebt.«

38. Kapitel

Dieses trockene Brot schmeckt köstlicher als das erlesenste Festmahl. Dieses Wasser erfrischender als der süßeste Wein. Diese Leute sind gut. Aufrichtige Menschen. Sie haben nicht gefragt, woher ich komme oder was ich geleistet habe. Solcherlei Dinge zählen hier nicht. Jeder ist willkommen, der das Wort des Herrn hört und wohl versteht. »Jünger des Wortes« – ja, das sind wir. Keine Anhänger dieser verkommenen Welt des Fleisches. Mit ihrer Oberflächlichkeit. Ihrem leeren Streben nach den Götzen Geld und Lust. Das Wort ist es, was zählt, hört ihr?

Theo weiß das. Er ist ein ehrenwerter Mann. Der edelste, den man sich denken kann. Nicht eine Sekunde hat er gezögert, mich in die Gemeinde aufzunehmen. Er sagte, er habe in meinen Augen gesehen, dass ich Gott liebe. Und wahrhaftig, das tue ich. Liebe bedeutet nicht, auf das Paradies zu warten. Liebe bedeutet Arbeit. Arbeit soll der Lebensinhalt der Kinder Gottes sein. Jedoch nicht um des Geldes oder geistlosen Luxus willen. Das ist nicht die Arbeit, die wir meinen. Es geht um anständige Arbeit.

Wir Jünger des Wortes sind jeden Tag unterwegs auf den Straßen Babylons, um die Wahrheit des Herrn zu verbreiten. Wir verlangen nichts. Wir bitten um nichts. Unser Lohn ist nicht von dieser Welt. Wir stehen ein für Seine Herrlichkeit und bieten jenen die Stirn, die sich an Seiner Schöpfung versündigen. Hohn, Spott, selbst offene Feindseligkeit schrecken uns nicht. Des Gerechten

Weg ist steinig. Doch wir wissen, dass er der richtige ist. Denn es ist Sein Weg. Jeder ist herzlich eingeladen, uns zu folgen. Und jeder ist frei, einen anderen Weg zu wählen. Vorausgesetzt, er ist bereit, die Konsequenzen zu tragen.

39. Kapitel

In dieser Nacht lag Sandra lange wach und wälzte sich von einer Seite auf die andere. Sie war es gewohnt, in menschliche Abgründe zu blicken. Doch dieser Fall ließ ihr keine Ruhe. Wenn Setzner richtiglag, hatte Dirk Lettorf sterben müssen, weil er vor zwanzig Jahren gemeinsam mit zwei Klassenkameraden eine Mitschülerin vergewaltigt hatte. Konnte das wirklich das Motiv sein? Wenn das Opfer und seine Familie tot waren, wer wusste dann von dem Verbrechen? Und warum wollte er es nun, so lange Zeit danach, rächen? Vielleicht hatten andere Partygäste die Vergewaltigung mitbekommen. Eine Erklärung für die Morde und die mysteriösen Videos war das jedoch auch nicht.

Die Informationen aus Setzners Aussage wurden zur Stunde überprüft. Nach dem dritten Mittäter von damals, Martin Hofmeister, wurde bereits gefahndet. Wenn der Mord mit der Vergewaltigung in Zusammenhang stand, schwebte auch er in Lebensgefahr. Und Setzners Geständnis warf weitere Fragen auf. Hofmeister hatte Setzner gegenüber angedeutet, dass er Hanna zum Schweigen bringen wolle. Einen Tag später war das Haus der Familie Adelsberg abgebrannt. Handelte es sich um einen Zufall? Oder hatte Martin Hofmeister Hanna Adelsberg töten wollen, um sicherzugehen, dass die Wahrheit niemals ans Licht kam?

Manchmal fragte sich Sandra, ob sie das Richtige tat. Wenn sie Martin Hofmeister aufspürten und vor dem Täter schützten, war das Verbrechen von damals dennoch nicht nachzuweisen. Da das Opfer tot war, konnte der Mann alles abstreiten und damit wahrscheinlich durchkommen. Sie verbot sich den Gedanken, da es ihre Aufgabe war, die beiden Vergewaltiger, die noch am Leben waren, zu schützen, und warf einen Blick auf ihr Handy – keine Nachricht. Mark hatte sich seit letzter Nacht nicht mehr gemeldet, obwohl sie ihm gleich heute Morgen geschrieben hatte. Vielleicht hatte er heute viel zu tun oder sein Handy zu Hause vergessen – es konnte tausend Gründe dafür geben, dass er bisher nicht geantwortet hatte. Vielleicht hatte er aber auch einfach das Interesse verloren, nachdem er bekommen hatte, was er wollte.

Ihr Blick fiel auf das Bild von Tim auf ihrem Nachtkästchen. Zu was für einem Mann würde er sich entwickeln? Sie konnte nur hoffen, dass er mit einer respektvollen Haltung gegenüber Frauen aufwuchs. Anders als sein Vater. Und vermutlich auch als Mark.

40. Kapitel

Nachdem Sandra die Besprechung am Donnerstagmorgen eröffnet hatte, schob Ronny ihr eine Aktenmappe mit den Ergebnissen der Nacht über den Tisch.

»Wir haben Setzners Aussagen überprüft. Was er sagt, stimmt. Magdalena Adelsberg hat wie Setzner und Lettorf vor sechsundzwanzig Jahren am Leibniz-Gymnasium Abitur gemacht, ihre Schwester Hanna war damals in der zwölften Klasse. Nur drei Wochen nach den Prüfungen brannte das Haus der Familie in einer Nacht bis auf die Grundmauern nieder. Als die Feuerwehr eintraf, war es bereits zu spät. Hanna, Magdalena und ihre Eltern starben in den Flammen.«

»Ist bekannt, wie es zu dem Brand gekommen ist?«, hakte Sandra nach.

»Laut den Akten gab es Hinweise auf Brandstiftung. Die Familie lebte in einem alten Bauernhaus in Haarzopf, das zum Großteil aus Holz bestanden und dementsprechend gut gebrannt hat. Da man nie einen Schuldigen oder gar einen Verdächtigen gefunden hat, ging man von einem Familiendrama aus. Magdalena galt als psychisch auffällig. Die Ermittler vermuteten, dass sie das Feuer gelegt hat«, erläuterte Ronny.

»Okay«, meinte Sandra. »Bloß Beweise dafür gibt es nicht?«

»Sieht nicht so aus«, gab Ronny schulterzuckend zu. »Es wurden Rückstände von Benzin gefunden, und das Feuer soll an verschiedenen Stellen ausgebrochen sein.

Ansonsten sind alle Spuren den Flammen zum Opfer gefallen.«

»Was ist mit diesem Hofmeister, von dem Setzner erzählt hat? Er hätte ein Motiv gehabt, das Haus anzuzünden.«

»Martin Hofmeister. Aus demselben Abiturjahrgang. Viel gibt es über den Mann nicht zu berichten, er ist bisher nie polizeilich in Erscheinung getreten. Arbeitet in der Marketingabteilung von E.ON und lebt mit Frau und zwei Kindern in Überruhr.«

»Wir brauchen ihn so schnell wie möglich. Als Zeugen und zu seinem Schutz!«

Ronny nickte. »Es ist bereits ein Wagen unterwegs zu ihm, Sandra, wir wollen ihn erwischen, ehe er das Haus verlässt.«

»Verrückt«, sagte sie stirnrunzelnd. »Scheint ja fast so, als hättest du an alles gedacht.«

»Habe ich da gerade ein verstecktes Lob gehört?«

»Gewöhn dich lieber nicht dran.«

Bevor Ronny zu einer Erwiderung ansetzen konnte, flog die Tür auf.

»Es gibt einen weiteren Toten!«, rief der eintretende Kollege in die Runde.

Erschrocken wandten die Anwesenden die Köpfe.

Sandra sprang von ihrem Stuhl auf. »Was für einen Toten?«

»Ich habe noch keine Details«, antwortete der Mann. »Eine männliche Leiche auf einem Parkplatz am Ruhrufer. Offenbar eindeutig ein Tötungsdelikt mit ähnlichem Muster.«

»Identität?«, fragte Sandra.

»Noch unklar. Die Streifenkollegen sind gerade erst vor Ort eingetroffen.«

»Dann nichts wie los, Ronny, wir fahren hin«, sagte

Sandra, schon auf halbem Weg zur Tür. »Werner, du bleibst hier und recherchierst weiter. Ich will alles wissen, was es über die Adelsberg-Schwestern zu erfahren gibt.«

Er nickte. »Mache ich. In meinem Alter muss ich nicht mehr jede Leiche persönlich kennenlernen.«

41. Kapitel

Das rot-weiße Band mit der Aufschrift *Polizeiabsperrung* flatterte quer über der Zufahrt des kleinen Parkplatzes in Essen-Kettwig. Sandra stellte den Dienstwagen direkt davor ab. Sie öffnete die Tür und spannte ihren Knirps auf, bevor sie ausstieg. Vom gegenüberliegenden Ende des Geländes drang ein Gewirr aufgebrachter Stimmen herüber. Zwei Beamte waren damit beschäftigt, Schaulustige abzuwimmeln, die der Polizeieinsatz angelockt hatte. Weiter hinten, wo der Parkplatz von ein paar Bäumen begrenzt wurde, hatte sich eine Traube Uniformierter versammelt. Eine weitere Bandabsperrung und das Blitzlicht des Tatortfotografen verrieten, dass es sich um die Fundstelle der Leiche handeln musste. Schnellen Schrittes eilte Sandra zum Ort des Geschehens und registrierte, dass Ronny sie überholen wollte.

»Hey, Sandra!« Saskia Dudek von der Spurensicherung winkte vom Waldrand zu ihr herüber. »Schön, dich zu sehen! Wie geht's dir?« Mit wenigen langen Sätzen war sie bei ihnen. Ihr weißer Ganzkörperanzug war bereits vollkommen durchnässt und klebte wie eine zweite Haut an ihrem drahtigen Körper.

»Frag lieber nicht«, erwiderte Sandra. »Was ist das schon wieder für eine Scheiße?«

Saskia zuckte mit den Schultern. »Tja, keine Ahnung. Ich bin selbst noch nicht lange da. Wir sperren gerade erst alles ab, damit uns keiner die Spuren zertrampelt. In jedem Fall ist es eine ziemliche Sauerei. Erinnert mich an letzte Woche.«

Sandra zuckte zusammen. Sie hatte gehofft, dass sich die Befürchtung nicht bewahrheiten würde. Bisher hatte sie den Toten noch nicht gesehen, der Fotograf und die Mitarbeiter des Erkennungsdienstes versperrten die Sicht. Gerade spannten zwei Polizisten eine blaue Abdeckplane über der Fundstelle auf, um den Regen abzuhalten. Von Sandras Position aus waren nur die Beine des Opfers zu erkennen. Schwarze Chucks zu Bluejeans. Bereits aus der Ferne konnte sie zahlreiche Blutflecke auf der Hose ausmachen.

»Ich schau's mir mal an«, sagte Sandra und klopfte Saskia auf die Schulter.

Ronny war bereits vorgelaufen und neben der Leiche in die Hocke gegangen. Mit wenigen Schritten holte sie ihn ein.

Als Sandra die braune Lederjacke des Toten erblickte, blieb sie wie angewurzelt stehen und ließ den Regenschirm sinken. Nein. Das war unmöglich. Ihre Nerven waren seit Tagen zum Zerreißen gespannt, da war es kein Wunder, dass sie Gespenster sah. Sie unterdrückte den Impuls aufzuschreien, und zwang sich, die Leiche genauer zu betrachten. Doch es gab keinen Zweifel. Der Mann, der dort mit zerfetztem Brustkorb und blutüberströmt auf dem Boden lag, war Mark. Mark von *Love-Match*. Sie wankte ein paar Schritte zurück und wandte sich ab. Mit einem Mal verspürte sie das übermächtige Bedürfnis, die Flucht zu ergreifen. Vor diesem Fall. Vor ihrem Leben. Vor allem.

»Was ist denn mit dir los? Kannst du kein Blut sehen?«

Ronnys spöttische Worte drangen nur halb in ihr Bewusstsein. Sie hatte geglaubt, dass sich Mark nicht mehr meldete, weil er das Interesse an ihr verloren hatte. Und nun lag er tot hier im Gebüsch. Sie schluckte schwer.

»Wissen wir schon, wer der Mann ist?«, hörte sie sich selbst fragen und drehte sich zu Ronny um.

»Martin Hofmeister. Genau wie Setzner vorausgesagt hat.«

»Schwachsinn!«, brauste Sandra auf. »Das glaube ich nicht.«

Ronny sah sie irritiert an. »Jedenfalls steht das auf seinem Ausweis, und dem Foto nach zu urteilen, würde ich sagen, das ist der Mann.«

Er winkte Saskia heran, die einen durchsichtigen Beweismittelbeutel mit einem Personalausweis darin in die Höhe hielt. Sandra legte den Kopf schief, um das Foto zu betrachten. Darauf blitzten Martin Hofmeisters Augen genauso spitzbübisch wie bei ihrer ersten Begegnung vor dem Burgerladen. Mark … Die Wut ließ ihr das Blut in den Kopf schießen. Das Arschloch hatte sie angelogen. Verheiratet, zwei Kinder. Natürlich benutzte er einen falschen Namen für seine Affären.

»Wir müssen seine Familie informieren lassen«, sagte Ronny hinter ihr. »Ich schicke sofort einen Wagen los.«

»Du wirst niemanden schicken«, fuhr Sandra ihn an. »Den Job übernehme ich.«

42. Kapitel

Gähnend reckte Nicki die Arme. Sie hätte den ganzen Tag schlafen können, so müde war sie. In den letzten zwei Wochen war sie fast ständig unterwegs gewesen, hatte ihren Ausstieg aus dem Milieu geplant, sich auf die Reise nach Tschechien vorbereitet und nebenbei noch die Aufträge der geheimnisvollen Lorena erfüllt. Der unerwartete Geldsegen war ein Geschenk des Himmels gewesen, das ihre Situation deutlich verbesserte. Davor hatte sie mühsam knapp zweitausend Euro zur Seite gelegt und gehofft, damit ein paar Monate über die Runden zu kommen, bis sie eine anständige Arbeit und eine Wohnung finden würde. Aber allein die gefälschten Ausweisdokumente, die Luna für sie besorgte, hatten sie tausend Euro Anzahlung gekostet. Ausgemacht waren weitere tausend bei Übergabe der Papiere. Doch es war nicht auszuschließen, dass sich Luna kurzfristig einen höheren Preis überlegte.

Immer noch gähnend schwang sie die Beine von der Couch. Es war schon fast Mittag, und auch wenn sie ohnehin nichts anderes zu tun hatte, als die Zeit totzuschlagen, wollte sie aufstehen. Clemens war am Morgen zur Uni gegangen, und sie genoss es, endlich allein in der Wohnung zu sein. Unglaublich, dass sie es zwei Jahre lang mit dem Idioten ausgehalten hatte. Schon der Gedanke, noch eine Nacht mit ihm unter einem Dach verbringen zu müssen, verursachte ihr Übelkeit. Sie ging in die Hocke und öffnete ihre Sporttasche. Sie hatte bloß das Nötigste mitgenommen: ihren Kulturbeutel und

Kleidung für ein paar Tage. Alles andere würde sie sich neu kaufen. Das Handy und alle Papiere hatte sie in der Wohnung zurückgelassen. In ihrem neuen Leben gab es keine Vanessa Hüssmann mehr. Und keine Typen, die sie zwangen, ihren Körper zu verkaufen. Keine dunkle Vergangenheit, die sie immer wieder einholte.

Wie um sich zu vergewissern, dass ihr Traum von der Freiheit real war, tastete sie zwischen ihrer Unterwäsche nach dem Umschlag. Es würde sie beruhigen, das dicke Bündel Scheine zwischen den Fingern zu spüren. Nur fand sie es nicht. Nervös durchwühlte sie die Tasche. Nichts. Ihr Herz begann zu rasen. Panisch riss sie all ihre Klamotten aus der Tasche und warf sie auf den Boden. Doch der Umschlag blieb verschwunden. Gestern Abend, bevor sie schlafen gegangen war, hatte sie ihn noch gehabt. Und jetzt war er weg. Fünfzehntausend Euro. Ihre gesamte Zukunft. Nicki sank auf die Couch und begann hemmungslos zu weinen.

43. Kapitel

Mit klopfendem Herzen stieg Sandra vor dem Haus der Familie Hofmeister aus dem BMW. Der Regen hatte aufgehört, und die Sonnenstrahlen, die zwischen den Wolken hervorbrachen, ließen den Nachmittag beinahe freundlich wirken. Doch Sandra nahm ihre Umwelt kaum wahr. Der Anblick des toten Martin Hofmeister hatte sie wie ein Hammerschlag getroffen. Die Autofahrt hatte sie wie in Trance verbracht, erst allmählich begann ihr Verstand, all die schmerzhaften Fragen zu formulieren, die die dramatische Wendung der Ereignisse aufwarf. Warum, zur Hölle, hatte sie gerade jetzt begonnen, wieder einen Mann zu daten? Wieso war sie dabei ausgerechnet an das spätere Mordopfer geraten? Hatte sie tatsächlich mit einem Vergewaltiger geschlafen? Und vor allem, wie konnte sie in diesem Fall weiterermitteln, wie mit der Witwe des ermordeten Mannes sprechen, mit dem sie vor nicht einmal achtundvierzig Stunden Sex gehabt hatte?

Sie verharrte einen Moment auf dem Gehweg. Die bürgerliche Wohngegend in Überruhr schien so gar nicht zu dem unkonventionellen, charmanten Mann zu passen, den sie kennengelernt hatte. Sie konnte ihn sich besser in einem sanierten Altbau in Essen-Süd vorstellen als in dem weiß getünchten Einfamilienhaus mit Spitzdach. Kein Wunder. Ihr Date hieß Mark. Mark, der Unternehmensberater. Eine Illusion, ein Phantom. Aber dies war das Zuhause von Martin. Und Martin war tot.

Vor dem Haus traf sie auf Melek Kaya vom Kriseninterventionsteam. Die Mitarbeiter des KIT begleiteten die Beamten bei der Überbringung von Todesnachrichten und kümmerten sich um die psychologische Erstversorgung der Hinterbliebenen. Melek war eine kleine, dunkelhaarige Frau mit warmen Augen und einer beruhigenden, auffallend tiefen Stimme. Sandra war erleichtert, sie zu sehen, da sie schon mehrfach erlebt hatte, wie sie Menschen in Extremsituationen durch ihre einfühlsame Art und ihre Professionalität aufgefangen hatte. Ronny hatte sie zurück ins Präsidium geschickt. Er hatte nicht widersprochen. In seinen Augen war die Überbringung einer Todesnachricht Aufgabe der Schutzpolizei.

Einige Sekunden nachdem sie die Klingel gedrückt hatte, öffnete eine hochgewachsene Frau mit hüftlangen hellblonden Haaren die Tür. Sie war hübsch, ihr schmaler Nasenrücken und der helle Teint verliehen ihr ein elfenhaftes Aussehen. Über den auffallend hohen Wangenknochen tanzten unzählige Sommersprossen. Sandra spürte, wie ihr schlecht wurde. Sie hatte Eriks Sekretärin dafür gehasst, dass sie ihre Ehe zerstört hatte. Nacht für Nacht hatte sie wach gelegen und die Frau zum Teufel gewünscht. Der Gedanke, dass Martin Hofmeister seine Frau mit ihr betrogen hatte, war Übelkeit erregend.

»Guten Tag«, begrüßte die blonde Frau sie freundlich. »Kann ich Ihnen helfen?«

»Kriminalhauptkommissarin Rehbein, Kripo Essen«, stellte sich Sandra vor und präsentierte ihren Dienstausweis. »Das ist meine Kollegin Frau Kaya. Sind Sie Eva Hofmeister?«

Skeptisch runzelte die Frau die Stirn. »Schon wieder Polizei? Heute Morgen waren bereits zwei Kollegen von Ihnen da und haben nach meinem Mann gefragt. Ich habe ihnen gesagt, dass er auf einer Dienstreise ist und erst morgen zurückkommt. Worum geht es überhaupt?«

»Ich weiß, dass die Kollegen da waren«, antwortete Sandra.

Auf einen Schlag wich die Freundlichkeit aus dem Gesicht der blonden Frau, ihre Miene wurde ängstlich.

»Äh … ja … klar. Ist etwas passiert?«, stammelte sie, während sie Sandra und Melek hereinbat.

»Vielleicht können wir uns irgendwo hinsetzen«, schlug die Psychologin behutsam vor.

Eva Hofmeister nickte stumm und ging voraus ins Wohnzimmer. Während sie ihr folgte, registrierte Sandra ihre katzenhaften, eleganten Bewegungen, staunte über ihre schmale Taille und den trotz ihrer schlanken Gestalt kräftigen Po. Als sie damals nach Gründen für Eriks Seitensprung gesucht hatte, vermutete Sandra, dass sie einfach nicht mehr attraktiv genug war. Dass Hoodie und Jeans auf Dauer womöglich nicht reichten, um einen Mann bei der Stange zu halten. Nach Tims Geburt hatte sie kaum noch Sport getrieben, die Schwangerschaftsstreifen verunstalteten ihren Bauch für immer, und ihre Brüste wurden mit jedem Jahr schlaffer. Eva Hofmeister sah dagegen aus wie ein Model. Dennoch musste ihrem Mann etwas gefehlt haben, sonst hätte er sich nicht mit Sandra auf ein Date getroffen.

Sie nahmen an dem langen Esstisch aus Massivholz Platz. Als Eva Hofmeister sie ansah, glänzten ihre Augen feucht.

»Sind Sie allein zu Hause?«, fragte Melek Kaya sanft.

Eva Hofmeister nickte.

»Wo sind Ihre Kinder?«, fuhr die Psychologin fort.

»In der Schule.«

»Ich muss Ihnen eine traurige Mitteilung machen«,

sagte Sandra. »Ihr Mann wurde heute Morgen tot aufgefunden.«

Mit ausdruckslosem Gesicht schüttelte die Frau den Kopf. »Nein«, sagte sie leise. »Nein.«

»Ich wünschte, ich könnte Ihnen etwas anderes sagen. Aber wir gehen davon aus, dass Ihr Mann ermordet wurde«, sprach Sandra die schreckliche Wahrheit aus.

Noch während Sandra redete, stand Eva Hofmeister auf und begann neben dem Esstisch auf und ab zu gehen. Immer wieder schüttelte sie dabei den Kopf und murmelte vor sich hin. »Nein … nein.«

Melek Kaya erhob sich und legte Eva Hofmeister den Arm um die Schulter. »Sie können das jetzt nicht begreifen, das ist völlig normal.«

»Lassen Sie mich in Ruhe!«, schrie die Frau unvermittelt und stieß Melek von sich weg. Gleich darauf brach sie in Tränen aus und sank auf der Couch zusammen.

Einige Minuten lang schwiegen Sandra und Melek und ließen sie weinen. Wie schmerzhaft mochte es sein, den Menschen, den man am meisten liebte, von einer Sekunde auf die andere zu verlieren? Sandra hatte keine Vorstellung davon. Schon als sie damals von Eriks Affäre erfahren hatte, hatte sie sich gefühlt, als hätte ihr jemand den Boden unter den Füßen weggezogen. Aber Erik war nicht gestorben, er hatte sie lediglich im Stich gelassen. Martin Hofmeister hingegen war aus dem Leben gerissen worden, dem eigenen und dem seiner Familie. Außerdem ahnte seine Frau wahrscheinlich nicht, dass er sie betrogen und was für ein schreckliches Verbrechen er begangen hatte. Würde das die Sache erträglicher machen? Oder noch schlimmer? Auch nach fünfzehn Dienstjahren gingen Sandra Gespräche wie dieses immer noch an die Nieren.

Schließlich hob Eva Hofmeister den Kopf. »Wo ist er?

Ich will ihn sehen«, sagte sie mit tränenerstickter Stimme.

»Das können Sie, sobald die Obduktion abgeschlossen und der Leichnam freigegeben ist«, antwortete Sandra. »Erst einmal erhalten Sie von uns weitere psychologische Unterstützung. Frau Kaya wird bei Ihnen bleiben. In den nächsten Tagen müssen wir uns unbedingt mit Ihnen unterhalten. Das hat im Moment jedoch Zeit.«

»Sie können nicht hierbleiben«, widersprach die Frau energisch. »Die Kinder. Ich muss die Kinder abholen. Ich muss Mittagessen kochen.«

Melek legte ihre Hände auf Eva Hofmeisters Schultern und sah ihr fest in die Augen. »Das müssen Sie jetzt alles nicht tun. Ich gebe Ihnen alle Unterstützung, die Sie benötigen. Gemeinsam überlegen wir, wer Ihre Kinder abholen und versorgen kann. Sie haben bestimmt Großeltern oder Freunde in der Nähe. Und wenn nicht, kümmern wir uns darum, einverstanden?«

Eva Hofmeister nickte abwesend.

»Ich muss Ihnen noch eine Frage stellen«, schaltete sich Sandra wieder ein. »Haben Sie in den letzten Tagen merkwürdige Post bekommen? Einen USB-Stick zum Beispiel?«

Eva Hofmeister schaute sie an, als hätte sie nicht richtig verstanden.

»Ich frage Sie das, weil …«

»Ja«, fiel sie ihr ins Wort. »Ich habe heute Morgen einen Umschlag mit einem USB-Stick im Briefkasten gefunden.«

Sandra schlug das Herz bis zum Hals. »Haben Sie nachgeschaut, was auf dem Stick ist?«, fragte sie atemlos.

»Nein, bisher nicht. Was ist damit?«

»Wo ist der USB-Stick jetzt?«, hakte Sandra eilig nach.

»Ich glaube, er liegt auf meinem Schreibtisch. Ich war mir nicht sicher, was ich damit anfangen soll.«

»Ich brauche diesen Stick«, sagte Sandra eindringlich. »Er stammt vermutlich vom Mörder Ihres Mannes.«

44. Kapitel

Im Präsidium begab sich Sandra sofort in ihr Büro. Im Flur lief sie beinahe Werner über den Haufen, der einen überraschten Ausruf tat.

»Sandra, gut, dass du da bist. Ich muss mit dir …«

»Jetzt nicht!«, schnitt Sandra ihm das Wort ab und schob sich an ihm vorbei.

In ihrem Büro schloss sie die Tür hinter sich ab und atmete tief durch. Während sie den Computer startete, versuchte sie sich einzureden, dass ihre Aufregung unbegründet war. Bestimmt hatte Mark viele Frauen getroffen. Nicki vielleicht. Oder eine andere, die in Lorenas Auftrag gehandelt hatte. Endlich erschien der Windows-Anmeldebildschirm. Mit zittrigen Händen gab sie ihr Passwort ein und schob den USB-Stick in den Port.

Es dauerte einen Moment, bis das System den Datenträger erkannte. Schließlich erschien das Symbol auf dem Desktop. Der Stick enthielt nur eine Datei.

KlickMich.avi

Sandra hielt die Luft an und startete das Video.

Die ersten Sekunden war kaum etwas zu erkennen. Die verwackelte Aufnahme einer Handykamera zeigte unscharfe Umrisse von Bäumen und Häusern. Das Video musste nachts aufgenommen worden sein. Eine Straßenlaterne spendete spärliches Licht, einzelne Schneeflocken schwebten durchs Bild. Erst allmählich fokussierte die Optik auf ein Objekt in der Ferne. Ein Auto. Sandra gefror das Blut in den Adern, als sie Martin Hofmeisters schwarzen SUV erkannte. Die Kamera zoomte heran, bis sein Gesicht deutlich zu sehen war. Doch er war nicht allein im Wagen. Die Person auf dem Beifahrersitz wurde halb durch ihn verdeckt. Sandra ballte die Hände zu Fäusten. Bitte! Lass. Es. Nicht. Wahr. Sein!

Die beiden Menschen im Auto begannen sich zu küssen. Die Kamera fuhr noch näher heran, bis kein Zweifel mehr bestand. Das Video zeigte Sandra, wie sie mit Martin Hofmeister, dem späteren Opfer, im Auto herumknutschte. Schon lag er auf ihr, ihr T-Shirt war bis über ihre Brüste hochgerutscht. Sandra wurde schlecht.

Sie fuhr zusammen, als es an der Tür klopfte. Hastig schloss sie das Videofenster, zog den Stick aus dem Rechner und ließ ihn in die Hosentasche gleiten.

»Herein!« Sandra versuchte, ihrer Stimme einen festen Klang zu verleihen, scheiterte dabei jedoch kläglich.

Von draußen drückte jemand die Klinke hinunter. »Ist abgeschlossen!«

Natürlich. Mit zitternden Knien stand Sandra auf und ließ Werner herein. Unmittelbar nachdem er eingetreten war, schloss sie erneut ab.

»Wieso schließt du dich ein?«, wunderte er sich.

»Ich brauche Ruhe zum Nachdenken.«

Werner sah sie skeptisch an. »Irgendwas stimmt nicht mit dir. Du siehst furchtbar aus. Was ist los?«

»Der Fall nimmt mich ganz schön mit«, versuchte sie sich an einer Erklärung.

Werner nickte. »Ja. Aber ich werde das Gefühl nicht los, dass dich noch etwas anderes belastet.«

»Ach was …«

»Sandra!«, sagte er eindringlich. »Falls es dir nicht gut geht oder ich dir irgendwie helfen kann, du kannst immer mit mir reden.«

Sandra schluckte. Es hatte keinen Sinn, Werner etwas

vorzumachen. Wenn sie versuchte, die Wahrheit zu vertuschen, machte sie alles nur noch schlimmer.

»Martin Hofmeisters Witwe hat ebenfalls einen USB-Stick erhalten«, sagte sie tonlos.

Werner nickte bedächtig. »Ich verstehe.«

»Nein.« Sandra senkte den Blick. »Du verstehst nicht.«

»Was meinst du damit?«

»Auf dem Video ist zu sehen, wie Hofmeister Sex mit einer Frau hat.«

»Das habe ich mir schon gedacht. Genau wie bei Lettorf und Setzner«, erwiderte Werner.

Sandra wandte sich von ihm ab. Sie ertrug es nicht, ihn anzusehen. »Mit einem kleinen Unterschied – die Frau bin ich.«

»Was hast du gerade gesagt?« Werner starrte Sandra an, als glaubte er, sich verhört zu haben.

»Ich habe mit Martin Hofmeister geschlafen«, flüsterte sie.

»Jetzt mal langsam! Du kanntest ihn?«, fragte er irritiert.

»Nicht wirklich«, wand sich Sandra. »Eigentlich überhaupt nicht. Ich wusste nicht einmal seinen richtigen Namen.«

Werner ließ sich auf den Stuhl vor Sandras Schreibtisch sinken. »Ich verstehe überhaupt nichts mehr.«

»Ich habe ihn bloß zweimal getroffen«, erklärte sie und senkte den Blick. »Wir haben uns über eine Dating-App kennengelernt. Vorgestern haben wir uns zum zweiten Mal gesehen. Da ist es einfach passiert.«

»Du bist mir keine Rechenschaft schuldig«, erwiderte Werner. »Nur wie ist es möglich, dass ihr gefilmt wurdet?«

»Wir haben im Auto ...« Sandra stockte. »Jemand muss uns beobachtet haben.«

Werner kratzte sich am Kopf. »Jetzt haben wir ein echtes Problem.«

Sandra schloss für einen Moment die Augen. »Am liebsten würde ich den Stick vernichten. Aber die Aufnahmen sind Beweismittel. Sie müssen gesichtet und ausgewertet werden. Außerdem muss ich aussagen, auch wenn mir das unangenehm ist.«

»Du hast nichts zu verbergen, Sandra«, sagte Werner.

Er hatte recht. Sie hatte sich nichts zuschulden kommen lassen. Und auch wenn ihre Verabredung mit einem späteren Mordopfer eine Menge unangenehmer Fragen aufwarf, würden sich alle klären lassen, wenn sie bei der Wahrheit blieb. Wenn sie hingegen Beweismittel verschwinden ließ, konnte sie das ihren Job kosten.

»Du machst dir Gedanken wegen Ronny, oder?« Damit hatte Werner den Nagel auf den Kopf getroffen. »Wenn du willst, rede ich mit ihm. Wir können die Existenz der Aufnahmen nicht vor ihm geheim halten, aber wir können dafür sorgen, dass er sie nicht sieht. Und ich werde mir das Video selbstverständlich auch nicht ansehen. Das können Kollegen machen, die nicht so eng mit dir zusammenarbeiten.«

»Wenn Ronny das Video sehen will, schaut er es sich sowieso an.« Sandra seufzte.

»Das wird er nicht. Ronny kann zwar ein echter Scheißkerl sein, doch so viel Anstand besitzt sogar er.«

»Hoffentlich.« Die Vorstellung, wie sich Ronny grinsend ihr Sextape reinzog, war unerträglich.

»Du wirst den Fall abgeben müssen, Sandra«, riss Werner sie aus ihren Gedanken.

»Kommt nicht infrage!«, brauste sie auf.

»Ich bitte dich! Du bist unmittelbar betroffen. Du kannst die Ermittlungen nicht weiter leiten.«

»Und wer soll es dann tun?«, fuhr Sandra ihn an. »Ronny?«

Werner machte eine Geste, die besagte, dass das die naheliegendste Option war.

Sandra schüttelte energisch den Kopf. »Das lasse ich nicht zu!«

»Ich glaube nicht, dass du das zu entscheiden hast.«

Sandra vergrub das Gesicht in den Händen. Ihr blieb keine andere Wahl. Sie musste Peter Reuters, den Kriminaldirektor der Essener Polizei, unverzüglich über den Umstand in Kenntnis setzen, dass es eine persönliche Verbindung zwischen ihr und dem Mordopfer gab. Reuters war ein gewissenhafter und pflichtbewusster Mann. Zweifellos würde er umgehend dafür sorgen, dass sie die Ermittlungen abgab. Es sei denn, es gelang ihr, ihn davon zu überzeugen, dass sie zur Ergreifung des Täters unverzichtbar war.

Das war allerdings nicht das Einzige, was ihr Sorgen bereitete.

»Und wie sollen wir Hofmeisters Witwe beibringen, dass die leitende Ermittlerin, die den Tod ihres Mannes aufklären soll, einen Tag vorher noch mit ihm geschlafen hat?«

Werner zuckte mit den Schultern. »Wir müssen ihr keine Auskunft geben, was sich auf dem Stick befindet.«

»Denkst du nicht, dass sie ein Recht darauf hat zu erfahren, wie ihr Mann die letzten Tage seines Lebens verbracht hat?«, gab Sandra zu bedenken.

»Vielleicht. Aber solange die Ermittlungen nicht abgeschlossen sind, würde ich ihr überhaupt nichts sagen. Alles Weitere kannst du dir immer noch überlegen.«

Einen Moment lang schwiegen sie.

»Ich werde diesen Fall nicht abgeben, Werner«, sagte Sandra schließlich. »Kann ich auf dich zählen?«

»Du kannst immer auf mich zählen«, antwortete er lächelnd. »Du bist die Chefin.«

45. Kapitel

Es war kurz vor zwei Uhr nachmittags, als Nicki das Geräusch des Schlüssels im Türschloss hörte. Stumm blieb sie am Esstisch sitzen, während Clemens Jacke und Schuhe auszog.

»Hi«, begrüßte er sie beiläufig, als er auf dem Weg zu der kleinen Küchenzeile an ihr vorbeiging.

»Wo ist mein Geld?«, fragte Nicki entschieden und stand auf.

»Keine Ahnung, wovon du redest.« Clemens machte sich nicht einmal die Mühe, sie anzusehen. Unbeeindruckt von der Konfrontation öffnete er sich eine Flasche Bier und fläzte sich nebenan auf die Couch.

»Das ist kein Spaß, Clemens. Ich weiß genau, dass du das Geld geklaut hast. Sag mir sofort, was du damit gemacht hast!«

»Bist du schon wieder auf Droge? Ich hab kein Geld gesehen, und jetzt halt endlich die Schnauze und nerv mich nicht!«, antwortete er und schaltete den Fernseher ein.

Wutentbrannt stürmte Nicki auf ihn zu, riss ihm die Fernbedienung aus der Hand und schaltete das Gerät aus.

»Bist du jetzt komplett durchgeknallt? Was soll das?«, schrie Clemens.

»Das kannst du nicht machen! Du kannst mir nicht mein ganzes Geld nehmen!«

Nun erhob sich Clemens und baute sich vor ihr auf. »Ich denke, du hast überhaupt kein Geld. Du wirst mich doch nicht etwa angelogen haben?«, sagte er provozierend. »Darf ich dich daran erinnern, wie viel Geld du mir schuldest?«

»Bitte, Clemens«, flehte sie ihn an. »Das war alles, was ich habe.«

Er zuckte mit den Schultern. »Ich habe keine Ahnung, wovon du redest. Aber wenn du ein Problem hast, kannst du gerne gehen.«

Tränen der Wut schossen Nicki in die Augen. »Du verdammter Hurensohn!«

Wie aus dem Nichts versetzte Clemens ihr eine schallende Ohrfeige. Starr vor Schmerz und Schreck blickte Nicki ihn an.

»Verpiss dich, Vanessa! Und komm nie wieder zurück!«

Unfähig, sich zu rühren oder zu widersprechen, sah sie zu, wie Clemens ihre Sporttasche packte und aus der Wohnungstür in den Hausflur beförderte. Ohnmacht und Verzweiflung legten sich bleiern auf ihre Schultern.

»Wird's bald?«, fuhr Clemens sie an und deutete auf die Tür. »Ich hab gesagt, du sollst abhauen. Oder muss ich dir noch eine reinhauen?«

46. Kapitel

Kriminaldirektor Reuters hörte aufmerksam zu, während Sandra ihm in seinem Büro von ihrer Bekanntschaft zu Martin Hofmeister und dem Video berichtete. Als Leiter der Kriminalpolizei war er über den Mordfall Dirk Lettorf und die sich abzeichnende Ausweitung zu einer Mordserie informiert. Dennoch stellte er zahlreiche Rückfragen zu Details der Ermittlungen, ehe er sich in seinem Stuhl zurücklehnte und tief durchatmete.

»Frau Rehbein, ich schätze Sie als eine außerordentlich engagierte und zuverlässige Kollegin. Ich kann zu Ihrem eigenen Wohl und im Dienste der Ermittlungsarbeit jedoch nicht verantworten, Sie weiter mit dem vorliegenden Fall zu betrauen.«

»Das verstehe ich«, lenkte Sandra ein. »Unter anderen Umständen wäre ich die Erste, die den Fall freiwillig abgeben würde. Dennoch bitte ich Sie, mich im Sinne der Aufklärung der Morde nicht von den Ermittlungen auszuschließen.«

Reuters runzelte die Stirn. »Wieso glauben Sie, dass Sie für die Ergreifung des Täters unentbehrlich sind?«

»Ich war von der ersten Minute an mit der Angelegenheit beschäftigt. Niemand kennt den Fall so gut wie ich.«

»Herr Schäfer war doch ebenfalls von Anfang an dabei.«

»Das stimmt«, gab Sandra zu. »Aber ich habe zu Vanessa Hüssmann ein Vertrauensverhältnis aufgebaut, das wir verlieren, wenn ich mich aus dem Fall zurückziehe. Immerhin hat sie mich kontaktiert, um mich über den geplanten Mord an Stefan Setzner zu informieren.«

»Na ja ...« Reuters kratzte sich am Kinn. Er schien noch nicht überzeugt.

»Auch zu Martin Hofmeisters Witwe habe ich engen Kontakt. Außerdem kannte ich den Verstorbenen persönlich.«

»Es spricht ja nichts dagegen, dass Sie uns als Zeugin erhalten bleiben. Das müssen Sie sogar unbedingt.«

»Herr Kriminaldirektor«, sagte Sandra, »ich respektiere selbstverständlich Ihre Entscheidung. Aber wenn Sie irgendeine Möglichkeit sehen, mich die Ermittlungen weiterhin leiten zu lassen, bitte ich Sie dringend darum. Ich bin fest davon überzeugt, dass wir die Lösung des Falls verzögern, wenn ich ausscheide. Und das könnte weitere Menschen das Leben kosten. Die Täterin ist unberechenbar.«

Reuters seufzte. »Vielleicht haben Sie recht. Doch ich werde diese Entscheidung nicht hier und jetzt treffen. Ich werde Ihre Argumente in Ruhe abwägen, so lange leiten Sie die Ermittlungen weiter.«

»Ich danke Ihnen! Ich werde alles tun, um Ihr Vertrauen zu rechtfertigen.«

47. Kapitel

»Entschuldigung, was hast du gesagt?« Gedankenverloren ließ Sandra das Bügeleisen über die Bettwäsche gleiten, während Tim von seinem Schultag erzählte. Die stupide Arbeit half ihr, ihre überspannten Nerven ein wenig zu beruhigen.

»Du hörst mir überhaupt nicht zu!«, maulte Tim, der offensichtlich eine Reaktion von ihr erwartet hatte.

»Doch klar, ich bin nur müde«, entschuldigte sich Sandra.

»Das sagst du immer.« Tim schmollte und vergrub die Nase wieder in seinem Buch.

Tatsächlich hatte sie kaum ein Wort von ihm mitbekommen. Zu sehr nahmen Martin Hofmeisters Tod und das Video ihres Schäferstündchens im Auto ihre Gedanken gefangen. Sie hatte den Nachmittag damit verbracht, zu erklären, wann das Video entstanden war und wie sie den Verstorbenen kennengelernt hatte. Es war absurd. Sie leitete die Ermittlungen in einem Mordfall und wurde plötzlich selbst als Zeugin befragt.

In der *LoveMatch*-App auf Martin Hofmeisters Handy hatten die Beamten die Konversation mit Sandra gefunden, was die Glaubwürdigkeit ihrer Aussagen unterstrich. Wie erwartet, hatte Hofmeister Dutzende Unterhaltungen parallel geführt. In einem der jüngsten Chats hatte er sich mit einer angeblich fünfundzwanzigjährigen Blondine für Mittwochnacht auf dem Parkplatz am Ruhrufer verabredet. Lorena hatte ihn offenbar mit gefälschten Fotos in den Tod gelockt. Das Fakeprofil war bereits gelöscht, und es war fraglich, ob es der IT-Abteilung gelingen würde, die Spur zurückzuverfolgen.

Das Gespräch mit dem Kriminaldirektor hatte ihr zumindest etwas Zeit verschafft. Ihr Ehrgeiz zwang sie, den Fall nun erst recht abzuschließen. Gerade jetzt, da sie womöglich kurz vor dem Ziel standen. Lorena hatte Stefan Setzner für diese Nacht zu seinem Büro bestellen lassen. Wenn sie auftauchte, würde es sich Sandra unter gar keinen Umständen nehmen lassen, sie selbst zu ergreifen.

»Ich habe im Moment viel Stress auf der Arbeit«, versuchte sie sich an einer Erklärung für ihre geistige Abwesenheit.

»Wie immer.« Tim verschwand in sein Zimmer.

Sandra seufzte. Als sie Mitte zwanzig gewesen war, hatte die Zukunft rosig ausgesehen. Erik und sie hatten alles geplant. Zwei Kinder wollten sie haben, Sandra sollte nur noch halbtags arbeiten und sich um die Familie kümmern, bis die Kinder aus dem Gröbsten raus waren. Für eine Eigentumswohnung und zwei Urlaube im Jahr hätte es trotzdem gereicht. Dann hatte sie doch ständig Überstunden gemacht, die Entscheidung für ein zweites Kind hatten sie immer weiter vor sich hergeschoben, waren beide ständig gestresst gewesen. Und schließlich musste Erik sie mit seiner Sekretärin betrügen.

Sandra schrie auf, als das heiße Bügeleisen ihren Daumen berührte. Fluchend schaltete sie es ab und ließ sich auf die Couch fallen. Konnte denn gar nichts nach Plan laufen? Wenigstens einmal in ihrem Leben! Sie zog die Nase hoch und wischte sich mit dem Handrücken über die Augen. Nein, es brachte sie nicht weiter, sich in Selbstmitleid zu suhlen. Sie würde den Fall mit Würde zu Ende bringen. Vielleicht schon diese Nacht.

48. Kapitel

Die Kapuze tief ins Gesicht gezogen, schlurfte Nicki durch den Dortmunder Stadtgarten. Der Regen hatte glücklicherweise aufgehört, aber ihre Kleidung trocknete in der Kälte nicht, und sie fror erbärmlich. Die Sonne war längst untergegangen, die wenigen Laternen an den Gehwegen spendeten trübes Licht. Sie zuckte zusammen, als sie aus dem Augenwinkel eine Bewegung wahrnahm. Ein Obdachloser döste auf einer Parkbank und hatte sich im Schlaf auf die Seite gedreht. Nicki bedeckte mit dem Ärmel Nase und Mund, als eine Wolke aus Urin und Schweiß zu ihr herüberwehte.

Nach dem Rauswurf bei Clemens war sie den ganzen Abend durch die Straßen gezogen und hatte über einen Plan B nachgedacht. Wenn sie nicht in ihr altes Leben zurückkehren wollte, musste sie die Stadt wie geplant verlassen. In ihrer Wohnung war sie nicht mehr sicher, und wenn die Bullen sie fanden, würden sie sie nicht so schnell wieder laufen lassen wie beim letzten Mal. Doch auch auf der Straße konnte sie sich nicht lange verstecken – früher oder später würde sie entweder der Polizei oder Abduls Leuten in die Hände fallen. Also blieb nur die Flucht.

Ohne Geld und Papiere würde sie allerdings in Prag über kurz oder lang wieder im Milieu landen. Neben der Kohle von Lorena hatte sich Clemens auch ihr gesamtes Erspartes unter den Nagel gerissen. Bis auf zwanzig Euro, die sie in der Jackentasche hatte, war sie blank. Es gab bloß einen Ausweg. Sie musste Lorena finden und ihren Auftrag annehmen. Die Frau hatte gesagt, dass sie den Stadtgarten fast täglich besuchte.

Nur war es noch lang bis zum Morgen.

49. Kapitel

Der Parkplatz hinter Stefan Setzners Büro lag vollkommen unbeleuchtet im Dunkeln. Nur über eine schmale Durchfahrt gelangte man auf den Innenhof, auf dem vier Autos Platz fanden. Das Gebäude selbst war ein zweckmäßiger dreigeschossiger Bau aus den Siebzigerjahren. Bereits seit dem Mittag war das gesamte Gebiet weitläufig von zivilen Polizeieinheiten umstellt. Jede Person, die sich dem Objekt näherte oder es verließ, wurde registriert. Auf der gegenüberliegenden Straßenseite saßen Sandra und Ronny im Fond eines Lieferwagens mit getönten Scheiben. Von außen war es unmöglich, ins Innere zu sehen. Das Fahrzeug musste auf jeden Passanten wirken, als wäre es einfach dort geparkt worden.

Sandra wusste, dass Werner Ronny ins Gebet genommen und ihn zur Diskretion in Bezug auf das Sexvideo gemahnt hatte. Zwar vermied Ronny es, sie direkt darauf anzusprechen, doch ein süffisantes Schmunzeln konnte er sich offenbar trotzdem nicht verkneifen. Unter normalen Umständen hätte sie ihn zur Rede gestellt, jetzt hatte sie Besseres zu tun.

»Ziemlich langweilige Art, die Nacht zu verbringen, was?«, versuchte Ronny, eine Konversation in Gang zu bringen, während er Kaugummi kauend aus dem Wagenfenster starrte.

»Der Tag war noch beschissener.«

»Deiner mit Sicherheit«, sagte Ronny.

»Hm«, brummte Sandra.

Sie hielt den Blick gebannt auf die Einfahrt gerichtet.

Der Parkplatz selbst war von ihrer Position aus nicht einsehbar, aber auf dem Flachdach des Gebäudes hatten Beamte Position bezogen, die sie über jede Bewegung per Funk informierten. Sandra schaute auf die Uhr. Viertel vor neun. Ihr Lockvogel musste jede Sekunde auftauchen. Sie spürte das Adrenalin heiß und kalt zugleich durch ihren Körper rasen. Es waren diese Momente, die sie von ihrem ersten Tag bei der Mordkommission an fasziniert hatten. Hier draußen spürte sie, dass sie noch am Leben war. Das entschädigte sie für die ermüdende Schreibtischarbeit. Und dafür, dass sie ihren Sohn schon wieder von seiner Oma beaufsichtigen ließ, während sie Verbrecher jagte.

Eine kräftige Windböe rüttelte an dem Lieferwagen, als plötzlich die Scheinwerfer eines Autos rechts in Sandras Gesichtsfeld auftauchten. Sie kniff die Augen zusammen, doch erst als der Wagen auf ihrer Höhe war und in die Einfahrt einbog, identifizierte sie Stefan Setzners Passat zweifelsfrei.

»Jetzt geht's los«, flüsterte Ronny neben ihr, obwohl sie niemand hören konnte.

Auch er war offensichtlich angespannt.

Sandra nickte stumm. Ja, jetzt ging es los.

Sie verfolgten, wie die Rücklichter des Wagens hinter der Hausecke verschwanden und schließlich erloschen. Wenn sich Lorena in der Umgebung aufhielt und die Hofeinfahrt ebenso wie sie beobachtete, musste sie jetzt davon ausgehen, dass Setzner erschienen war. Dass am Steuer seines Wagens ein SEK-Beamter saß, war auf die Distanz nicht zu erkennen.

Die Minuten verstrichen quälend langsam, ohne dass sich in der dunklen Straße etwas regte. Viele Gebäude dienten tagsüber als Büros, die wenigen Anwohner waren in ihren Häusern. Ein guter Ort, sowohl für ein heimliches Date als auch für einen Mord, dachte Sandra.

»Da!«, flüsterte Ronny und deutete in die Dunkelheit.

Sandra brauchte einen Moment, um die schemenhaften Umrisse der Gestalt zu entdecken, die sich langsam von links die Straße hinunter auf sie zu bewegte. Zunächst war kaum zu auszumachen, dass es sich um einen Menschen handelte, mit jedem Meter schälten sich jedoch mehr Details aus der Dunkelheit. Die Person ging gebeugt und trug einen Mantel oder eine lange Jacke. Die tief ins Gesicht gezogene Kapuze machte es unmöglich, zu unterscheiden, ob es sich um einen Mann oder um eine Frau handelte. An der Toreinfahrt blieb der nächtliche Wanderer einen Augenblick stehen. Sandra hielt den Atem an, als die Gestalt in die Durchfahrt einbog und auf den Hof schlich.

»Ihr bekommt Besuch«, sprach sie gedämpft ins Funkgerät.

»Alles klar«, kam es blechern zurück.

Schon war die Person im Schatten der Durchfahrt verschwunden. Wie aus dem Nichts tauchten sechs bewaffnete Beamte des Sondereinsatzkommandos von beiden Seiten auf und bezogen Stellung neben der Zufahrt.

»Zielperson identifiziert«, meldete einer der Beamten vom Dach.

Sandra spannte die Muskeln an. »Zugriff!«

Auf ihr Stichwort stürmten die Einsatzkräfte mit vorgehaltenen Waffen auf das Gelände. Das blendend weiße Licht der Scheinwerfer vom Dach ließ sogar Sandra auf der anderen Straßenseite die Augen zusammenkneifen. Einige Sekunden lang wurden Kommandos gebrüllt, jemand schrie um Hilfe – dann herrschte wieder Stille.

»Zielperson gesichert!«, meldete das Funkgerät.

Sofort sprangen Sandra und Ronny aus dem Wagen und eilten über die Straße zur Einfahrt. Sandras Herz raste wie verrückt, als sie sich zwischen den schwer bewaffneten Beamten hindurchschob und die Gestalt erblickte, die von zwei Polizisten niedergedrückt auf dem Asphaltboden kniete. Gerade zogen die Männer der Person die Kapuze vom Kopf und richteten sie auf. Sandra seufzte, als sie in die verängstigten Augen eines Mannes mit verfilzten grauen Haaren blickte. Ein Obdachloser auf der Suche nach einem Schlafplatz. Aber ganz sicher nicht Lorena.

50. Kapitel

Schweigend gingen Ronny und Sandra den langen, von Neonröhren beleuchteten Gang zum Sektionssaal entlang. Nur der hohle Widerhall ihrer Schritte von den kahlen Wänden störte die Stille. Schon im Dienstwagen auf dem Weg hierher hatten sie kaum ein Wort gewechselt.

Sandra war nach ihrem abendlichen Einsatz erst spät zu Hause gewesen und hatte wenig geschlafen, ehe sie wieder aufgestanden war, um Tim zur Schule zu bringen und anschließend ins Präsidium zu fahren.

Der Mann, den sie hinter Setzners Büro festgenommen hatten, hieß Manfred Schott. Der ehemalige Lagerarbeiter war seit über zehn Jahren obdachlos und übernachtete nach eigenen Angaben regelmäßig auf besagtem Innenhof. Nichts wies auf eine Verbindung zu den Morden hin oder darauf, dass er etwas von einer Verabredung mit Stefan Setzner wusste.

In Sandras Schädel hämmerte es wie verrückt. Der Schlafmangel bekam ihr nicht gut, und die Ermordung von Martin Hofmeister sowie der Misserfolg der letzten Nacht setzten ihr zusätzlich zu.

Ihre Laune besserte sich etwas, als Dr. Feliakis sie in seiner gewohnt freundlichen Art begrüßte. Die positive Ausstrahlung des Mediziners ließ selbst die dunkelsten Wolken über ihrem Kopf etwas weniger bedrohlich erscheinen.

»Der Fall ähnelt dem ersten Mord frappierend«, ließ Feliakis sie wissen, nachdem er sie zu der Leiche geführt hatte. »Erneut haben wir es mit einer massiven Einwirkung scharfer Gewalt gegen den Thorax zu tun. Ich tippe auf dieselbe Tatwaffe. Das Muster der Verletzungen ist sehr ähnlich.«

Widerwillig lenkte Sandra ihren Blick auf den Toten auf dem Sektionstisch. Es war bizarr, Martin Hofmeister nackt und mit einer großen, länglichen Obduktionswunde am Oberkörper dort liegen zu sehen. Am Ende einer Leichenschau legten die Rechtsmediziner die inneren Organe zurück in den Körper, bevor Bauch und Brustkorb notdürftig wieder verschlossen wurden. Das klaffende Loch in Hofmeisters Brust jedoch hatten die Ärzte nicht zunähen können. Ihre Augen verweilten einen Moment lang auf seinem Gesicht. Es wirkte so ruhig, als schliefe er. Sosehr sie sich bemühte, erkannte Sandra darin kaum den Mann wieder, mit dem sie sich noch vor wenigen Tagen getroffen hatte. Tot auf dem Sektionstisch erschien ihr Martin Hofmeister wie der Fremde, der er war. Das machte die Situation etwas erträglicher.

»Das Herz?«, fragte sie knapp.

Feliakis nickte. »Ja, das Herz fehlt. Herausgeschnitten, genau wie beim ersten Mal. Die gleiche brutale Vorgehensweise.«

»Sonstige Verletzungen?«

»Schnittwunden an beiden Händen. Typische Abwehrverletzungen, die entstehen, wenn das Opfer versucht, sich gegen die Messerattacke zu verteidigen. Vom Einstichwinkel würde ich wieder darauf tippen, dass der Täter Linkshänder ist.«

Sandras Diensthandy klingelte. Sie hob entschuldigend die Linke und nahm den Anruf entgegen.

»Rehbein«, meldete sie sich.

»Ich bin's. Werner.«

»Was gibt's?«

»Braucht ihr noch lange?«, wollte er wissen. »Ich habe da einen Termin, bei dem du dabei sein solltest.«

»Schieß los!«

»Ich bin in einer Stunde mit dem ehemaligen Klassenlehrer von Hanna Adelsberg verabredet. Wir haben ihn über die Schule ausfindig machen können. Ich denke, er kann uns vielleicht ein paar interessante Auskünfte geben.«

»Gute Arbeit«, erwiderte Sandra.

Wie es aussah, lag der Schlüssel zur Lösung dieses verworrenen Falls in der Vergangenheit. Jemand, der das Vergewaltigungsopfer persönlich kannte, konnte ihnen vielleicht helfen, die damaligen Ereignisse besser zu verstehen.

»Ich glaube, wir sind gleich fertig«, sagte sie und warf Dr. Feliakis einen fragenden Blick zu.

Der Rechtsmediziner signalisierte ihr, dass er nichts weiter zu berichten hatte.

Sie verabschiedeten sich von Feliakis und gingen nach draußen.

»Was wollte Werner?«, fragte Ronny.

»Er hat Hanna Adelsbergs Klassenlehrer gefunden. Wir treffen uns gleich mit ihm.«

»Und du glaubst, der weiß, wer ihre Vergewaltiger umbringen will?«, fragte Ronny spöttisch.

»Keine Ahnung«, entgegnete Sandra. »Doch eine bessere Spur haben wir im Moment nicht. Vanessa Hüssmann ist immer noch nicht zu erreichen.«

»Kein Wunder.« Ronny lachte.

Sandra sah ihn fragend an.

»Was glaubst du, was eine Nutte mit zehntausend Euro macht? Sie brennt durch, was sonst!«, erklärte er.

»Wohin denn?«

»Berlin, Ibiza. Keine Ahnung. Und wenn die Kleine

nicht total bescheuert ist, taucht sie hier in der Gegend so schnell nicht wieder auf.«

Sandra nickte stumm. Für eine Frau aus dem Milieu waren zehntausend Euro viel Geld. Vielleicht sogar genug, um sich anderswo eine neue Existenz aufzubauen. Aber eben auch genug, um sich jede Menge Ärger einzuhandeln. Wenn ihre Arbeitgeber von ihrem neu gewonnenen Reichtum erfuhren, war sie das Geld schneller wieder los, als sie gucken konnte. Außerdem hatte sie eine mutmaßliche Mörderin an die Polizei verpfiffen. Die Tatsache, dass Lorena nicht zu dem geplanten Treffen mit Stefan Setzner erschienen war und sich so dem Polizeieinsatz entzogen hatte, ließ vermuten, dass sie von dem Verrat Wind bekommen hatte. Ja, Vanessa Hüssmann hatte allen Grund unterzutauchen.

»Was wenn Lorena oder einer ihrer Zuhälter sie erwischt hat?«, gab sie zu bedenken.

Ronny zuckte mit den Schultern. »Berufsrisiko.«

Sandra verdrehte die Augen. »Sie ist nebenbei bemerkt unsere einzige Zeugin, die Lorena gesehen und mit ihr gesprochen hat.«

»Stimmt, aber Lorena hat jetzt keine Verwendung mehr für sie. In ihrem neuesten Video hat ja jemand anders die Hauptrolle gespielt.«

»Halt die Klappe, Ronny!«

51. Kapitel

Gott sieht nicht das, worauf der Mensch sieht. Der Mensch sieht auf das Äußere. Der Herr sieht auf das Herz. Wie blind ich war! Ich habe mich vom äußeren Schein blenden lassen. Jünger des Wortes – ja, um schöne Worte wart ihr nie verlegen. Aber wenn es darum ging, nach diesen Worten, nach Seinen Worten zu leben ... Du hast uns alle belogen, Theo. Und sie wussten es. Trotzdem sind sie dir weiter gefolgt. Weil sie belogen werden wollen. Wie viele dieser Frauen hast du beschmutzt, Theo? Wie viele dieser Kinder tragen dein schändliches Blut im Leib?

>*»Mariechen saß auf einem Stein,*
>*Einem Stein, einem Stein.*
>*Mariechen saß auf einem Stein,*
>*Einem Stein.*
>*Sie lockte sich ihr gold'nes Haar.*
>*Und als sie damit fertig war,*
>*Da fing sie zu weinen an.«*

Mir wird schlecht, wenn ich daran denke, dass ich dich bewundert habe, Theo. Ja, ich habe zu dir aufgeschaut. So großmütig wirktest du, so rein im Herzen.

>*»Nun kam ihre Schwester her.*
>*Mariechen, warum weinest du?*
>*Ach, weil ich heute sterben muss.«*

Doch ich kenne die Wahrheit nun, Theo. Ich weiß, dass du die Spenden nie in Seinem Sinne einsetzen wolltest. Teure Geschenke für deine Liebschaften. Unterhalt für die Sprösslinge deiner Gier. Nein, Theo, Gott wohnt nicht in deinem Herzen.

>*Da kam der böse Rittersmann,*
Er hatte in der Tasche drin
Ein großes, scharfes Messer
Und stach's Mariechen in das Herz.
Da fiel sie hin zu Boden.
Da kamen zwei Bedienstete,
Die legten Mariechen in den Sarg.
Nun kamen ihre Eltern her.
Mariechen, warum blutest du?
Das war der böse Rittersmann.«

Ich habe dir vertraut, Theo. Ich habe dir vertraut, und du hast mich betrogen. Ich verzeihe es nicht, wenn man mich betrügt. Das war deine letzte Messe, Theo. Dein böses Herz wird niemanden mehr betrügen.

>*Der Ritter ist ein Teufelein,*
Mariechen ist ein Engelein,
Und Gott konnt ihr nicht helfen.
Mariechen ist ein Engelein,
Und Gott konnt ihr nicht helfen.«

52. Kapitel

Herbert Kornbach wohnte mit seiner Frau in einem Reihenhaus in Essen-Steele. Der pensionierte Oberstudienrat hatte bereitwillig zugestimmt, der Polizei Auskunft über seine ehemalige Schülerin Hanna Adelsberg zu geben. Als Sandra und Werner bei ihm klingelten, bat der groß gewachsene grauhaarige Mann mit dem buschigen Schnauzbart sie freundlich herein. Sie nahmen auf einer kleinen Sitzgruppe im Wohnzimmer Platz. Der Raum wirkte beengt, aber gemütlich. Die Einrichtung mit ihren massiven Möbeln aus dunklem Holz und den schweren Teppichen erinnerte Sandra an die Wohnung ihrer Großeltern. Als sie sich in die weichen, gepolsterten Sessel sinken ließen, merkte sie erneut, wie müde sie war. Dankbar nahm sie den Kaffee an, den Frau Kornbach servierte, ehe sie sie wieder mit ihrem Mann allein ließ.

»Was war Hanna Adelsberg für eine Schülerin?«, eröffnete Sandra die Befragung, nachdem sie Kornbach in knappen Worten über den Grund ihres Besuchs informiert hatte.

»Ich habe nur gute Erinnerungen an Hanna. Sie war ein aufgewecktes Mädchen. Ruhig und gleichzeitig clever. Es war angenehm, sie zu unterrichten. Irgendwie hat sie mir auch immer ein wenig leidgetan.«

»Wieso?«, hakte Sandra nach.

»Die Adelsbergs waren eine furchtbar fromme Familie. Alles drehte sich um die Kirche und die Gemeinde. Sie hatten keinen Fernseher, und alles, was junge Leute normalerweise interessiert, war für Hannas Eltern Teufelszeug. Die Schwestern waren völlig altmodisch gekleidet, trugen lange Röcke und durften sich nicht schminken. Kein Wunder, dass Magdalena und Hanna Außenseiterinnen waren und es bei den Mitschülern schwer hatten.«

»Sie meinen, die beiden blieben meist unter sich?«, erkundigte sich Sandra.

»Ja. Ich denke, Hanna hätte gern Freunde in der Klasse gefunden«, bestätigte Kornbach. »Doch sie stand ganz unter dem Einfluss ihrer großen Schwester. Magdalena ließ Hanna in keiner Pause aus den Augen. Hanna hatte nicht die Kraft, sich gegen ihre Bevormundung zu wehren. Und dann geschah dieses schreckliche Unglück. Kurz nachdem Magdalena Abitur gemacht hatte.«

Sandra nickte. »Wir haben davon gehört. Das Haus der Adelsbergs brannte nieder.«

»Ja. Eine grauenhafte Tragödie«, sagte der pensionierte Lehrer.

»Es heißt, Magdalena hätte das Feuer gelegt«, meinte Sandra.

»Das haben die Untersuchungen der Polizei damals ergeben. Ich weiß natürlich nicht, ob es stimmt. Ich muss allerdings zugeben, dass es vermutlich niemanden überrascht hat, dass Magdalena angeblich den Verstand verloren hatte.«

»Wie meinen Sie das?«, wollte Sandra wissen.

»Magdalena war kein gewöhnliches Mädchen. Ich habe sie nie selbst unterrichtet, aber sie galt im gesamten Kollegium als Sonderling. Sie sprach kaum mit anderen. Die einzige Person, die sie an sich heranließ, war ihre Schwester. Sie war geradezu besessen davon, Hanna zu beschützen und von den Gefahren der Welt fernzuhalten.«

»Wie hat Magdalena das Abitur geschafft, wenn sie

mit niemandem sprach und sich nicht am Unterricht beteiligte?«, warf Werner ein.

»Magdalena war keine besonders gute, jedoch solide Schülerin«, erläuterte Kornbach. »Hanna war viel begabter, Magdalena machte das durch Fleiß wett. Ihr Leben bestand praktisch nur aus Lernen und Beten.«

»Beten?«, fragte Werner.

Kornbach nahm einen Schluck Kaffee, bevor er weitersprach. »Wie ich schon sagte, die Adelsbergs waren außerordentlich fromm. Die Eltern engagierten sich sehr in der Gemeinde. Die Sonntage verbrachte die Familie in der Kirche oder im Kreise anderer Gläubigen. Magdalena steigerte sich von Jahr zu Jahr mehr hinein. Ständig hatte sie ihren Rosenkranz in der Hand, murmelte im Unterricht Gebete vor sich hin. Und statt sich nach der Schule mit Freunden zu treffen, machte sie sich auf den Weg zum Kloster.«

»Es gibt ein Kloster in Essen?«, wunderte sich Sandra.

Der Studienrat nickte. »Es gab eines. Vor über zwanzig Jahren wurde es aufgelöst, aber zur Schulzeit der Adelsberg-Schwestern war das Kloster in Haarzopf noch in Betrieb. Die Familie unterhielt gute Beziehungen zu dem Stift, und wie ich hörte, war Magdalena in ihrer Freizeit oft dort und sprach mit den Geistlichen.«

Sandra versuchte, sich die Geschwister vorzustellen und die damaligen Ereignisse zu rekonstruieren. Eine psychisch labile Jugendliche im religiösen Wahn, die Suizid begeht und ihre Familie mitnimmt. Nicht ausgeschlossen. Mindestens ebenso wahrscheinlich erschien ihr, dass Hanna nach dem Trauma ihrer Vergewaltigung das Feuer gelegt hatte. Und dennoch drängte sich ihr die Möglichkeit auf, dass Martin Hofmeister das Haus der Adelsbergs niedergebrannt hatte, um sein Opfer ein für alle Mal zum Schweigen zu bringen. Falls es so war, hatte er davon ausgehen können, dass man die sonderbare Magdalena verdächtigen würde.

»Lassen Sie uns noch einmal auf Hanna zurückkommen«, nahm sie die Unterhaltung wieder auf. »Wie ich Ihnen sagte, haben wir Hinweise darauf, dass sie wenige Tage vor ihrem Tod vergewaltigt worden ist. Haben Sie darüber zu Lebzeiten der Mädchen oder danach jemals etwas gehört?«

»Nein.« Der alte Mann blickte traurig drein. »Ich bin bestürzt, das zu hören. Hätte mich der leiseste Verdacht eines solchen Verbrechens erreicht, wäre ich sofort zur Polizei gegangen.«

Einige Sekunden lang herrschte Schweigen.

»Können Sie sich erinnern«, fuhr Sandra schließlich fort, »ob Hanna Linkshänderin gewesen ist?«

Sie hatte keine Ahnung, warum sie diese Frage stellte. Hanna war tot, was tat das zur Sache?

Kornbach überlegte einen Moment und strich seinen Schnauzbart glatt. »Tut mir leid, nein«, antwortete er dann. »Das weiß ich nicht mehr. Ich glaube nicht.« Er räusperte sich. »Wenn Sie mir die Frage gestatten, warum interessiert Sie die Tragödie, nach so vielen Jahren? Damals hatten wir alle den Eindruck, dass die Behörden die Sache so schnell wie möglich zu den Akten legen wollten.«

»Nun, wir ermitteln in einer Mordsache, die möglicherweise mit Hanna Adelsberg in Verbindung steht.«

Der Lehrer runzelte die Stirn. »Ich verstehe nicht ganz.«

»Wir können Ihnen leider nicht mehr Details nennen«, schaltete sich Werner ein. »Aber jeder Hinweis zu dem Unglück und den mutmaßlichen Tätern von damals ist von größter Wichtigkeit für uns. Gab es außer ihrer Schwester Personen, die Hanna nahestanden? Eine Freundin vielleicht oder weitere Verwandte?«

Der ehemalige Lehrer zuckte mit den Schultern. »Tja, ich fürchte, da kann ich Ihnen nicht weiterhelfen. Hanna schien mir sehr isoliert, ich kann jedoch nicht ausschließen, dass sie andere Freunde hatte. Das kann ich nach so langer Zeit unmöglich sagen. Das sind völlig neue Informationen für mich. Das Einzige, was ich Ihnen anbieten kann, ist eine Haarlocke von Hanna.«

»Eine Haarlocke?«, riefen Werner und Sandra wie aus einem Mund.

Werner warf ihr einen irritierten Blick zu.

»Ja …« Der alte Mann lächelte unsicher.

»Warum haben Sie die?«, fragte Sandra.

»In der fünften Klasse habe ich mit den Schülern immer eine Collage angefertigt, auf der sich jedes Kind selbst darstellt und einen persönlichen Gegenstand verarbeitet. Die Mädchen haben oft eine abgeschnittene Haarlocke benutzt. Wenn ich mich nicht täusche, war das auch bei Hanna der Fall. Ich habe diese Bilder immer aufbewahrt, nachdem ich eine Klasse abgegeben hatte. Es müsste noch im Keller liegen.«

»Herr Kornbach«, sagt Sandra eindringlich, »wir brauchen diese Haarlocke.«

53. Kapitel

Die Zeit zog sich endlos, und Nicki starb fast vor Hunger. Sie hatte zuletzt gestern Mittag gegessen. In der Nacht hatte sie mehrere Runden durch den dunklen Park gedreht, um nicht zu erfrieren. Nun hatte sie auf einer Bank Platz genommen und bibberte bereits wieder vor Kälte. Aber sie wollte ihren Posten auf keinen Fall verlassen. Von der roten Bank aus hatte sie beide Zugänge des Stadtgartens im Blick. Wenn Lorena herkam, würde Nicki sie sehen. Und Lorena zu treffen war ihre einzige Chance. Das nasskalte Wetter hielt die meisten Spaziergänger an diesem Freitagnachmittag fern. Nur einzelne Hundebesitzer führten ihre Vierbeiner aus. Wer nicht rausmusste, blieb zu Hause. Nicki stellte sich vor, wie Paare auf der Couch kuschelten und Kinder mit ihren Eltern spielten. Was wohl Jayden in seiner Pflegefamilie gerade machte? Sie versuchte sich einzureden, dass es ihm gut ging. Besser als seiner Mutter, die durchnässt und frierend im Park auf eine geheimnisvolle Fremde wartete.

Müde blickte sie zum hundertsten Mal nach links und rechts. Was, wenn Lorena nicht auftauchte? Was, wenn die Polizei sie bereits verhaftet hatte?

Auf einmal erschien die Silhouette einer Frau an der Wegbiegung. Der wieder einsetzende Regen und der eisige Wind schienen sie nicht im Geringsten zu stören. Nicki kniff die Augen zusammen. Tatsächlich, das war Lorena. Sie wartete, bis die Frau die Parkbank erreicht hatte, bevor sie sich erhob.

»Lorena …«

Die Angesprochene blieb stehen und hob den Kopf. »Sieh mal einer an. Mit dir habe ich nicht gerechnet. Was verschafft mir die Ehre?«

»Ich bin bereit, noch einmal einen Auftrag für Sie zu erledigen«, antwortete Nicki mit bebender Stimme. Es fühlte sich an, als wäre sie dabei, ihre Seele an den Teufel zu verkaufen.

Lorena runzelte die Stirn. »Woher der Sinneswandel? Beim letzten Mal konntest du gar nicht schnell genug verschwinden, und jetzt möchtest du wieder für mich arbeiten?«

»Ich habe es mir anders überlegt«, sagte Nicki kleinlaut.

»Und das hat nicht zufällig etwas damit zu tun, dass du mich an die Polizei verpfiffen hast?«, entgegnete Lorena scharf.

Nicki schoss das Blut in den Kopf. »Wie kommen Sie darauf?«

»Nun, kurz nach unserem letzten Zusammentreffen haben die Bullen Stefan Setzner besucht und mitgenommen. Würde mich wundern, wenn das ein Zufall gewesen ist.«

»Ich habe nichts damit zu tun! Wieso sollte ich Sie verraten? Vertrauen Sie mir!«, überschlug sich Nicki.

Lorena musterte sie kühl. »Ich habe gelernt, niemandem zu vertrauen. Also warum gerade dir?«

Nicki schwieg. Wie hatte sie so dumm sein können, zu glauben, dass Lorena nichts von ihrem doppelten Spiel mitbekam? Sie beobachtete ihre Opfer genau und überließ nichts dem Zufall. Andernfalls wäre sie letzte Nacht sicherlich zu dem geplanten Treffen aufgekreuzt und dort von der Polizei festgenommen worden.

»Du willst den Auftrag doch annehmen?«, fragte Lorena nach einer Weile.

»Unbedingt!«, rief Nicki. »Ich meine … ich brauche das Geld.«

»Die Sprache, die jeder versteht.« Lorena schmunzelte. »Triff mich morgen Mittag wieder hier. Ich hoffe, du bist klug genug, mir keine Falle zu stellen.«

54. Kapitel

Zurück im Präsidium, ließ sich Sandra die Akten zum Brand im Adelsberg-Haus kommen. Zwar waren die seit Stefan Setzners Aussage bereits intensiv geprüft worden. Dennoch, wenn sich der entscheidende Hinweis auf den Mörder von Dirk Lettorf und Martin Hofmeister in diesen zwanzig Jahre alten Unterlagen verbarg, wollte sie sichergehen, ihn nicht zu übersehen. Schließlich kam es darauf an, zu wissen, wonach man suchte. Nachdem sie die Berichte studiert hatte, rief sie die Mordkommission zur Besprechung zusammen. Als Erstes erstattete Ronny Bericht.

»Ich habe die Wohnung von Vanessa Hüssmann durchsuchen lassen«, berichtete er, während er Kaffee aus einem Becher schlürfte. »Sieht tatsächlich so aus, als hätte sie sich aus dem Staub gemacht. Der Briefkasten ist seit Tagen nicht geleert worden, in der Wohnung befindet sich nicht ein Cent Bargeld. Dafür hat sie all ihre Papiere und ihr Handy zurückgelassen. Ausgeschaltet, versteht sich.«

»Das klingt in der Tat nach einer Frau, die ihre alte Identität hinter sich lassen will«, meinte Werner. »Gibt es irgendeinen Hinweis darauf, wohin sie will?«

»Auf den ersten Blick nicht. Der Computer wird gerade untersucht, und auf den Einzelverbindungsnachweis von ihrem Handy warte ich auch noch.«

»Sie wird nicht so blöd gewesen sein, das Handy zu benutzen, um ihre Flucht zu organisieren, Ronny«, schaltete sich Sandra ein. »Die Frage ist, ob es jemanden gibt, der von ihren Plänen wusste.«

»Wenn ich abhauen wollte, würd ich's keinem erzählen«, brummte Ronny.

»Dann besteht ja noch Hoffnung«, sagte Sandra und lächelte schief.

»Selbst wenn jemand aus ihrem Umfeld Bescheid wusste, wird uns niemand etwas verraten. Wenn die Unterwelt eines kann, dann dichthalten«, warf Werner ein.

»Haben wir sonst einen Hinweis auf ihren Aufenthaltsort?«, fragte Sandra in die Runde.

»Leider nein«, antwortete Lars Behr, der Aktenführer der Mordkommission. »Wir hören uns intensiv im Milieu um, aber niemand hat sie in den letzten Wochen gesehen. Zu ihren Eltern hat sie seit Jahren keinen Kontakt mehr.«

»Früher oder später wird sie schon auftauchen«, sprach Sandra eher sich selbst als den Kollegen Mut zu.

»Was ist mit der blauhaarigen Kleinen?«, gab Ronny zu bedenken. »Wenn es 'ne Schwachstelle gibt, dann sie.«

»Ronny hat recht«, sagte Werner. »Das Mädchen ist noch am leichtesten zu beeindrucken. Die beiden haben im selben Etablissement gearbeitet, außerdem scheint sie privaten Kontakt zu Hüssmann gehabt zu haben. Möglich, dass sie eine Ahnung hat, wo sie steckt.«

»Gute Idee. Ich will mit ihr sprechen«, erwiderte Sandra.

Werner nickte.

Sandra bedankte sich. »Was sagt das DNA-Labor?«

»Es handelt sich um abgeschnittene Haare«, erläuterte Werner. »Da es keine Haarwurzeln gibt, kann daraus keine DNA extrahiert werden. Dafür finden sich Spuren von Erbgut an der Locke, die jetzt untersucht werden.

Womöglich hilft die Analyse der mitochondrialen DNA weiter, die ohne Haarwurzeln auskommt. Wir müssen allerdings davon ausgehen, dass auch genetisches Material von Herbert Kornbach oder anderen Kindern dabei ist. Entspricht eine der Spuren denen an den Tatorten, erfahren wir es vermutlich noch heute.«

»Bloß kurz für mich zum Verständnis«, meldete sich Ronny zu Wort. »Hanna Adelsberg ist tot, oder?«

Sandra holte tief Luft. »Genau daran habe ich meine Zweifel. Zumindest wenn man den Akten glaubt.«

Ein Raunen ging durch die Runde. Nur Werner, den Sandra bereits ins Vertrauen gezogen hatte, blieb stumm.

»Sind fürs Geisterjagen nicht die Ghostbusters zuständig?«, versetzte Ronny.

Zwei Kollegen lachten leise.

»Ich habe die Akten zum Brandunglück im Hause Adelsberg intensiv studiert«, fuhr Sandra unbeirrt fort. »Die Berichte der Beamten, die die Unglücksstelle begangen haben, sind unvollständig und dilettantisch. Offenbar hat man die kriminalpolizeilichen Ermittlungen als reine Pflichtübung betrachtet, da die Sache so klar erschien.«

»Was meinst du konkret?«

»Die Beschreibung der Auffindesituation der Familienmitglieder ist sehr ungenau, Ronny. Es ist von vollständig verkohlten, nicht identifizierbaren Leichen die Rede.«

»Nicht unüblich bei einem Vollbrand«, bemerkte er. »Bei Temperaturen über tausend Grad bleibt selbst von den Knochen nicht mehr viel übrig. Ist wie im Krematorium.«

»Richtig. Es bedeutet aber auch, dass niemand genau

sagen kann, wer die Toten waren. Oder nur, wie viele es waren.«

»Das sollte eigentlich schon möglich sein, das zu bestimmen«, warf Werner stirnrunzelnd ein.

»Es steht bloß nirgendwo explizit. Die Schwestern schliefen in einem Zimmer, vermutlich sogar in einem Bett. Die Knochenreste wurden keiner rechtsmedizinischen Untersuchung unterzogen, sondern direkt dem Bestatter übergeben.«

»Schön und gut, Sandra«, wandte Ronny ein. »Das heißt allerdings noch lange nicht, dass Hanna noch lebt.«

»Nein. Das heißt, dass sie noch leben *könnte*. Und genau das überprüfen wir mit der DNA-Analyse.«

Einen Moment lang herrschte Stille im Raum, ehe Werner sich räusperte.

»Aus diesem Grund haben wir ein virtuelles Phantombild von Hanna Adelsberg erstellen lassen.« Er schob einen Ausdruck über den Tisch. »So ähnlich könnte Hanna heute aussehen.«

Sandra betrachtete das Bild vor ihr. Von der Schulleitung des Leibniz-Gymnasiums hatten sie alte Klassenfotos der Adelsberg-Schwestern erhalten. Die Phantombildzeichner hatten daraufhin mithilfe einer Software rekonstruiert, wie der Teenager von den Fotos heute aussehen könnte. Kombiniert mit den Aussagen von Vanessa Hüssmann war so das Bild einer Frau um die vierzig mit feinen Gesichtszügen und Dutt auf dem Kopf entstanden. Sandra runzelte die Stirn. Die Frau entsprach ziemlich genau dem Gegenteil der landläufigen Vorstellung von einer Mörderin. Andererseits war sie lange genug im Geschäft, um zu wissen, dass sich die tiefsten Abgründe oftmals hinter der unscheinbarsten Fassade verbargen.

»Sehr gut«, lobte Sandra. »Jetzt müssen wir nur noch

Vanessa Hüssmann auftreiben, damit sie uns sagt, ob das die Frau ist, mit der sie gesprochen hat.« Sie vergewisserte sich, dass es nichts mehr zu besprechen gab, und beendete die Konferenz. Als alle aufgestanden waren, winkte sie Werner zu sich heran. »Ist Frau Hofmeister schon da?«

»Sie wartet draußen«, antwortete Werner. »Bist du dir sicher ...?«

»Es geht nicht anders«, erwiderte Sandra überzeugt. »Ihr findet raus, ob es noch mehr Menschen gibt, die uns etwas über Hanna erzählen können und wo sich Vanessa Hüssmann aufhält. Ich spreche mit Martin Hofmeisters Witwe.«

55. Kapitel

»Was wissen Sie über den Mörder meines Mannes?«

Eva Hofmeister wirkte erstaunlich gefasst, als sie Sandra in ihrem Büro gegenübersaß. Sandra hatte sich absichtlich gegen die kalte Atmosphäre des Vernehmungszimmers entschieden. Die Witwe würde in den nächsten Tagen noch ausführlich zu den Ereignissen der letzten Wochen befragt werden. Zuvor wollte Sandra persönlich mit ihr sprechen.

»Wir wissen noch nicht, wer es getan hat. Aber Ihr Mann ist nicht das einzige Opfer.«

»Wie meinen Sie das?«, fragte Eva Hofmeister mit fester Stimme.

»Es gab bereits vor einigen Tagen einen Toten und vermutlich einen weiteren geplanten Mord«, erläuterte Sandra.

»Und was haben diese Leute mit meinem Mann zu tun?«

»Beide Opfer haben mit Ihrem Mann gemeinsam die Schule besucht«, antwortete Sandra.

Sie sprach betont ruhig. Auch wenn die Frau den Eindruck machte, sich nach dem Tod ihres Mannes bereits wieder einigermaßen gefangen zu haben, war das psychische Trauma nicht zu unterschätzen. Wenn sie zusammenbrach, war eine Befragung unter Umständen für Tage unmöglich.

»Sagen Ihnen die Namen ›Stefan Setzner‹ und ›Dirk Lettorf‹ etwas?«

Eva Hofmeister zog die Brauen zusammen und überlegte offenbar angestrengt. »Nein, auf Anhieb nicht. Die sind mit Martin auf der Schule gewesen, sagen Sie?«

Sandra nickte. »Sie haben gemeinsam Abitur gemacht.«

Die Frau zuckte mit den Schultern. »Kann schon sein, ich kenne ja nicht Martins gesamten Jahrgang. Erwähnt hat er die Namen jedenfalls nie. Doch warum sollte jemand diese Männer umbringen wollen?«

»Dazu kann ich Ihnen noch nichts sagen. Wir gehen derzeit verschiedenen Spuren nach, bisher ist das jedoch alles Spekulation.«

»Ist ja auch egal«, murmelte Eva Hofmeister gedankenverloren und schaute im Raum umher.

Sandra beobachtete Martin Hofmeisters Witwe. Die Tränen hatten Spuren auf ihrem Elfengesicht hinterlassen. Dennoch war der Glanz ihrer meerblauen Augen ungebrochen.

»Was hat es mit dem USB-Stick auf sich, den ich Ihnen gegeben habe?«, fragte sie unvermittelt.

Sandras Herzschlag setzte für einen Moment aus. Sie hatte die Frage erwartet und dennoch insgeheim gehofft, ihr aus dem Weg gehen zu können. Natürlich konnte sie ohne Weiteres auf ermittlungstaktische Gründe verweisen und die Auskunft verweigern. Aber Eva Hofmeister verdiente es, die Wahrheit zu erfahren. Gegenüber dem, was sie durchmachte, waren ihre eigenen Befindlichkeiten nicht von Belang.

»Der Stick stammt vermutlich vom Täter«, begann sie. »Auch die Ehefrauen der beiden anderen Männer haben einen solchen Umschlag erhalten.«

»Was ist denn auf dem Stick?«

»Ein Video.«

»Was für ein Video?«, fragte Eva Hofmeister irritiert.

»Die Aufnahmen zeigen Ihren Mann«, antwortete

Sandra. Nach einer kurzen Pause fügte sie leiser hinzu: »Mit einer anderen Frau.«

Das Unverständnis auf dem Gesicht der Witwe wurde noch größer. »Warum sollte mir jemand so was schicken?«

»Das wissen wir nicht. In dem Video hat Ihr Mann Sex mit einer Frau. Irgendjemand legt Wert darauf, die Ehefrauen der Opfer über die Seitensprünge ihrer Männer zu informieren.«

Eva Hofmeister schüttelte stumm den Kopf. Tränen traten ihr in die Augen. Wortlos reichte Sandra ihr ein Taschentuch. Sie konnte die Enttäuschung über die Untreue des eigenen Ehemanns nur zu gut nachfühlen. Gerade das machte das schlechte Gewissen noch unerträglicher.

»Haben Sie geahnt, dass Ihr Mann Sie betrügt?«, fragte sie vorsichtig.

»Er hat mich nicht betrogen«, antwortete sie und schnäuzte sich die Nase.

Jetzt war es Sandra, die überrascht die Stirn runzelte. »Wie meinen Sie das?«

»Martin und ich sind immer offen zueinander gewesen und haben uns unsere Freiheiten gelassen. Mein Mann hatte es nicht nötig, mir irgendetwas zu verheimlichen«, gab sie zurück.

»Sie … Sie meinen, es war für Sie in Ordnung, dass er mit anderen Frauen schlief?«, fragte Sandra stockend.

»Natürlich«, entgegnete Eva Hofmeister, als handelte es sich um eine völlige Selbstverständlichkeit. »Eine Ehe ist ja kein Gefängnis. Wir leben schließlich nicht im Mittelalter. Solange es bloß um Sex ging, war das bei uns beiden nie ein Problem. Ich hätte auch keine Lust gehabt, mein Leben lang immer nur mit demselben Mann zu schlafen.«

Sandra schwieg. Sie war sich nicht sicher, ob die Erleichterung oder der Schock über das, was sie gerade gehört hatte, überwog. War sie so naiv, dass sie die Welt nicht mehr verstand? Eine Welt, in der minderjährige Mädchen ihre Körper verkauften, Männer ihre Ehefrauen betrogen und scheinbar perfekte Paare im gegenseitigen Einvernehmen munter in der Gegend herumvögelten. Was war aus der guten alten Vorstellung von lebenslanger Liebe und Treue geworden? Mit einem Mal fühlte sie sich, als hätte das ganze Leben sie betrogen. Martin Hofmeister hatte in einer offenen Beziehung gelebt, seine Ehefrau wusste Bescheid. Warum, um Himmels willen, hatte er ihr dann etwas vorgespielt?

Weil du niemals mit einem verheirateten Mann ins Bett gegangen wärst, meldete sich ihre innere Stimme.

»Kann ich das Video sehen?«, schreckte Eva Hofmeister sie aus ihren Gedanken auf.

»Wie bitte?«

»Vielleicht kenne ich die Frau. Könnte das nicht wichtig für Ihre Ermittlungen sein?«

»Nein«, erwiderte Sandra schroffer, als sie beabsichtigt hatte. »Das ist leider nicht möglich.«

56. Kapitel

Mit gesenktem Blick betrat Nicki das McDonald's-Restaurant am Hauptbahnhof und vermied es, jemandem in die Augen zu sehen. Das Bahnhofsviertel war ein gefährliches Pflaster in ihrer Situation. Nirgendwo sonst war es so wahrscheinlich, jemandem zu begegnen, der sie kannte. Außerdem patrouillierte die Polizei pausenlos, und es bestand kein Zweifel, dass sie gesucht wurde. Lorena war noch nicht gefasst, also würden die Bullen weiterhin alles daransetzen, Nicki zu finden, um über sie an die Mörderin von Dirk Lettorf heranzukommen. Aber sie brauchte ihre Papiere, und deshalb musste sie Luna treffen, auch wenn es gefährlich war. Sie bestellte zwei Cheeseburger und eine Cola und ließ sich an einem Tisch in der hinteren Ecke des Schnellrestaurants nieder. Von hier hatte sie den Raum und die Straße im Blick, war jedoch selbst vor allzu neugierigen Blicken sicher.

Sie verschlang die Burger mit Heißhunger und dachte über ihr weiteres Vorgehen nach. Im Grunde war es reiner Irrsinn, sich erneut mit Lorena einzulassen. Vor allem, da die Verrückte wusste, dass Nicki sie an die Polizei verpfiffen hatte. Wer sagte, dass sich Lorena auch diesmal an ihre Abmachung hielt? Dass sie Nicki nicht umbrachte, sobald sie das Filmmaterial ihres nächsten Opfers in den Händen hielt? Selbst wenn nicht, würde sie nach allem, was passiert war, extrem misstrauisch sein. Nicki durfte sich keinen Fehler leisten, wenn sie ihr Geld kassieren und danach die Polizei auf Lorenas Spur bringen wollte, um nicht ein weiteres Menschenleben zu gefährden. Doch würde sie überhaupt die Gelegenheit haben, sie zu warnen?

Immer wieder warf sie einen Blick über die Köpfe der anderen Gäste hinweg aus dem Fenster. Zu ihrer Überraschung dauerte es nicht lange, bis sie Luna erspähte, die vom Bahnhofsvorplatz kommend auf das Schnellrestaurant zueilte. Nickis Hände begannen zu zittern. Wenn Luna jetzt noch die Papiere dabeihatte, konnte fast nichts mehr schiefgehen.

57. Kapitel

Kurz vor neun Uhr abends erreichten Sandra und Ronny den Dortmunder Hauptbahnhof. Sie hatten versucht, Janine Przyborek zu erreichen, aber die Nummer, die sie ihnen hinterlassen hatte, war nicht mehr vergeben. Vermutlich handelte es sich um eine Prepaidkarte, deren Guthaben erschöpft war. Also hatten sie sich aufgemacht, das Mädchen zu suchen. Von den Dortmunder Kollegen wussten sie, dass sich die Gruppe der Straßenkinder, zu denen Janine gehörte, meist hier aufhielt. Bei den polizeilichen Personenüberprüfungen, die regelmäßig stattfanden, wurde sie fast immer registriert. Alles, was sie jetzt noch brauchten, war etwas Glück.

»Bin mal gespannt, ob wir die Kleine auftreiben«, knurrte Ronny.

»Ich will es hoffen.«

Im Dunkeln wirkte der Bahnhofsvorplatz noch unwirtlicher als tagsüber. Der nasse Asphalt spiegelte bizarre Zerrbilder der Leuchtreklamen und Straßenlaternen. Im Schritttempo lenkte Ronny den dunklen BMW an den in kleinen Gruppen herumstehenden Menschen vorbei. Obdachlose, Dealer und ihre Kunden, Jugendliche auf der Suche nach den Verlockungen der Nacht. Wie in jeder Stadt der Welt zog auch in Dortmund der Bahnhof vor allem diejenigen magisch an, die überall sonst unerwünscht waren. Angestrengt starrte Sandra durch das Beifahrerfenster des Wagens hinaus in die Dunkelheit.

»Halt mal an«, raunte sie Ronny zu. »Ist sie das nicht da hinten?«

Ronny folgte ihrem Blick. »Sieht so aus.«

In etwa zehn Metern Entfernung rauchten und gestikulierten ein paar Jugendliche. Ein Junge schubste einen anderen so heftig, dass der auf dem Hosenboden landete. Lautes Gejohle war die Reaktion. Inmitten der Traube erkannte Sandra Janines grüne Bomberjacke.

»Geh raus und schnapp sie dir«, schlug Ronny vor.

»Sicher nicht«, erwiderte Sandra. »Wenn sich Janine mit der Polizei blicken lässt, kriegt sie jede Menge Probleme.«

»Und das ist mein Problem, weil ...?« Ronny sah sie fragend an.

»Weil ich es dir sage. Fahr rüber auf den Parkplatz, wir warten da. Ich will das Mädchen allein abpassen.«

Ronny setzte den BMW in Bewegung. Von dem Parkplatz gegenüber dem Bahnhofsvorplatz aus konnten sie Janine Przyborek im Auge behalten, ohne Aufmerksamkeit zu erregen. Eine Weile lang saßen sie schweigend nebeneinander.

»Ich war übrigens beeindruckt von deinem Video.«

Ruckartig wandte Sandra den Kopf.

»Du hast es dir angesehen?« Sie spürte, wie ihr Gesicht knallrot anlief.

»Entschuldige mal, ich ermittle in diesem Fall«, antwortete er und hob die Hände. »Außerdem weiß ich nicht, was du hast. War doch gar keine schlechte Performance.«

Die Wut trieb Sandra die Tränen in die Augen, aber sie gab sich keine Blöße.

Ohne Ronny noch einmal anzusehen, konzentrierte sie sich wieder auf die Straßenkinder. Mist! Wo war Janine? Blitzschnell suchte sie die Umgebung ab und bemerkte gerade noch, wie sich die grüne Jacke in entgegengesetzter Richtung über den Bahnhofsvorplatz entfernte.

»Fahr los!«, zischte sie.

Ronny verstand sofort und trat aufs Gas. Er umrundete den Platz und brachte den Wagen am Straßenrand zum Stehen. Die Fläche selbst war für Autos nicht befahrbar.

»Du wartest hier!«, befahl Sandra und sprang aus dem BMW.

Mit langen Schritten setzte sie dem Mädchen nach. Nach wenigen Metern hatte sie Janine eingeholt.

»Janine, warte mal bitte. Ich muss mit dir reden.«

Erschrocken warf das Mädchen einen Blick über die Schulter und beschleunigte seine Schritte.

Sandra hielt die Kleine an der Schulter fest. »Janine! Bitte bleib stehen. Erinnerst du dich an mich?«

»Klar, Sie sind die Bullentussi«, erwiderte sie gereizt. »Lassen Sie mich in Ruhe!«

Sandra überholte die junge Frau und schnitt ihr den Weg ab.

»Ich hab keinen Bock, mit Ihnen zu reden! Kapieren Sie das nicht?«, rief Janine wütend und versuchte, sich an Sandra vorbeizuschieben.

»Ich brauche deine Hilfe, Janine«, drängte Sandra. »Es geht um Nickis Leben.«

»Sie haben doch gar keinen Plan. Nicki ist längst über alle Berge. Die hat's geschafft, um die müssen Sie sich keine Sorgen machen.«

»Du wusstest also, dass sie vorhatte abzuhauen?«, hakte Sandra nach. »Warum hast du uns nichts davon erzählt?«

»Mann, weil Sie Scheißbullen sind. Und ich steh nicht auf Bullen.«

»Weißt du, wo Nicki ist?«, fragte Sandra.

»Sie checken gar nix, oder? Selbst wenn ich es wüsste, würde ich es Ihnen nicht sagen. Es gibt ein paar Leute in Dortmund, die echt sauer sein werden, wenn sie mitkriegen, dass Nicki weg ist. Wenn die rausfinden, wo sie steckt, ist sie am Arsch. Die nehmen ihr nicht einfach nur ihr Geld wieder weg. Die machen sie fertig.«

»Hat Nicki dir gesagt, woher sie das Geld hatte?«, fragte Sandra weiter.

»Nein. Juckt mich auch nicht. Wahrscheinlich geklaut.«

»Leider nicht«, widersprach Sandra. »Wann hast du Nicki zuletzt gesehen?«

»Vor zwei Wochen, habe ich doch schon gesagt! Und jetzt lassen Sie mich endlich gehen.«

So ein Mist! Wenn Vanessa Hüssmann tatsächlich bereits die Stadt verlassen hatte, würde es sehr viel schwieriger werden, sie aufzuspüren, zumal offenbar niemand eine Ahnung hatte, wo sie hinwollte.

»Du gehst nirgendwohin, sondern kommst mit uns ins Präsidium. Wir haben noch einige Fragen an dich.«

58. Kapitel

Mit klopfendem Herzen bereitete sich Nicki auf die Übergabe vor, während sie wartete, dass Luna endlich den McDonald's erreichte. Sie hatte kein Geld mehr, um Luna zu bezahlen, also musste sie die Kleine dazu bringen, ihr zuerst die Dokumente auszuhändigen. Sobald sie die Papiere in Händen hielt, musste sie verschwinden, bevor Luna kapierte, was los war. Im Geiste malte sie sich aus, wie sie aufsprang und an Luna vorbei aus dem Schnellrestaurant rannte. Mit dem Überraschungsmoment auf ihrer Seite würde sie einige Meter Vorsprung gewinnen können, und wenn sie Glück hatte, war Luna wieder auf Drogen und dementsprechend langsam.

Verdutzt beobachtete sie, wie Luna draußen vor dem Fenster stehen blieb. Hatte sie Verdacht geschöpft? Gleich darauf entdeckte Nicki die Frau, die sich vor dem zierlichen Mädchen aufbaute und vehement auf es einredete. Sie kniff die Augen zusammen. War das nicht …? Sie unterdrückte einen erschrockenen Aufschrei. Die Frau, mit der sich Luna unterhielt, war die Polizistin, die sie vernommen hatte. Nicki hielt den Atem an. Wenn die Kripo mit Luna sprach, konnte das nur einen Grund haben. Sie hatten von ihrem Treffen erfahren und waren auf der Suche nach ihr. Wenn sich Luna verplapperte oder zu auffällig in ihre Richtung schielte, hatte sie verloren. Die McDonald's-Filiale hatte nur einen Eingang, der Notausgang war alarmgesichert. Wollte sie entkommen, musste sie abhauen, ehe die Polizistin den Laden betrat.

Scheinbar gelassen stand Nicki auf, packte ihre Sporttasche und lief zum Ausgang. Die Polizistin stand mit dem Rücken zu ihr und redete immer noch auf Luna ein. Bloß nicht umdrehen. Die Kapuze tief ins Gesicht gezogen, trat Nicki ins Freie. Aus dem Augenwinkel sah sie zu Luna hinüber, und für einen Sekundenbruchteil trafen sich ihre Blicke. Doch schon im nächsten Moment war Nicki im Gewühl der nächtlichen Gestalten untergetaucht.

59. Kapitel

Ehe Sandra am Samstagmorgen zum Präsidium fuhr, lieferte sie Tim bei Erik ab. Sie hatten sich darauf geeinigt, dass er zwei Wochenenden im Monat bei seinem Vater verbrachte. Sandra war jedes Mal flau im Magen, wenn sie losfuhr, um Tim für zwei Tage abzugeben. Doch heute war es besonders schlimm. Sie fühlte sich schuldig, weil sie die Woche über kaum Zeit für ihn gehabt hatte. Wenigstens war ihr Sohn bester Dinge und schien ihre gedrückte Stimmung nicht zu bemerken.

»Ich bin total gespannt auf Papas neues Auto!«, verkündete er vom Rücksitz. »Er hat mir schon Fotos gezeigt. Das ist voll cool!«

Sie brachte den Toyota vor dem weiß getünchten Reihenhaus zum Stehen und stieg aus. Kaum hatte sie die Wagentür geschlossen, erschien ihr Ex-Mann in der Haustür. Wie immer war er unverschämt gut gebräunt und sah ausgeschlafen aus, während sich Sandra fühlte wie nach drei durchzechten Nächten.

»Da ist ja mein Großer!«, rief Erik und breitete die Arme aus.

Tim rannte auf seinen Vater zu und warf sich ihm entgegen.

Erst als sie sich begrüßt hatten, nickte Erik Sandra zu. »Hi! Alles gut bei dir?«

»Danke der Nachfrage«, entgegnete sie. »Du bringst Tim am Montag zur Schule, und ich hole ihn ab?«

Früher hätte sich Sandra über die Situation aufgeregt. Inzwischen ließ sie den Frust über ihre gescheiterte Ehe nicht mehr zu. Sie lebte jetzt ein anderes Leben. Ohne Erik.

»Klar«, antwortete er und gab Tim einen High five. »Wie immer.«

Im Präsidium machte sich Sandra zuerst auf den Weg zur Teeküche. Sie brauchte dringend Koffein, bevor sie über den Plan für den restlichen Tag nachdenken konnte. Sandra zog sich einen Cappuccino aus dem Automaten und nahm zwei Lakritzschnecken aus der Schale auf dem Tisch. Sie hatte kaum einen Schluck getrunken, als ihr Handy klingelte. Sie erkannte Werners Nummer und nahm ab.

»Ja bitte?«

»Die DNA-Analysen sind da«, kam er direkt zum Punkt.

»Und?« Sie stellte die Tasse auf dem Tisch ab. Sofort war ihr Verstand wieder hellwach.

»Die Spuren an der Haarlocke passen nicht zu denen am Tatort.«

Sandra schlug mit der flachen Hand auf den Tisch. »Wäre auch zu einfach gewesen.«

»Der Spurenverursacher ist laut Gencode aber vermutlich mit Hanna verwandt«, fuhr Werner fort. »Zumindest wenn wir davon ausgehen, dass die Haare tatsächlich von ihr stammen.«

»Verwandt?« Sandras Gehirn arbeitete auf Hochtouren. Soweit sie wussten, waren alle engen Verwandten von Hanna Adelsberg tot. »Kann es sich um ihre Schwester handeln?«

»Die genauere Analyse braucht noch etwas Zeit. Doch der Genetiker sagt, dass die Ähnlichkeit für ein Geschwisterpaar zu gering sei und es sich eher um eine Tante oder andere Verwandte zweiten oder dritten Grades von Hanna handeln könnte.«

Sandra schüttelte den Kopf. Es bestand kaum ein Zweifel, dass die Tragödie der Familie Adelsberg und die vor über zwanzig Jahren begangene Vergewaltigung mit den Morden an Dirk Lettorf und Martin Hofmeister in Verbindung standen. Dennoch wollten die Puzzleteile bisher nicht zusammenpassen. Sie verabredete sich mit Werner in ihrem Büro und bat ihn, Ronny dazuzurufen. Dann trank sie ihren Kaffee aus und nahm sich noch eine Lakritzschnecke.

»Wo liegt die Familie Adelsberg begraben?«, fragte sie, als sie an ihrem Schreibtisch zusammensaßen.

»›Lag‹ wäre das richtige Wort«, antwortete Werner. »Das Grab der Familie in Kettwig wurde vor fünf Jahren aufgelöst, da es keine Angehörigen gibt, die eine Verlängerung beantragt hätten.«

»Wir finden also nicht mehr heraus, ob beide Schwestern gestorben sind«, dachte Sandra laut.

»Wir haben ja auch den Beweis, dass keine der Schwestern als Täterin infrage kommt«, wandte Werner ein. »Es muss sich um ein anderes Familienmitglied handeln.«

Sandra nickte. »Der Haken ist nur, es gibt keine weibliche Verwandte der Schwestern.«

»Woher willst du das so genau wissen?«, warf Ronny ein.

»Hannas Mutter war ein Einzelkind, der Vater hatte zwei Brüder. Beide sind bereits verstorben. Ansonsten gab es noch einen Großonkel und eine Großtante. Beide sind ebenfalls tot und haben keine Nachkommen hinterlassen«, rasselte Sandra die Fakten herunter.

»Na und? Dann hat der Vater eben an fremden Töpfen genascht und irgendwo ein Halbschwesterchen in die Welt gesetzt«, entgegnete Ronny. »Hab gehört, dass es Frauen geben soll, die gerne mit verheirateten Männern in die Kiste springen.«

Sandra überging die Spitze und schüttelte den Kopf. »Die einzigen weiblichen Verwandten von Hanna Adelsberg waren ihre Schwester und ihre Mutter. Die DNA an den Tatorten muss also von einer der Frauen stammen. Und da beide angeblich tot sind, muss irgendjemand damals ziemlichen Mist gebaut haben.«

60. Kapitel

Immer wieder ging Nicki den Rundweg im Dortmunder Stadtgarten entlang. Nach ihrer Flucht aus dem McDonald's war sie einige Stunden kopflos durch die Nacht gelaufen und hatte jeden Moment damit gerechnet, von Blaulicht und Sirenen verfolgt zu werden. Sie war zu aufgekratzt, um einen klaren Gedanken zu fassen. Wo sollte sie hin? Ohne Geld. Ohne Ausweis. Erst als sie in den frühen Morgenstunden den Stadtgarten erreicht hatte, war ihr Adrenalinspiegel langsam gesunken. Die falschen Papiere konnte sie endgültig abschreiben. Selbst wenn die Polizei Luna die Dokumente nicht abgenommen hatte, konnte sie nicht wissen, was das Mädchen den Bullen erzählt hatte. Nein, zu Luna durfte sie auf keinen Fall noch einmal Kontakt aufnehmen. Sie würde sich anderswo eine neue Identität organisieren müssen. Aber dazu brauchte sie wenigstens etwas Geld.

Sie hockte sich auf eine Bank im Schatten eines großen Busches und atmete tief durch. Mit einem Mal befiel sie eine unbezwingbare Müdigkeit. Seit Clemens sie vorgestern vor die Tür gesetzt hatte, war sie fast durchgehend wach gewesen. Mit aller Macht bemühte sie sich, die Augen offen zu halten. Doch immer wieder sank ihr das Kinn auf die Brust. Sie musste sich dringend ausruhen. Nur einen kleinen Moment …

Nicki schreckte hoch, als hinter ihr ein Hund bellte. Hektisch sah sie sich um. Es war bereits hell. Die Februarsonne blendete sie, spendete jedoch keine Wärme. Wie lange hatte sie geschlafen? Sie warf einen Blick unter die Bank. Ihre Sporttasche war noch da. Benommen stand sie auf und ging los.

Bereits von Weitem sah sie Lorena auf der roten Bank sitzen. Wie immer trug sie ihren braunen Mantel und blickte seelenruhig in der Gegend herum.

Als sie Nicki entdeckte, spielte ein Lächeln um ihre Mundwinkel. »Da bist du ja. Ich hatte schon geglaubt, du kommst nicht.«

»Entschuldigen Sie, ich wurde aufgehalten.«

Lorena winkte ab. »Schon gut. Wichtig ist nur, dass du jetzt da bist.« Sie erhob sich. »Wenn es dir nichts ausmacht, brechen wir sofort auf.«

»Wohin?«, fragte Nicki irritiert.

»Wir werden diesmal enger zusammenarbeiten«, antwortete Lorena. »Die Angelegenheit duldet keinen Aufschub, und ich habe keine Lust, dass uns wieder etwas dazwischenkommt.«

»Nicht so schnell«, rief Nicki. Sich von Lorena entführen zu lassen entsprach nicht ihrem Plan. »Wollen Sie mir nicht erst mal verraten, wo wir hingehen und was mein Auftrag ist?«

Lorena lächelte hintergründig. »Ich denke nicht, dass du momentan in der Position bist, Fragen zu stellen. Ich erkläre dir alles, wenn wir da sind.«

Wenig später folgte Nicki Lorena keuchend durch dichter werdendes Unterholz. »Wo, zum Teufel, bringen Sie mich hin?«

Nach ihrem Aufbruch aus dem Stadtgarten waren sie zunächst mit der S-Bahn nach Essen gefahren und hatten dann den Bus Richtung Haarzopf genommen. Sie waren an einer Landstraße ausgestiegen und in einen Feldweg eingebogen. Jetzt stapften sie durch ein verwildertes Gelände, das aussah, als hätte seit Jahrzehnten kein Mensch einen Fuß darauf gesetzt. Minütlich wurde es dunkler. Es war eine bescheuerte Idee gewesen, sich noch einmal auf die Frau einzulassen, die ganz offensichtlich eine Mörderin war. Immer wieder dachte Nicki darüber nach, sich umzudrehen und wegzulaufen. Doch sie musste damit rechnen, dass Lorena bewaffnet war und sie bei einem Fluchtversuch womöglich ebenso enden würde wie Lettorf. Außerdem trieb die Aussicht auf ihre Bezahlung sie an.

»Wie lange sollen wir uns denn noch durchs Gestrüpp kämpfen?«, traute sie sich zu fragen.

»Keine Sorge, wir sind gleich da«, antwortete Lorena und setzte ihren Weg unbeirrt fort.

Sie schien jede Wurzel und jeden umgestürzten Baumstamm zu kennen. Nicki hatte Mühe, mit ihr Schritt zu halten, ohne auf dem unebenen Untergrund zu stolpern.

Hinter einem niedrigen Hügel erreichten sie einen verwitterten gepflasterten Weg, der zu einer verfallenen Kapelle führte. Die hölzerne Eingangstür hing lose in den Angeln aus Gusseisen, ein windschiefes spitzes Türmchen ragte in den dämmrigen Himmel. Zögernd folgte sie Lorena hinein. Der muffige Geruch feuchten Mauerwerks stieg ihr in die Nase. Durch die zerbrochenen Fensterscheiben drang nur wenig Licht herein. Mühsam erkannte Nicki die Umrisse der Kirchenbänke. Als Lorena bemerkte, dass Nicki stehen geblieben war, nahm sie ihre Hand und zog sie hinter sich her tiefer in das Innere des Gotteshauses hinein. Durch eine Tür in der rückwärtigen Wand hinter dem Altar gelangten sie in einen kleinen, fensterlosen Raum.

Lorena schloss die Tür hinter ihnen und entzündete eine Öllampe. »So, da wären wir.«

Nicki sah sich um. Der flackernde Schein der Flamme

warf bizarre Schatten, die auf den roh verputzten Wänden tanzten. Das Zimmer war winzig, bloß eine verschlissene Matratze, die auf dem Boden lag, und ein schmales Schreibpult mit einem Stuhl davor befanden sich darin. An der Wand gegenüber hing ein Waschbecken mit einem stumpf gewordenen Spiegel darüber. Neben der Tür lehnte ein Fahrrad. In früheren Jahren hatte der Raum bestimmt zur Vorbereitung der Messe gedient. Doch es war nicht zu übersehen, dass in dieser Kirche schon lange keine Messe mehr gefeiert worden war.

»Wohnen Sie etwa hier?«, fragte Nicki entgeistert.

»Ich wohne nicht nur hier, ich bin hier zu Hause«, antwortete Lorena. »Gefällt es dir?«

»Warum haben Sie mich hergebracht?«, wollte Nicki wissen.

»Das wirst du alles noch früh genug verstehen. Ruh dich erst einmal aus. Morgen wird ein anstrengender Tag.«

61. Kapitel

Während Sandra ihr Müsli löffelte und Kaffee schlürfte, überflog sie auf dem Handy die Überschriften bei *SPIEGEL online.*

Sie hasste es, ständig zwei Sachen gleichzeitig zu tun, die Mordserie und die Suche nach der mysteriösen Lorena ließen sie jedoch ohnehin nicht zur Ruhe kommen. Normalerweise sorgte Tim dafür, dass ihre Gedanken nicht pausenlos um die Arbeit kreisten. Doch ohne ihn war die Wohnung so ohrenbetäubend still, dass sie sich ablenken musste.

Sie scrollte durch die News. Gott, sie war überhaupt nicht mehr auf dem Laufenden. Wenn sie in den Ermittlungen zu einem Mordfall steckte, lebte sie wie in einer Blase und blendete die Außenwelt aus.

Als ihr Diensthandy auf dem Esstisch klingelte, war sie beinahe erleichtert. Endlich ging es voran. Sie stellte die Kaffeetasse ab und nahm Werners Anruf entgegen.

»Hallo, Werner! Bitte sag, dass du Vanessa Hüssmann gefunden hast.«

»Leider nicht. Die Frau ist wie vom Erdboden verschluckt. Janine Przyborek meint, dass sie schon seit Wochen fliehen wollte. Ich glaube, sie weiß tatsächlich nicht, wo sich die Hüssmann aufhält. Wenn sie klug ist, hat sie direkt nach ihrem letzten Kontakt mit Lorena die Stadt verlassen und ist längst in Tschechien oder sonst wo.«

»Das wäre noch die beruhigendste Variante«, murmelte Sandra.

Werner räusperte sich. »Weswegen ich eigentlich anrufe: Wie du weißt, haben wir die Mitglieder des Abiturjahrgangs von Setzner, Hofmeister und Lettorf überprüft. Viele sind in alle Welt verstreut, aber wir haben eine ehemalige Mitschülerin der drei ausfindig gemacht, die sich an die Party von damals erinnert.«

»Sehr gut!«, rief Sandra. »Ich will sofort mit ihr sprechen!«

»Das habe ich mir gedacht«, gab Werner zurück. »Sie wartet im Präsidium auf dich.«

62. Kapitel

Die Luft in der verlassenen Kapelle war feucht und klamm, nach zwei Nächten unter freiem Himmel tat es allerdings gut, zumindest vor Wind und Regen geschützt zu sein. Lorena hatte Nicki die Matratze überlassen und sich selbst auf den Boden gelegt. Erst hatte Nicki geglaubt, nicht einschlafen zu können, doch die Müdigkeit war übermächtig, und so wurde sie schon bald von einem ruhelosen Schlaf übermannt. Die ganze Nacht über spukten ihr chaotische Bilder im Kopf herum. Lorena, die sie mit einem Messer verfolgte. Clemens, der lachend mit ihrem Geld winkte. Abdul, der Lunas blau gefärbten Skalp in den Händen hielt. Und dazwischen immer wieder Jayden, der aus der Ferne zu ihr herübersah.

Gerade war sie aufgewacht und fühlte sich wie gerädert. Ihre Entführerin saß an dem kleinen Schreibtisch und sang leise vor sich hin. Nicki versuchte, die Worte zu verstehen.

»Mariechen saß auf einem Stein,
Einem Stein, einem Stein.
Mariechen saß auf einem Stein,
Einem Stein.
Sie lockte sich ihr gold'nes Haar,
Und als sie damit fertig war,
Da fing sie zu weinen an.
Nun kam ihre Schwester her.
Mariechen, warum weinest du?

Ach, weil ich heute sterben muss.
Da kam der böse Rittersmann.
Er hatte in der Tasche drin
Ein großes scharfes Messer ...«

Als Lorena bemerkte, dass Nicki wach war, hielt sie abrupt inne und drehte sich lächelnd zu ihr um.

»Guten Morgen! Ich hoffe, du hast gut geschlafen. Heute musst du nämlich in Topform sein.«

Mühsam setzte sich Nicki auf. »Sie haben mir immer noch nicht erzählt, was Sie mit mir vorhaben.«

»Das werde ich noch«, beschwichtigte Lorena sie. »Möchtest du dich nicht erst einmal ein wenig frisch machen?«

Sie deutete auf das Waschbecken. Auf einem Hocker daneben standen Zahncreme und -bürste, Shampoo, Deodorant, sogar ein Flakon mit Parfüm.

»Ich kann dir leider keine Dusche anbieten. Ich hoffe, das wird reichen. Schließlich musst du gut aussehen heute Abend.«

Während sich Nicki dankbar die Zähne putzte und die Haare wusch, begann Lorena, ihren Plan zu erläutern. »Dein Auftrag ist ganz einfach. Da ich deine Fähigkeiten ja inzwischen kenne, habe ich keine Zweifel daran, dass du ihn zu meiner vollsten Zufriedenheit ausführen wirst.«

Nicki schwieg. Die Aussicht, Lorena weiter bei ihrem kranken Vorhaben zu unterstützen, gefiel ihr überhaupt nicht. Doch sie hatte sich entschieden, und jetzt gab es kein Zurück. Gewaltsam brachte sie ihr Gewissen zum Schweigen.

»Wir müssen allerdings etwas zügiger vorgehen als sonst«, fuhr Lorena fort. »Nach deiner kleinen Spitzelaktion dürfte die Polizei in höchster Alarmbereitschaft sein und nicht nur mich, sondern auch dich suchen. Da können wir es uns nicht leisten, Zeit zu verschwenden. Außerdem hast du auf diese Weise nicht die Möglichkeit, es dir zwischendurch wieder anders zu überlegen.«

»Was haben Sie vor?«, wollte Nicki wissen.

»Du wirst auch unseren vierten Kandidaten verführen und das Ganze auf Film festhalten. Und diesmal werden wir nicht warten, bis das Video seinen Adressaten erreicht hat.«

»Moment mal«, erhob Nicki Einspruch. »Sagten Sie, den vierten? Ich weiß bisher nur von zwei Männern.«

»Richtig«, antwortete Lorena amüsiert. »Bei Nummer drei war deine Hilfe nicht nötig. Er hat mir sozusagen selbst geliefert, was ich brauchte.«

»Wie meinen Sie das?«

»Ich habe die Herren, die die Hauptrolle in meinem kleinen Stück spielen, sehr genau unter Beobachtung. Und das nicht erst seit gestern. Und der Mann, von dem ich spreche, hatte eine große Schwäche für kleine Brünette. Es war erstaunlich einfach, an gutes Material zu kommen.«

Nicki wurde übel. Bedeutete das, dass Lorena bereits zwei Menschen auf dem Gewissen hatte?

»Was genau soll ich tun?«, fragte sie mit bebender Stimme.

»Immer schön der Reihe nach. Der Mann, um den es geht, heißt Fabrice Leclerq. Er lebt normalerweise in Belgien, zurzeit ist er beruflich in Essen. Leider wird das wohl seine letzte Dienstreise gewesen sein.«

»Warum tun Sie das?«, fragte Nicki verzweifelt. »Warum bringen Sie all diese unschuldigen Männer um?«

»Unschuldig?« Lorena stieß ein freudloses Lachen

aus. »Lügner! Betrüger! Diese Männer haben mir meine Schwester genommen.«

»Wovon reden Sie?«, fuhr Nicki dazwischen.

»Ich kenne Dirk Lettorf, Stefan Setzner und Martin Hofmeister schon sehr lange«, fuhr Lorena fort. »Seit meiner Schulzeit. Du kannst mir glauben, nach außen mögen sie wie freundliche, anständige Männer wirken. Aber der Schein trügt. Ich habe es selbst erlebt.«

»Möchten Sie mir davon erzählen?« Nicki war sich nicht sicher, ob sie die Geschichte hören wollte.

»Martin und seine Freunde haben nie Notiz von mir und meiner Schwester genommen. Das nehme ich ihnen nicht einmal krumm. Wir waren es gewohnt, dass sich niemand für uns interessierte. Doch als es darum ging, ihre widerliche Fleischeslust zu befriedigen, da war Hanna gut genug. Sie haben eine Hure aus ihr gemacht. Genau wie unsere Mutter eine gewesen ist.«

»Ist Hanna Ihre Schwester?«, wollte Nicki wissen.

»Sie war meine Schwester«, korrigierte Lorena. »Zumindest bis sie sich mit diesen Ungeheuern eingelassen hat. Da hat sie ihr wahres Gesicht gezeigt. Ein Bastard. Die Tochter der Schande, geboren von einer Ehebrecherin.« In ihrer Stimme lag grenzenloser Abscheu.

»Hören Sie«, murmelte Nicki, »ich habe keine Ahnung, was diese Männer mit Ihrer Schwester gemacht haben. Aber egal, was es war, es gibt Ihnen nicht das Recht, sie umzubringen.«

»Ach nein?«, erwiderte Lorena aufgebracht. »Wer gab ihnen denn das Recht, mich zu belügen und zu benutzen? Martin Hofmeister hat mir vorgespielt, er würde sich freuen, mich auf seiner Party zu sehen. Niemand hat sich je gefreut, mich irgendwo zu sehen. Hanna hat mich überredet, hinzugehen und sie mitzunehmen. Martins schöne Worte haben mich geblendet. Kannst du dir vorstellen, wie ich mich gefühlt habe, als mir klar wurde, was er wirklich vorhatte? Als ich meine Schwester suchte und sie mit ihm und seinen dreckigen Freunden erwischte? Stefan und Dirk. Etwas Alkohol und Koks hat gereicht, damit sie ihre Freundinnen vergaßen, die unten warteten, während sich diese Scheusale mit meiner Schwester vergnügten. Und wie du gesehen hast, hat sich daran bis heute nichts geändert. Bei der kleinsten Versuchung werden sie schwach und verraten ihre Familien und sich selbst.«

Nicki hob die Schultern. »So ist das nun mal, finden Sie sich damit ab. Männer sind schwach und leicht zu verführen. Damit habe ich zehn Jahre lang mein Geld verdient.«

»Vor ihren Familien spielen sie sich als ehrenhafte Familienoberhäupter auf. Dabei sind sie nichts weiter als Tiere«, zischte Lorena.

Nicki schüttelte verständnislos den Kopf. »Sie wollen Menschen töten, weil sie irgendwann mal mit Ihrer Schwester rumgemacht haben?«

Lorena ballte die Hand zur Faust. »Weil sie mich belogen haben. Weil sie alle um sich herum betrogen und hintergangen haben. Und es bis heute tun. Ich werde nicht dulden, dass sie damit davonkommen.«

»Und deswegen wollten Sie diese Videos haben?«

»Ja. Damit diejenigen, denen sie jeden Tag etwas vorspielen, ihr wahres Gesicht sehen. Diese Männer haben mich in Schande leben lassen. Jetzt sollen sie in Schande sterben.«

»Was soll das sein? Ihre Art von Gerechtigkeit?«

»Ja!« Ein glückseliges Grinsen legte sich auf Lorenas Gesicht. »Das ist Gerechtigkeit. Mein Vater hat immer versucht, mir einzutrichtern, dass Gott gerecht sei. Nur, Gott ist nicht gerecht, das musste ich schon vor langer

Zeit lernen. Wenn wir Menschen Gerechtigkeit wollen, müssen wir sie uns selbst schaffen.«

Nicki schüttelte den Kopf. »Es tut mir leid, aber ich werde Ihnen auf keinen Fall helfen, noch einen Menschen zu töten.«

»Ich denke, du brauchst das Geld so dringend.«

Nicki schwieg. Ja, das brauchte sie. War sie jedoch bereit, dafür ein Menschenleben zu opfern?

»Was hat denn dieser Leclerq überhaupt mit der Sache zu tun?«, fragte sie, um Zeit zu gewinnen. »Ich denke, es waren bloß drei?«

»Nachdem ich in das Schlafzimmer geschaut und Hanna halb nackt mit diesen Schweinen gesehen hatte, ging ich allein nach Hause. Ich wollte sie zur Rede stellen, doch in den nächsten Tagen schloss sich Hanna in ihrem Zimmer ein. Ich dachte, sie schämt sich für ihre Sünde. Den wahren Grund fand ich kurz darauf heraus.«

»Und der wäre?«, fragte Nicki.

Lorena wandte sich von ihr ab und sah aus dem Fenster, während sie weitersprach. »Da ich in einer der folgenden Nächte Geräusche hörte, schaute ich durch das Schlüsselloch auf den Gang. Als ich Fabrice Leclerq aus Hannas Zimmer kommen sah, wusste ich, dass es für sie keine Rettung mehr gab. Ich habe ihr Leben lang versucht, sie zu schützen und auf den rechten Pfad zu führen. Nur die Begegnung mit diesen Subjekten hat die verdorbene Saat aufgehen lassen, die sie seit ihrer schändlichen Zeugung in sich getragen hat. Vermutlich erinnert sich Fabrice nicht einmal an sie. Doch heute Nacht werden wir sein Gedächtnis ein wenig auffrischen!«

63. Kapitel

Es war kurz nach neun Uhr, als Sandra das Polizeipräsidium betrat. Werner erwartete sie bereits im Besprechungsraum.

»Morgen, Sandra! Tut mir leid, dass ich dir den Sonntag versaue«, begrüßte er sie.

Sandra zuckte mit den Schultern. »Wenn wir damit weiterkommen, tanz ich gerne sonntagmorgens hier an. Wo ist die Frau?«

»Wartet draußen. Ich habe mich übrigens über dieses Kloster informiert, in dem Magdalena Adelsberg so viel Zeit verbracht hat. Es ist tatsächlich vor dreiundzwanzig Jahren geschlossen worden. Das Gelände wurde verkauft und ein Teil der Gebäude abgerissen. Geplant war, dort eine Wohnsiedlung und ein Einkaufszentrum zu bauen. Da dem Investor das Geld ausgegangen ist, ist daraus nichts geworden. Später haben Umweltschützer herausgefunden, dass irgendwelche seltenen Vögel auf dem Areal nisten. Jedenfalls liegen die Reste des Konvents seitdem brach.«

»Und?«, fragte Sandra.

»Ich habe versucht, jemanden zu finden, der damals in dem Kloster beschäftigt war«, fuhr Werner fort. »Das gestaltet sich nicht ganz einfach. Die Ordensbrüder sind allesamt in andere Klöster versetzt worden. Von den zuständigen kirchlichen Stellen erhält man nur schwer verlässliche Auskünfte, aber der ehemalige Abt des Klosters lebt mittlerweile im Benediktinerkloster Meschede. Wenn es stimmt, dass Magdalena in den letzten Jahren ihres Lebens häufig in dem Kloster verkehrt hat, müsste er sie kennen. Vielleicht möchtest du mit ihm sprechen? Es wäre immerhin möglich, dass er sich noch an sie erinnert.«

»Das ist eine verdammt gute Idee«, sagte Sandra. »Kannst du rausfinden, wann wir den guten Mann treffen können?«

»Schon erledigt«, antwortete Werner. »Alphons Stiegler erwartet uns heute Mittag um zwölf Uhr in seiner Stube.«

Sandra legte ihm die Hand auf die Schulter. »Was würde ich nur ohne dich machen?«

Werner grinste. »Vermutlich noch frühstücken.«

Sandra lachte, ehe sie auf den Flur trat und Beate Malanowski, Lettorfs ehemalige Klassenkameradin, ins Vernehmungszimmer bat.

»Sie können sich erinnern, am sechzehnten Juni auf besagter Party bei Martin Hofmeister gewesen zu sein?«, eröffnete sie das Gespräch.

Beate Malanowski nickte. »Ja, dunkel. Das war kurz nach den Abiturprüfungen, aber noch bevor die Zeugnisse ausgegeben wurden. Damals gab es fast jeden Abend irgendwo eine Feier. Ich weiß nicht mehr viel von dem Abend. Doch ich habe damals Tagebuch geschrieben.« Sie deutete auf das in blaues Leinen gebundene, mit einer silbernen Schnalle versehene Buch vor sich auf dem Tisch.

»Wissen Sie, warum wir Sie nach den Ereignissen jener Nacht befragen?«

Sie zuckte mit den Schultern. »Nicht genau. Ihre Kollegen sagten, dass es sich um kriminalpolizeiliche Ermittlungen handle. Wenn ich irgendwie behilflich sein kann, tu ich das gerne.«

Beate Malanowski war eine gepflegte Frau Mitte vierzig. Sie trug einen dunkelblauen Hosenanzug und eine weiße Bluse. Die blonden Haare fielen ihr in kräftigen Wellen bis auf die Schultern, dazwischen blitzten weiße Perlenohrringe hervor. Die Mutter von zwei Kindern hatte im selben Jahr wie die Mordopfer am Leibniz-Gymnasium Abitur gemacht. Heute arbeitete sie in der Geschäftsleitung der Essener Sparkasse. Wie alle Mitglieder des Jahrgangs war sie in den letzten Tagen von der Polizei kontaktiert worden.

»Ich danke Ihnen sehr für Ihre Mithilfe«, sagte Sandra freundlich. »Ich würde gerne mehr über jene Nacht erfahren. Erinnern Sie sich an irgendwelche außergewöhnlichen Ereignisse?«

Beate Malanowski öffnete ihr Tagebuch. »Ich habe vorhin bereits nachgeschlagen. Ich war mit meinem damaligen Freund da, mit dem ich erst einige Wochen zusammen war. Er hat mich mit seinem eigenen Auto abgeholt, was ich damals offenbar sehr beeindruckend fand. Jedenfalls habe ich es vermerkt. Wenn ich mich recht entsinne, waren viele Leute da, und einige von den Jungs waren ziemlich betrunken. Im Großen und Ganzen war es eine ganz normale Party.«

»Nach unseren Informationen hat auf der Party eine Vergewaltigung stattgefunden«, ließ Sandra die Katze aus dem Sack.

Beate Malanowski hob die Brauen. »Auf der Party? Oh Gott, das ist ja schrecklich!«

»Das bedeutet, Sie haben nichts mitgekriegt?«

Die Frau schüttelte den Kopf. »Nein. Ich war natürlich auch nicht ganz nüchtern, aber eine Vergewaltigung ... Wer soll denn, ich meine ... wer wurde vergewaltigt?«

»Bei dem Opfer soll es sich um Hanna Adelsberg gehandelt haben«, antwortete Sandra.

»Hanna?«, entgegnete Beate Malanowski mit weit aufgerissenen Augen und legte erschrocken die Hand auf den Mund. Sie runzelte die Stirn und überlegte einen Moment, ehe sie weitersprach. »Ich kann mich wirklich nicht erinnern, ob Hanna auf der Party war. Allerdings habe ich aufgeschrieben, dass ich Magdalena beim Verlassen der Party gesehen habe. Das erschien mir damals ziemlich sonderbar.«

»Warum?«

»Weil die Adelsberg-Schwestern sonst nie auf irgendwelchen Feiern waren.«

»Nach allem, was wir gehört haben, waren die beiden Außenseiter«, warf Sandra ein.

»Magdalena war ein Sonderling«, bestätigte die Frau. »Hanna war, glaube ich, ganz in Ordnung. Doch ihre Schwester hat sie total unterdrückt. Magdalena hätte nie zugelassen, dass Hanna allein auf die Party geht.«

»Wie gut kannten Sie Hanna?«

»Ich habe nie ein Wort mit ihr gewechselt. Die Adelsbergs haben gegenüber von uns gewohnt. Hanna war eine Stufe unter uns, ich hatte nichts mit ihr zu tun.« Sie machte eine Pause und blätterte in ihrem Tagebuch. »Aber wie gesagt, hier steht, dass ich Magdalena gesehen habe, wie sie die Party verlassen hat. Es sah aus, als würde sie weinen.«

»Sie hat geweint?«, hakte Sandra nach.

»Ja, wenn ich darüber nachdenke, meine ich mich zu erinnern. Ich hatte mich mit meinem Freund nach draußen verzogen. Wir saßen vor dem Haus auf dem Boden und unterhielten uns, da rannte auf einmal Magdalena an uns vorbei. Wir haben uns nur angeschaut und weitergetrunken.«

»Haben Sie die Schwestern nach jenem Abend noch einmal gesehen?«

Beate Malanowski nickte. »Ja, auch das hatte ich völlig vergessen und habe es vorhin nachgelesen, während ich auf Sie gewartet habe. Zwei Abende nach der Feier bei den Hofmeisters war ich auf dem Weg zu einer anderen Party. Als ich am Haus der Adelsbergs vorbeikam, fiel mir auf, dass das Auto von Fabrice Leclerq davor parkte.«

»Wessen Auto?«, fragte Sandra schnell.

»Fabrice war ein Typ, der oft mit Martin rumhing. Er war ein paar Jahre älter und nicht auf unserer Schule. Ich glaube, er hat den Jungs Drogen verkauft. Ein unangenehmer Mensch. Auf jeden Fall habe ich gesehen, wie Hanna ihn an der Haustür empfing.«

»Erzählen Sie weiter«, bat Sandra.

»Mehr kann ich Ihnen nicht berichten. An diese Begebenheit kann ich mich nicht erinnern. Wenn ich damals nicht alles in mein Tagebuch geschrieben hätte, wüsste ich heute kaum noch etwas darüber. Das Feuer am nächsten Morgen habe ich natürlich nicht vergessen.«

»Ja, das Haus der Adelsbergs brannte damals nieder«, erwiderte Sandra.

»Eine furchtbare Tragödie«, bestätigte sie. »Ich glaube, alle hatten damals ein schlechtes Gewissen, weil sie die Schwestern immer wie Aussätzige behandelt hatten. Und dann waren sie plötzlich tot.«

»Wissen Sie mehr über Fabrice Leclerq?«, kam Sandra wieder auf den Mann zu sprechen. »Er ist vielleicht einer der letzten noch lebenden Menschen, die Kontakt zu Hanna Adelsberg hatten.«

64. Kapitel

Nach Lorenas Enthüllung schwiegen sie eine Weile. Während sie ihre Haare trocken rubbelte, versuchte Nicki, Ordnung in ihre Gedanken zu bringen. Sie konnte Lorenas Wut auf die Männer, die Interesse an ihr geheuchelt hatten, um sich an ihre Schwester heranzumachen, zwar verstehen. Ebenso die Enttäuschung über die Untreue ihrer Mutter und darüber, dass die kleine Schwester offenbar einen Lebenswandel gepflegt hatte, der ihr nicht zusagte. All das war allerdings noch lange kein Freifahrtschein für Mord. Und vor allem wollte Nicki nichts damit zu tun haben. Am meisten bedrückte sie jedoch die Frage nach Hannas Schicksal. Lorena hatte gesagt, es habe keine Rettung für sie gegeben. Nicki traute sich nicht zu fragen, was aus ihr geworden war.

Als sie sich bückte, um ihre Kleidung vom Boden aufzuheben, deutete Lorena auf eine Reisetasche in der Ecke des Raums.

»Was soll das sein?«, fragte Nicki skeptisch.

»Deine Garderobe für heute Abend. Probier sie gleich mal an.«

Zögernd griff Nicki in die Tasche. Schwarze Netzstrümpfe. Eine weiße Bluse, ein schwarzes Kostüm, bestehend aus einem knielangen Rock und einer Jacke. Die Stoffe fühlten sich edel an, definitiv teurer als alles, was Nicki in ihrem Kleiderschrank hängen hatte. Sie wendete die Kleidungstücke in den Händen.

»Muss ich mit Leclerq in die Oper gehen?«

»Nein«, antwortete Lorena. »Aber ohne ein standesgemäßes Outfit kommst du gar nicht erst an ihn heran.«

»Wollen Sie mir vielleicht endlich mal erzählen, wie ich überhaupt mit ihm Kontakt aufnehmen soll?«

»Fabrice tritt heute Abend als Referent im *Atlantic* Hotel an der Essener Messe auf«, erörterte Lorena. »Er leitet ein ziemlich erfolgreiches Unternehmen und inszeniert sich gerne als Guru für Mitarbeiterführung und Erfolgsstrategien. Leuten ins Gesicht lügen konnte er eben immer schon gut. Wie dem auch sei, nach der Veranstaltung übernachtet er in dem Hotel, bevor er morgen zurück nach Brüssel fliegt.«

»Und ich soll das Zimmermädchen spielen?«, warf Nicki ein.

»Nicht ganz. Ich habe Fabrice in den letzten zwanzig Jahren genau genug beobachtet, um zu wissen, dass er seine Nächte im Hotel nie allein verbringt. Er bestellt sich immer ein oder zwei Damen aufs Zimmer. Natürlich nicht irgendwelche, sondern ausschließlich die besten und teuersten. Und heute Abend wirst du ihm Gesellschaft leisten.«

»Ich soll mich als Escort ausgeben und ein Video von Leclerq drehen?«

Lorena nickte anerkennend. »Du begreifst schnell.«

»Und was haben Sie vor?«, fragte Nicki ängstlich.

»Ich habe mit einigen der Frauen gesprochen, mit denen sich Fabrice vergnügt hat. Es läuft immer nach dem gleichen Schema ab. Der feine Herr hat seine ganz speziellen Vorlieben.«

»Die da wären?«

»Er wird dich bitten, ihn ans Bett zu fesseln. Und als gute Dienstleisterin wirst du ihm diesen Wunsch selbstverständlich erfüllen. Sobald du das erledigt hast, rufst du mich an.«

»Und dann?« Nicki flüsterte nur noch.

»Werde ich Fabrice Leclerq beibringen, wie sich eine böse Überraschung anfühlt.«

»Sie wollen ihn dort im Hotelzimmer töten?«, schrie Nicki außer sich vor Entsetzen. »Nein, das kann ich nicht. Ich mache da nicht mit!«

»Das heißt, du legst doch keinen Wert mehr auf das Geld?«

»Lieber verzichte ich darauf, als zuzusehen, wie Sie vor meinen Augen einen Menschen ermorden!«

»Du willst mich also im Stich lassen«, sagte Lorena in betrübtem Ton. »Nun, es ist deine Entscheidung. Du weißt selbst, wie ich auf Enttäuschungen reagiere.«

Ungläubig starrte Nicki sie an. »Drohen Sie mir etwa? Wenn Sie mich umbringen wollen, nur zu! Ich habe nichts zu verlieren, also probieren Sie es ruhig.«

»Nichts zu verlieren.« Lorena legte den Kopf schräg. »Bist du dir sicher? Ich hätte schwören können, dass du einen kleinen Sohn hast. Wie heißt er noch gleich … Jayden?«

»Sie sind komplett wahnsinnig.« Nicki war fassungslos. »Sie können Jayden nichts tun, Sie wissen nicht, wo er ist. Nicht einmal ich weiß das.«

»Vielleicht hast du recht«, sagte Lorena gleichmütig. »Vielleicht sieht er aber auch ungefähr so aus.«

Sie zog ein gefaltetes Foto aus der Tasche und reichte es Nicki. Am ganzen Körper zitternd betrachtete sie das Bild, das einen blonden Jungen zeigte, der mit einem roten Anorak und Jeans bekleidet auf einem Spielplatz stand. Das Foto war aus der Ferne aufgenommen, das Gesicht des Kleinen war nur ungenau zu erkennen. Konnte das ihr Sohn sein?

»Sie bluffen! Sie wissen genau, dass ich keine Ahnung habe, wie Jayden heute aussieht.«

»Möchtest du es darauf ankommen lassen?«

Nicki schossen die Tränen in die Augen. »Das ist unmenschlich! Wieso tun Sie mir das an?«

»Ach, Nicki«, antwortete Lorena mild. »Das Leben ist immer ein Geben und Nehmen. Du tust mir einen Gefallen und ich dir.«

65. Kapitel

Um kurz nach elf Uhr vormittags jagte Sandra den Wagen über die A40 Richtung Meschede. Zum Glück war die Straße so gut wie leer. Es war ein klarer, kalter Tag, und die Wintersonne glänzte auf der Motorhaube. Obwohl sie die Sitzheizung voll aufgedreht hatte, fror sie.

»Und du glaubst wirklich, dass Magdalena Adelsberg noch lebt?«, fragte Werner neben ihr auf dem Beifahrersitz.

»Es wäre immerhin möglich. Hanna kommt als Täterin nicht infrage. Und die Vergewaltiger ihrer Schwester zu jagen, wäre immerhin ein Motiv.«

»Wenn du recht hast, ziehe ich meinen Hut vor dir.«

Sandra verzog die Mundwinkel zu einem angedeuteten Lächeln.

Sie erreichten die Benediktinerabtei Königsmünster um kurz vor zwölf. Die Anlage wurde beherrscht von der riesigen, in rotem Klinkerstein gehaltenen Abteikirche, die von außen eher den Eindruck einer Festung als eines Gotteshauses vermittelte. Der Schaufel eines Räumpanzers gleich und nur von einigen winzigen Fenstern durchbrochen, ragte die dreieckige Fassade in den blauen Winterhimmel. Daneben erstreckten sich zweckmäßige vierstöckige Bauten, in denen sich die Wohn- und Wirtschaftsräume des Klosters befanden. Sie erkundigten sich an der Pforte nach der Stube von Altabt Alphons Stiegler. Wenige Minuten später klopften sie an seiner Tür.

Der Altabt war ein zerbrechlich wirkender alter

Mann in einer braunen Kutte, die von einer um die Taille gebundenen Kordel gehalten wurde. Die Jahrzehnte des Klosterlebens hatten seinen Rücken gebeugt, das Gesicht war von unzähligen Falten durchzogen. Obwohl er einen Kopf kleiner war als Sandra, ging eine natürliche Autorität von dem ehemaligen Klostervorsteher aus, wie sie allein Männer des Glaubens besaßen. Tiefe Ruhe sprach aus seiner Miene, einzig seine dunklen Augen versprühten einen hellwachen Glanz. Nachdem er sie hereingebeten und Sandra sie vorgestellt hatte, bot er ihnen Tee aus einer Thermoskanne an, den sie dankbar annahmen.

»Mein Kollege hat Ihnen sicher schon am Telefon gesagt, worum es geht«, begann Sandra. »Wir möchten Sie nach einer jungen Frau befragen, die früher häufig im Kloster in Haarzopf gewesen ist.«

Der alte Mann nickte bedächtig. »Magdalena Adelsberg. Ich habe nicht damit gerechnet, diesen Namen in meinem Leben noch einmal zu hören.«

»Sie erinnern sich also an Magdalena?«

»Wie könnte ich das nicht?« Die Miene des Abts wurde ernst. »Ich habe vor und nach ihr niemals wieder eine Person wie sie kennengelernt.«

»Was war so besonders an Magdalena Adelsberg?«

Der Altabt nahm einen Schluck Tee, bevor er weitersprach. »Magdalena war eine außerordentlich sensible junge Frau. Wie Sie vermutlich wissen, kam sie aus einer tiefreligiösen Familie. Ich kannte ihre Eltern gut. Ganz reizende, aufrichtige Leute. Ich weiß, dass sie von vielen als Sonderlinge abgetan wurden. Die Adelsbergs lebten ein einfaches, zurückgezogenes Leben. Das mag manchem merkwürdig vorgekommen sein, aber sie waren herzensgute Menschen.«

»Soweit wir wissen, war auch Magdalena sehr gläubig«, erwiderte Sandra.

Der Abt nickte. »Oh ja, das war sie. Zumindest als sie jünger war. Genau wie ihre Schwester wuchs sie im Schoße der Gemeinde auf. Die Eltern haben die Mädchen von Kindesbeinen an im christlichen Glauben erzogen. Ich habe die beiden getauft und auf ihrem Lebensweg begleitet. Doch als Magdalena älter wurde, änderten sich die Dinge.«

»Können Sie das näher erklären?«

»Wissen Sie, die Adelsbergs waren zwar sehr fromm, dennoch waren sie Menschen. Gute Katholiken, gewiss. Sie waren jedoch nicht blind für die Freuden und die Schönheit des Lebens. Hanna war ein sehr lebensfrohes Mädchen. In der Pubertät versuchte sie, gegen ihr Elternhaus zu rebellieren und sich abzugrenzen. Magdalena ließ das kaum zu. Sie war besessen von der Idee, ihre kleine Schwester vor der Welt zu beschützen. Von allem anderen zog sie sich mehr und mehr zurück. Das Einzige, was für sie von Belang gewesen ist, war das Gebet. Gott allein weiß, welche Dämonen sie damit auszutreiben versuchte. Ich habe oft stundenlange Gespräche mit ihr geführt, doch von Monat zu Monat wurde es schwieriger, an sie heranzukommen.«

»Wie meinen Sie das? Erfüllung im Glauben zu suchen, dürfte Ihnen ja nicht fremd sein.«

Der alte Mönch nickte bedächtig. Obwohl ihn das Sprechen anzustrengen schien, war jede seiner Bewegungen voller Würde. »Da haben Sie recht, aber Magdalena fand keine Erfüllung. Sie suchte und suchte – und verlor sich selbst.«

»Sie verlor sich selbst?«, wiederholte Werner.

»In den letzten Monaten vor ihrem Tod stellte Magdalena immer wieder die gleichen Fragen. Wie kann

Gott Ungerechtigkeit zulassen? Warum werden Sünder nicht bestraft?«

»Ist Fragenstellen nicht normal für eine junge Frau?«, fragte Werner.

»Vollkommen normal«, bestätigte der Abt. »Magdalena entfernte sich jedoch immer weiter von der Botschaft der Vergebung und Nächstenliebe. Ihre Moralvorstellungen waren gnadenlos, geradezu unmenschlich. Niemand hatte vor ihr Bestand. Bald sah sie nur noch Sünde auf der Welt. Ich bin mir sicher, dass die Enttäuschung über ihre Mutter den Ausschlag gegeben hat.«

Sandra runzelte die Stirn. »Wieso hatte sie Grund, enttäuscht zu sein?«

Der Geistliche atmete tief durch. »Wie ich schon sagte, war Frau Adelsberg eine fromme, liebenswerte Frau. Doch kein Mensch ist frei von Fehlern.«

»Was meinen Sie damit?«, hakte Sandra nach.

Der Abt räusperte sich. »Ich beantworte Ihnen diese Fragen bloß, weil ich Ihnen helfen möchte, Menschenleben zu retten.«

»Genau darum geht es«, bestätigte Sandra. »Jede Information kann dazu beitragen, weitere Todesfälle zu verhindern.«

»Gut. In diesem Fall erlaubt es mir mein Gewissen, das Beichtgeheimnis zu brechen.« Er schien sich innerlich zu wappnen. »Hanna, Magdalenas Schwester, war nicht die Tochter ihres Ehemanns.«

»Verstehe«, murmelte Sandra. »Magdalenas Mutter ist fremdgegangen, und Magdalena hat es herausgefunden.«

Der Abt nickte. »Das vermute ich. Ich habe es von ihrer Mutter während einer Beichte erfahren. Sie machte sich schreckliche Vorwürfe. Ich habe sie darin bestärkt, für ihre Kinder und ihren Mann da zu sein und ihr Geheimnis für sich zu bewahren. Sie war eine wunderbare Mutter und liebte ihre Familie über alles.«

»Wie konnte Magdalena von dem Seitensprung ihrer Mutter wissen?«, erkundigte sich Werner.

Stiegler zuckte mit den Schultern. »Ich weiß es nicht. Vielleicht hat sie Liebesbriefe ihrer Mutter gelesen. Jedenfalls nannte sie im letzten Jahr ihres jungen Lebens ihre Mutter ›Hure‹ und Schlimmeres. Sie hielt die Gemeinschaft der Gläubigen für einen Haufen bigotter Feiglinge. Von der Gemeinde hatte sie sich vollständig abgewendet.«

»Wie äußerte sich das?«, wollte Sandra wissen.

»Nun, sie erzählte mir häufig von einer Gruppierung, die sie als ›wahre Christen‹ bezeichnete. Offenbar hatte sie Kontakt zu einer freikirchlichen Gemeinde oder Sekte, radikalen Christen, die Ehebruch und Homosexualität als Todsünden ansehen und unsere Rechtsordnung für das Werk des Teufels halten. So etwas in der Art. Sie besuchte Gottesdienste und Treffen dieser Leute und hielt mir Vorträge, wenn wir uns sahen. Nur derjenige, der sich zu Gott bekenne und seine Gesetze achte, verdiene Gnade. Wer einmal vom rechten Weg abkehre, sei verloren und müsse aus der menschlichen Gemeinschaft ausgeschlossen werden. Krudes Zeug.«

Sandra nickte. »Ich verstehe.«

»Sie legte sogar den Namen ›Magdalena‹ ab, da die Figur Maria Magdalenas für sie gleichbedeutend war mit der fußwaschenden Sünderin. Eine Deutung, die in der Theologie zumindest umstritten ist.«

»Was meinen Sie damit, sie legte ihren Namen ab?«, hakte Sandra nach.

»In ihrer neuen Glaubensgemeinschaft ließ sie sich ›Lo-Ruhama‹ nennen.«

Sie schaute ihn fragend an.

»Eine alttestamentarische Figur, die Tochter des Propheten Hosea und einer Dirne. Der Name bedeutet übersetzt ›Sie findet kein Erbarmen‹.«

Sandra nickte. »Sie hat sich also selbst als das Kind einer Hure gesehen, weil ihre Mutter untreu gewesen ist.«

»Genau. Und sie war überzeugt, dass sie selbst nur Erlösung finden könnte, wenn sie voll und ganz nach ihren neuen radikalen Vorstellungen lebte. Ich habe dennoch stets versucht, den Kontakt zu ihr zu halten, da ich glaubte, als Einziger noch einen Rest Einfluss auf sie zu haben. Ihr Tod war ein Schock für mich.«

Lo-Ruhama. Lorena. Das konnte passen.

»Glauben Sie, dass Magdalena das Feuer in ihrem Elternhaus gelegt hat?«, fragte Sandra rundheraus.

»Schwer zu sagen. Magdalena hegte einen großen Groll gegen ihre Eltern, die sie in ihren Augen zeit ihres Lebens belogen hatten. Sie hat ihnen das sehr übel genommen. Magdalena war nicht mehr Herrin ihrer Sinne. Ich kann mir vorstellen, dass sie so sehr unter ihrem Leben gelitten hat, dass sie zu einer solchen Tat fähig war. Ich bete noch heute für sie.«

»Ich vermute, dass Magdalena noch leben könnte«, ließ Sandra die Katze aus dem Sack.

Die Miene des Abts verfinsterte sich.

»Es kann sein, dass ich mich irre …«, setzte sie eilig nach, aber der Abt hob die Hand, um ihr zu bedeuten, dass sie nicht weiterzusprechen brauchte.

»Vielleicht haben Sie recht«, flüsterte Alphons Stiegler.

»Warum sagen Sie das?«, fragte Sandra ungläubig.

»Ich hatte einige merkwürdige Erlebnisse nach dem Brand.«

»Inwiefern?«

»Wie ich schon sagte, Frau Kriminalhauptkommissarin, war Magdalena häufig bei uns im Kloster. Sie besuchte täglich unsere Büßerkapelle. Anfangs, um zu beten. Später, um allein zu sein. Selbst dann noch, als sie mit der Kirche bereits abgeschlossen hatte. Die Kapelle war ihr Rückzugsort, dort fühlte sie sich sicher, während sie sonst in der Welt nicht zurechtkam. Von meinem Büro aus konnte ich sie oft in die Kapelle gehen und erst Stunden später wieder herauskommen sehen. So war es auch am zwanzigsten Juni des Unglücksjahrs. Erst abends erfuhr ich, dass Magdalena am Vortag in den Flammen ums Leben gekommen war.«

»Haben Sie nie jemandem von Ihrer Beobachtung erzählt?«, fragte Werner.

Der Abt lächelte mild. »Nein. Ich war überzeugt, dass meine Augen mir einen Streich gespielt hatten. Die Kapelle stand ein ganzes Stück von meinem Fenster entfernt, und es war ein trüber Tag. Da kann man sich schon einmal irren. Die Toten sind tot, wissen Sie? Ich glaube nicht an Geister.«

Sandra nickte. »Sie sprachen von mehreren merkwürdigen Erlebnissen. Haben Sie Magdalena noch öfter gesehen?«

»Das nicht. Aber nachdem unser altes Kloster geschlossen worden war, bin ich noch häufig auf dem Gelände gewesen. Ich verbinde sehr viel mit diesem Ort. Das Kloster war mein Leben über so viele Jahre.« Einige Augenblicke lang schien der Abt in Erinnerungen zu schwelgen.

»Das Kloster wurde doch abgerissen«, warf Sandra ein.

»Die Wohngebäude und große Teile der Anlage, ja. Die Büßerkapelle steht dagegen noch, genau wie der hintere, ältere Teil des Klostergartens. Natürlich ist mittlerweile alles verfallen und von Unkraut überwuchert. Der Ort hat trotzdem immer noch seine Würde und diese stille Schönheit, die heiligen Stätten eigen ist.«

»Was haben Sie auf Ihren Spaziergängen dort Merkwürdiges gesehen?« Sandra richtete sich unwillkürlich auf.

»Gesehen habe ich gar nichts – aber ich habe sie gehört.«

»Sie meinen, Sie haben Magdalena gehört?«

Anstatt zu antworten, begann der Abt leise zu singen.

»Mariechen saß auf einem Stein,
Einem Stein, einem Stein.
Mariechen saß auf einem Stein,
Einem Stein.
Sie lockte sich ihr gold'nes Haar.
Und als sie damit fertig war,
Da fing sie zu weinen an.
Nun kam ihre Schwester her.
Mariechen, warum weinest du?
Ach, weil ich heute sterben muss.
Da kam der böse Rittersmann,
Er hatte in der Tasche drin
Ein großes scharfes Messer
Und stach's Mariechen in das Herz.
Da fiel sie hin zu Boden.
Da kamen zwei Bedienstete,
Die legten Mariechen in den Sarg.
Nun kamen ihre Eltern her.
Mariechen, warum blutest du?
Das war der böse Rittersmann.
Der Ritter ist ein Teufelein,
Mariechen ist ein Engelein
Und Gott konnt ihr nicht helfen.

Mariechen ist ein Engelein,
Und Gott konnt ihr nicht helfen.«

Mit angehaltenem Atem hatten Sandra und Werner dem alten Mann gelauscht. Als er geendet hatte, schwiegen sie.

»Was ist das für ein Lied?«, fragte Werner in die Stille hinein.

»*Mariechen saß auf einem Stein.* Ein altes Kinderlied. Magdalena hat es immer gesungen, schon als sie ganz klein war. Ich weiß nicht, wo sie es aufgeschnappt hatte. Ihr Vater hat den Mädchen verboten, es zu singen, weil er es für gotteslästerlich hielt. Der Text soll eigentlich eine Warnung vor dem schwarzen Mann sein. Ein ziemlich grausames altes Lied.«

»Und Sie haben Magdalena singen hören?«

»Ja, manchmal, wenn ich in der Nähe der alten Kapelle spazieren ging, meinte ich, sie zu hören. Ich habe geglaubt, dass ich langsam verrückt werde.«

Sandra schüttelte den Kopf. »Ich denke nicht, dass Sie verrückt sind, Vater. Wenn Magdalena tatsächlich noch am Leben ist, wird sie mit Sicherheit zu dieser Kapelle zurückkehren.«

Der Abt nickte. »Davon gehe ich aus.«

66. Kapitel

Nachdem Nicki schluchzend das schwarze Abendkostüm angezogen und sich geschminkt hatte, warf Lorena einen abschließenden prüfenden Blick auf ihr Aussehen.

»Sehr gut«, sagte sie zufrieden. »Du siehst großartig aus. Fabrice wird ganz verrückt nach dir sein.«

Nicki besah sich selbst in dem kleinen Spiegel. In der Tat passten die Bluse und der Blazer wie angegossen. Lorena überließ nichts dem Zufall.

»Aber jetzt müssen wir zusehen, dass wir loskommen«, fuhr die seltsame Frau fort. »Schließlich wollen wir vor Fabrice' Besuch da sein. Bist du bereit?«

Nicki nickte stumm. Sie war zu allem bereit. Hauptsache, dieser Albtraum hatte bald ein Ende.

Sie durchquerten den Hauptraum der Kirche und traten ins Freie. Draußen herrschte bereits völlige Dunkelheit, eisiger Schneeregen wehte Nicki ins Gesicht.

Lorena reichte ihr einen schwarzen Regenschirm. »Damit du dir nicht dein Outfit ruinierst.«

Sie spannte den Schirm auf und folgte Lorena vorsichtig über den unebenen Untergrund. Mit ihren hochhackigen Schuhen kam sie nur langsam voran. Bei jedem Schritt achtete sie darauf, nicht umzuknicken. Plötzlich war in der Ferne das Motorgeräusch eines Fahrzeugs zu hören. Sofort blieb Lorena wie angewurzelt stehen.

»Was ist?«, flüsterte Nicki.

»Da ist jemand auf dem Parkplatz«, zischte Lorena.

»Ja und?«

»Normalerweise kommt nie jemand her. Schon gar nicht um diese Uhrzeit.«

»Und was bedeutet das jetzt?«

»Das bedeutet, dass du mir folgst und den Mund hältst. Ich kenne mich auf diesem Gelände besser aus als irgendjemand sonst.«

67. Kapitel

Die Sonne ging bereits unter, während Sandra und Werner über die Autobahn zurück nach Essen rasten. Der Nachmittag hatte einen erneuten Wetterwechsel gebracht. Schwarze Wolken verfinsterten den Himmel, und schwere Regentropfen prasselten auf die Windschutzscheibe. Sandra trat das Gaspedal des BMW fast durchs Bodenblech, während Werner neben ihr unaufhörlich telefonierte, um die Abriegelung des ehemaligen Klostergeländes zu organisieren. Wenn es sich bei der geheimnisvollen Lorena um die angeblich verstorbene Magdalena Adelsberg handelte, war es nicht unwahrscheinlich, dass sie sich in den ungenutzten Gebäuden aufhielt. Doch ehe Sondereinheiten der Polizei das Gebiet durchkämmten und die Gesuchte womöglich aufschreckten, wollte sich Sandra persönlich vor Ort umsehen. Erst als die Sicherung der Umgebung veranlasst war, riefen sie Ronny an.

»Ihr wollt eine Ruine stürmen, um einen Geist zu jagen?«, fragte Ronny verständnislos aus der Freisprechanlage.

»Magdalena Adelsbergs Leiche wurde nie eindeutig identifiziert. Außerdem war sie nur Hannas Halbschwester, was den DNA-Code erklärt. Bis zum Beweis des Gegenteils gehe ich davon aus, dass sie noch lebt und sich an den Vergewaltigern ihrer Schwester rächt. Und in diesem Fall ist das Kloster der einzige Ort, von dem wir wissen, dass sie sich dort regelmäßig aufhielt. Hast du etwas über Leclerq rausgefunden?«

»Fabrice Leclerq ist CEO einer Softwarefirma in Brüssel. Er ist in Belgien geboren und aufgewachsen, hat jedoch einen Teil seines BWL-Studiums in Bochum absolviert. Schon möglich, dass er in den Neunzigern in Essen verkehrte. Viele seiner Kunden sitzen jedenfalls im Ruhrgebiet. Insgesamt scheint der Mann ziemlich gut vernetzt zu sein. Seine Firma unterhält Geschäftsbeziehungen in ganz Europa.«

»Hast du mit ihm sprechen können, Ronny?«, fragte Sandra weiter.

»Nein, in der Firma ist sonntags natürlich keiner zu erreichen, und eine private Handynummer war bisher nicht rauszukriegen. In seinem Wohnhaus geht er nicht dran. Aber ich kann ihn ja schlecht zur Fahndung ausschreiben, nur weil er vor fünfundzwanzig Jahren mal mit einem Mädchen gesprochen hat.«

»Vermutlich erinnert er sich sowieso nicht mehr an den Abend«, brummte Sandra. »Wann kannst du am Kloster sein, Ronny? Laut Navi brauchen wir noch zehn Minuten.«

»Dann gebt mal Gas. Ich sehe das Gebäude schon vor mir.«

Ronny hatte mal wieder maßlos übertrieben, denn sie erreichten den Klosterparkplatz gleichzeitig mit ihm. Er bremste mit quietschenden Reifen und sprang aus dem silbernen Ford der Fahrbereitschaft. Sandra verdrehte die Augen und stieg aus.

»Ich hab doch gesagt, ich bin vor euch da«, feixte Ronny.

Nach einer kurzen Lagebesprechung machten sich Sandra und Ronny auf, das Gelände zu erkunden. Werner blieb am Wagen. Zwar legte Sandra keinen gesteigerten Wert darauf, mit Ronny im Dunkeln durchs Unterholz zu stapfen, aber sie sah ein, dass Werner nicht mehr der richtige Mann für derartige Unternehmungen war. Den Kegeln ihrer Stabtaschenlampen folgend, drangen sie auf das Gelände des alten Klosters vor. Das Gras reichte Sandra bis über die Knie, bei jedem Schritt knackte morsches Holz unter ihren Sohlen. Hier und da verlegten umgestürzte Bäume den Weg. Sie hatten sich zuvor online über den Grundriss der Klosteranlage informiert. Wenn sie sich vom Parkplatz aus rechts hielten und der teilweise eingerissenen Begrenzungsmauer folgten, mussten sie geradewegs auf die kleine Kirche stoßen, in der sich Magdalena so häufig aufgehalten hatte.

Als das Licht ihrer Taschenlampe einen gemauerten Torbogen traf, schnalzte Sandra mit der Zunge. Er markierte den Beginn des Wegs, an dessen Ende sie die Silhouette der in die Jahre gekommenen Büßerkapelle erkannte. Die Pflastersteine waren über und über mit Moos bedeckt. Sandra setzte bedächtig einen Fuß vor den anderen, um nicht auszurutschen.

Der Wind ließ die eisenbeschlagene Holztür der Kapelle in den Angeln quietschen. Sandra vergewisserte sich, dass Ronny hinter ihr war, und bedeutete ihm mit einer Handbewegung, die Taschenlampe auszuschalten. Einige Sekunden lang lauschten sie in die Dunkelheit hinein. Nichts regte sich im Inneren der Kapelle.

»Ich sagte ja, hier ist keiner«, zischte Ronny.

»Pst!«

Sandra schaltete ihre Taschenlampe wieder ein und leuchtete in das Gotteshaus hinein. Sie erkannte vier Reihen hölzerner Kirchenbänke rechts und links des Mittelgangs. Durch die geborstenen Scheiben waren Äste und Laub auf den Steinfußboden geweht. Eine zerbeulte Coladose lag neben einem umgestürzten gusseisernen Kerzenleuchter. Nur das Pfeifen des Windes und der gleichmäßig rauschende Regen störten die andächtige Ruhe des verlassenen Ortes. Mit einer raschen Bewegung glitt sie durch den Türspalt und ging zügig zum Kopfende der Kapelle. Ronny folgte ihr hinein, blieb jedoch an der Tür stehen. Zwei Stufen führten zu einem niedrigen, schlichten Steinaltar. Sandra legte die Hand an die Waffe, als sie um den Altar lief. Vermutlich war es naiv zu glauben, dass sich Magdalena Adelsberg ausgerechnet hier versteckte. Verdammt, wahrscheinlich hatte Ronny ohnehin recht, und Magdalena war genauso mausetot, wie es seit fünfundzwanzig Jahren in den Akten stand.

Der Raum hinter dem Altar war leer, nichts deutete darauf hin, dass sich darin vor Kurzem jemand aufgehalten hatte. Mit dem Lichtkegel der Taschenlampe suchte Sandra die Wände ab und stutzte. Sie winkte Ronny heran und deutete auf die Mauer zu ihrer Linken. Dort führte eine niedrige Holztür in einen weiteren Raum. Schweigend traten sie näher. Auf Sandras Nicken hin tippte Ronny die Tür mit der Schuhspitze auf.

Sandra stieß einen überraschten Schrei aus und hätte beinahe die Taschenlampe fallen lassen, als der Kegel die gelbe Felljacke traf. Sofort zogen sie die Waffen und suchten den winzigen Raum ab. Doch keine Menschenseele hielt sich darin auf. Gemeinsam starrten sie das pelzige Kleidungsstück auf dem Boden an.

»Fuck!«, keuchte Ronny und steckte seine Pistole zurück ins Holster.

Sandra ließ die Augen noch einmal in Ruhe durch das Zimmer wandern. Ein Tisch, ein Stuhl, eine Matratze auf dem Boden. Neben dem Waschbecken an der Wand standen einige Kosmetikartikel. Irgendjemand hauste hier. Sie ging in die Knie und hob Vanessa Hüssmanns Jacke auf. Darunter lagen eine Jeans und weiße Sneakers.

»Was hat das zu bedeuten?«, fragte Ronny in ihrem Rücken.

»Das heißt, dass ich recht habe. Magdalena Adelsberg lebt – und sie hat Vanessa Hüssmann in ihrer Gewalt.«

»Das gibt's doch nicht …«, flüsterte Ronny entgeistert.

Sie wandte den Kopf und sah ihn an dem niedrigen Schreibtisch stehen. Er schien etwas zu betrachten. Stirnrunzelnd richtete sie sich auf und schaute ihm über die Schulter.

»Wer soll das sein?«, fragte sie und deutete auf die Broschüre in seiner Hand.

Das Foto darauf zeigte einen glatzköpfigen, pausbäckigen Mann, der feist in die Kamera grinste.

»Das ist Fabrice Leclerq«, antwortete Ronny.

»Bist du dir sicher?«

»Steht da.« Er legte den Finger unter die Bildunterschrift. »*Doktor Fabrice Leclerq, CEO* Versasoft Inc.«

»Zeig mal her.« Sandra nahm ihm das Blatt ab.

»*Mastering the Age of Artificial Intelligence*«, las sie vor. »Eine Fortbildung oder so was, Leclerq ist einer der Referenten.« Sie wendete den Flyer. »*Atlantic* Hotel Essen.«

Laut Datum an diesem Wochenende. Sie sah Ronny in die Augen. Sie mussten Fabrice Leclerq finden, bevor Magdalena Adelsberg es tat.

68. Kapitel

Auf dem Parkplatz vor dem *Atlantic* herrschte reger Betrieb. Das Hotel lag direkt neben der Grugahalle, der größten Mehrzweckhalle der Region, und am Eingang zum Messegelände. In der Halle stand heute eine Comedyveranstaltung auf dem Programm. Daher stauten sich auf der Alfredstraße die Autos. In dem Hotel fand neben dem Symposium, bei dem Leclerq auftrat, noch ein Meeting der Pharmaindustrie statt. Permanent fuhren Wagen vor. Männer und Frauen in dunklen Anzügen und Kostümen stiegen aus und ein. Dazwischen Restaurantgäste, Paare und Gruppen, gelegentlich einzelne Männer. Nicki hielt sich seitlich des Eingangs und beobachtete das Treiben aus sicherer Distanz. Es war schwierig, den Überblick zu behalten, wenn Lorena jedoch recht hatte, musste die Person, auf die sie wartete, irgendwann auftauchen.

Mit einem Mal entdeckte sie eine hochgewachsene Brünette, die in einem schwarzen Kleid und hochhackigen Schuhen den Gehweg vor dem Hotel entlangstöckelte. Auf den ersten Blick unterschied sie sich nicht von den anderen Frauen, die im *Atlantic* ein und aus gingen. Aber Nicki hatte lange genug im Milieu gearbeitet, um ihresgleichen zu erkennen. Es waren die Details, die ihr verrieten, dass sie richtiglag. Der unterkühlte Blick, die Brille mit Fenstergläsern, der schnelle, zielstrebige Schritt. Nein, diese Frau war keine Industriellengattin oder Firmenangestellte. Nicki wartete, bis die Unbekannte an ihr vorbeilief.

»Hey, warte mal kurz!«

Die Frau reagierte nicht.

»Du willst zu Leclerq, oder?«

Die Brünette blieb abrupt stehen, wandte den Kopf und funkelte sie aus zu Schlitzen verengten Augen an. »Was willst du?«

»Ich will dir einen Deal anbieten.«

»Du?«, lachte die Prostituierte verächtlich und sah den Gehweg hinunter. »Da bin ich ja mal gespannt. Was soll das für ein Deal sein?«

»Du sagst mir, wie viel du für den Job kassierst. Ich zahl dir das Doppelte, und du überlässt mir den Kunden.«

»Hältst du mich für bescheuert? Warum solltest du das machen?«

»Ich habe meine Gründe. Also, was kriegst du für die Nacht?«

Noch einmal sah sich die Frau um. »Tausendzweihundertfünfzig«, antwortete sie kalt lächelnd.

Natürlich war das gelogen. Leclerq zahlte nie im Leben mehr als siebenhundert Euro für die Nacht, doch Nicki zuckte nur mit den Schultern. »Alles klar, zweitausendfünfhundert und Leclerq gehört mir.« Ohne eine Antwort abzuwarten, griff sie in die Innentasche ihres Jacketts und zählte fünf Fünfhunderteuroscheine ab, die sie der Fremden in die Hand drückte.

Hastig steckte die das Geld weg. »Und du meinst, der Typ checkt nicht, dass er 'ne andere Nutte gebucht hat?«

Nicki lächelte. »Ich verspreche dir, er wird sich nicht beschweren. Wo finde ich ihn?«

»Zimmer dreihundertsiebzehn«, zischte die Braunhaarige. »Wir sind uns nie begegnet!«

Nicki wandte sich ab und betrat das Hotel durch die elektrische Drehtür. Mit langen Schritten durchquerte sie die Eingangshalle und lächelte dem Mann an der Rezeption im Vorbeigehen freundlich zu. Sie stieg mit einer Traube von Hotelgästen in den Fahrstuhl und fuhr in die dritte Etage. Dort tippte sie eine Nachricht an Lorena ins Handy und wartete, bis ein Paar, das ebenfalls ausgestiegen war, in seinem Zimmer verschwunden war. Dann zupfte sie noch einmal ihre Kleidung zurecht und klopfte an der Tür von Nummer 317.

Es dauerte einen Moment, bis die Tür geöffnet wurde und Fabrice Leclerq im Rahmen erschien. Er war größer, als Nicki ihn sich vorgestellt hatte, sah ansonsten jedoch genauso aus wie auf dem Foto: talgige Haut und ein Doppelkinn, das direkt in seinen kurzen, breiten Hals überzugehen schien. Die hellblonden, kurz geschnittenen Haare ließen ihn noch blasser wirken.

Als er Nicki erblickte, zog er die Brauen zusammen und fuhr sie barsch an. »Du bist nicht das Mädchen, das ich bestellt habe!«

»Milena ging es nicht gut«, säuselte Nicki und strich sich durchs Haar. »Aber ich werde alles tun, um Ihre Wünsche zu erfüllen.«

»Schwachsinn! Das hätte man mir ja auch am Telefon sagen können. Wahrscheinlich haben sie die Nutte wieder doppelt vermietet, und sie ist nicht rechtzeitig fertig geworden.«

»Davon weiß ich nichts«, erwiderte Nicki und setzte eine Unschuldsmiene auf. »Darf ich trotzdem reinkommen?«

Mit einer abschätzigen Geste winkte Leclerq sie herein und schloss die Tür. Die Suite war riesig. Neben dem Kingsizebett und einer Sitzgruppe mit drei Sesseln hatten darin ein Schreibtisch sowie eine Couch Platz. Eine Tür auf der linken Seite führte ins Bad. Aus der Stereoanlage auf dem Sideboard tönte leise Housemusik. Nicki legte den Mantel ab und warf ihn über einen der Sessel. Es war ungewohnt, in so einer Umgebung zu arbeiten. Während ihrer Jahre als Prostituierte hatte sie sich die meiste Zeit in Autos am Straßenrand oder auf durchgelegenen Bordellbetten um ihre Freier gekümmert. Einen gut situierten Mann in einer Luxussuite zu besuchen, war eine neue Erfahrung für sie.

Leclerq schenkte sich einen Kognak aus der Minibar ein und ließ sich auf dem Sofa nieder. »Dann lass doch mal sehen, was du zu bieten hast.«

69. Kapitel

Es war kurz nach zehn Uhr nachts, als Sandra mit Ronny in der Tiefgarage des *Atlantic* Hotel aus dem BMW stieg. Zwei Mannschaftswagen des Spezialeinsatzkommandos waren ebenfalls bereits vor Ort. Sandra begrüßte den Leiter des SEK, der im Gespräch mit dem Hotelmanager war.

»Es gibt ein separates Fluchttreppenhaus, über das wir in die dritte Etage gelangen. Mit dieser Karte lässt sich die Zimmertür öffnen. Der Aufzug wird in dieser Minute außer Betrieb genommen und das öffentliche Treppenhaus gesperrt«, brachte er Sandra auf den aktuellen Stand.

»Was ist mit den Gästen in den anderen Zimmern?«

»Sobald wir oben sind, werden zwei Kollegen abgestellt, die jeden, der sein Zimmer verlassen will, zurückschicken.« Sandra nickte zufrieden. Es war von höchster Wichtigkeit, dass sie Leclerqs Suite erreichten, ohne den Hotelbetrieb zu stören. Ein Aufmarsch schwer bewaffneter Polizeibeamter würde eine Menge Unruhe erzeugen. Sie mussten davon ausgehen, dass Lorena bewaffnet und bereit war zu töten. Wenn sie tatsächlich vor Ort war, konnte ein unbedachtes Vorgehen für jeden, der sich in ihrer Nähe aufhielt, tödlich enden – die Beamten eingeschlossen.

»Sind Sie sich sicher, dass Sie mit raufgehen wollen?«, fragte der SEK-Leiter. »Wir haben keine Ahnung, was uns da oben erwartet.«

»Und genau deswegen komme ich mit.«

70. Kapitel

Nicki setzte ihr professionelles Hurenlächeln auf und drehte die Musik lauter. Sie zwinkerte Leclerq zu und stellte ihre Handtasche auf einem niedrigen Glastisch ab. Mit einer blitzschnellen Bewegung fischte sie das Handy, das Lorena ihr gegeben hatte, aus der Tasche und startete die Videoaufnahme. Ohne Leclerq aus den Augen zu lassen, lehnte sie es so an die Handtasche, dass die Kameralinse aufs Bett gerichtet war. Sie hoffte, dass es für den Angetrunkenen so aussah, als stellte sie das Mobiltelefon auf »lautlos«, um sich ganz und gar ihrem Kunden widmen zu können.

Während sie anfing, sich rhythmisch zum Beat zu wiegen, fühlte sie sich langsam ein wenig sicherer. Auf ihre Wirkung auf Männer hatte sie sich bisher immer verlassen können. Mit schweißnassen Fingern begann sie, die Jacke ihres Kostüms aufzuknöpfen. Das Herz schlug ihr bis zum Hals. Sie glaubte, Leclerq müsste ihr jeden Moment ansehen, was sie vorhatte. Doch der dicke Mann lehnte sich genüsslich zurück und nippte an seinem Glas, während Nicki auch die knappe weiße Bluse und ihren Rock ablegte.

Ihr Körper bewegte sich wie ferngesteuert. Sie hatte jahrelang in den Separees schäbiger Bars für betrunkene Typen getanzt. Ohne nachzudenken, spulte sie das tausendfach geübte Programm ab. Ließ die Hüfte kreisen, entblößte mit jedem weiteren Kleidungsstück ein wenig mehr von ihrem Tattoo. Fuhr sich durch die Haare und leckte sich über die Lippen, ließ die Hand in ihren Slip gleiten und saugte danach an ihrem Mittelfinger, während sie Leclerq tief in die Augen schaute. Zufrieden registrierte Nicki, wie der Fettsack sie mit halb offenem Mund anglotzte, den Blick von Suff und Geilheit vernebelt. Nein, das Ekelpaket würde gewiss nicht misstrauisch werden.

Nicki wandte ihm den Rücken zu, beugte sich nach vorne und ließ langsam ihren Stringtanga fallen. Schon spürte sie seine Hand auf ihrem Hintern. Jetzt musste sie den Kerl nur noch anketten. Mit einer geschmeidigen Bewegung schwang sie sich auf seinen Schoß und knöpfte sein Hemd auf. Sie ignorierte die kaltschweißige blasse Wampe, die zum Vorschein kam, und ließ sich vor Leclerq auf den Teppich gleiten. Mit beiden Händen knetete sie die Beule in seiner Hose und öffnete den Reißverschluss. Der Fette schloss die Augen und grunzte vor Lust, doch anstatt ihn weiter zu verwöhnen, stand Nicki auf und nahm seine Hand.

»Komm mit«, hauchte sie ihm ins Ohr.

Gehorsam stand Leclerq auf und ließ sich von ihr zum Bett führen.

»Leg dich hin!«, befahl sie mit sanfter Strenge.

»Nein, du legst dich hin«, erwiderte Leclerq schroff.

Nickis Herz setzte einen Schlag aus. Überraschungen waren in ihrem Plan nicht vorgesehen. Sie ließ sich jedoch nichts anmerken.

»Du zuerst«, erwiderte sie augenzwinkernd und deutete auf die Matratze.

Die Ohrfeige knallte wie ein Peitschenhieb. Mit einem entsetzten Aufschrei stürzte Nicki vor dem Bett zu Boden und stieß mit dem Kopf gegen den Nachttisch. Ehe sie begriff, was geschehen war, hatte Leclerq sie bereits gepackt und aufs Bett geworfen. Starr vor Schreck spürte sie, wie sich die Handschellen um ihr linkes Gelenk schlossen. Das andere Ende der stählernen Fessel befestigte er an der Leselampe, die aus dem Kopfteil des Bettes ragte. Nicki hatte die Konstruktion beim Betreten der Suite gescannt und wusste, dass die Stange und der Lampenschirm aus Messing stabil waren. Schon war der Fettsack über ihr und hielt auch ihren rechten Arm umklammert.

Sie schüttelte ihre Schockstarre ab. Das war nicht das erste Mal, dass ein Freier über die Stränge schlug, und sie hatte gelernt, sich in derartigen Situationen zu verteidigen. Als Leclerqs Gesicht dicht vor ihrem war, holte sie mit dem Kopf aus und donnerte ihm die Stirn auf die Nasenwurzel. Sofort schoss dem Glatzkopf das Blut aus den Nasenlöchern. Er holte fluchend zum Schlag aus, aber Nicki war schneller und rammte ihm Zeige- und Mittelfinger der freien Hand in die Augen. Leclerq brüllte vor Schmerz und wälzte sich von ihr herunter. Beide Hände aufs Gesicht gepresst, kauerte er jammernd und weinend neben ihr auf dem Bett.

Jetzt hieß es, keine Zeit zu verlieren! Blitzschnell glitt Nicki von der Matratze. Die linke Hand immer noch an die Leselampe gekettet, angelte sie nach ihrer Tasche auf dem Glastisch. Sie musste sich strecken, um sie auch nur mit den Fingerspitzen zu berühren. Wütend riss sie an ihrer Fessel, doch die Lampe gab nicht nach. Leclerqs Stöhnen wurde lauter, langsam schien er wieder zur Besinnung zu kommen. Nicht mehr lange, und er würde in der Lage sein, sie erneut anzugreifen.

Endlich gelang es ihr, die Tasche zu sich herüberzuziehen. Mit zittrigen Fingern beendete sie die Videoaufnahme und wählte Lorenas Nummer.

»Du blöde Nutte!« Leclerq schnaufte in ihrem Rücken.

Erschrocken wandte sich Nicki um. Er hatte sich erhoben und taumelte nun auf dem Bett stehend auf sie zu.

»Ich bring dich um, das schwöre ich dir!« Aus seiner Nase rann das Blut in dicken Fäden auf den käsigen Bauch.

Fieberhaft suchte Nicki nach einem Ausweg, als sie das Surren des Türschlosses hörte. Leclerq schien keine Notiz von dem unerwarteten Besuch zu nehmen. Das Gesicht zu einer Fratze aus Schmerz und Hass verzerrt, wankte er vor und zurück.

»Fabrice! Wie schön, dich wiederzusehen.«

Erschrocken hob der dicke Mann den Blick.

Lorena stand reglos und mit vor dem Schoß gefalteten Händen da. In ihrem langen braunen Mantel und mit einem seligen Lächeln auf den Lippen wirkte sie wie eine fremdartige Erscheinung inmitten des blutigen Chaos in der Suite.

»Wer sind Sie?«, brüllte Leclerq. »Verlassen Sie sofort mein Zimmer!«

»Denk noch einmal nach, Fabrice. Wenn du dich nicht an mich erinnerst, dann vielleicht an meine Schwester. Ich gebe zu, ich habe mich etwas verändert seitdem. Aber du hast auch ein wenig zugenommen.«

»Ich habe keine Ahnung, wovon Sie reden oder wer Sie sind. Und jetzt raus!«

»Dann werde ich deine Erinnerung ein wenig auffrischen«, sagte Lorena seelenruhig.

Leclerq fuchtelte wild mit den Händen in der Luft herum. »Ihr seid alle komplett wahnsinnig. Verpisst euch, beide! Oder ich hole die Polizei!«

»Ich bezweifle, dass die rechtzeitig hier sein wird, um dir zu helfen«, erwiderte Lorena lächelnd und zog ein großes, glänzendes Messer unter ihrem Mantel hervor.

Langsam einen Schritt vor den anderen setzend, näherte sie sich dem Bett.

»Was …? Nein, stopp!«, stammelte Leclerq.

Ohne Lorena aus den Augen zu lassen, wich er rückwärts über die Matratze zurück. Nicki hielt den Atem an und beobachtete neben dem Bett kauernd, wie der halb nackte Fettwanst dem Fußende immer näher kam. Ängstlich blickte sie zwischen Lorena und Leclerq hin und her, doch keiner von beiden hatte Augen für sie. Gerade setzte Leclerq erneut den Fuß nach hinten, trat auf den Rand des Unterbetts und verlor das Gleichgewicht. Einen Moment lang schien er mit den Armen rudernd in der Luft zu stehen, ehe er mit einem dumpfen Schlag zu Boden ging. Während er sich benommen den Kopf hielt, begann Lorena leise zu singen.

>*Mariechen saß auf einem Stein,*
Einem Stein, einem Stein.
Mariechen saß auf einem Stein,
Einem Stein.«

Provozierend langsam schlenderte sie um das Bett herum und wiegte das Messer in ihrer Hand, bis sie neben dem am Boden liegenden Mann zum Stehen kam.

>*Sie lockte sich ihr gold'nes Haar,*
Und als sie damit fertig war,
Da fing sie zu weinen an.
Nun kam ihre Schwester her.
Mariechen, warum weinest du?
Ach, weil ich heute sterben muss.«

Mühsam kämpfte sich Leclerq auf alle viere und zog sich am Bett hoch.

»Da kam der böse Rittersmann,
Er hatte in der Tasche drin
Ein großes scharfes Messer ...«

Mit letzter Kraft gelang es dem Mann, sich ans Bett ge-
klammert aufzurichten. Aus vor Entsetzen geweiteten
Augen starrte er auf das Messer in Lorenas Hand.

»Und stach's Mariechen in das Herz ...«

71. Kapitel

Sandra legte den Zeigefinger an die Lippen und deutete auf die Zimmertür. Ronny neben ihr lauschte ebenso angestrengt wie sie. Sandra bemühte sich, die Stimmen einzuordnen, die aus Zimmer 317 zu ihnen auf den Gang drangen. Auch wenn sie kein Wort verstand, glaubte sie, eine Frauenstimme zu erkennen. Fabrice Leclerq war also nicht allein. Mit einer Handbewegung bedeutete sie den SEK-Beamten, vorzutreten. Wenn Lorena im Zimmer war, war es besser, vorbereitet zu sein. Sie hob die Hand, um ein Kommando zu geben, verharrte jedoch in der Bewegung, als von innen erneut die Frauenstimme erklang. Wieder versuchte sie zu verstehen, was die Frau sagte. Aber die Frau sagte nichts – sie sang!

»Aufmachen!«, befahl Sandra und zog ihre Waffe.

Wie ein Stromschlag schoss das Adrenalin durch ihren Körper. Schon hielt der Beamte in voller Schutzmontur neben ihr die Karte vor das Schloss. Lautlos schwang die Tür auf. Sofort stürmten drei SEK-Männer in den Raum und sicherten zu allen Seiten. Auch Sandra trat mit vorgehaltener Waffe über die Schwelle.

Binnen Sekundenbruchteilen erfasste sie die Situation. Fabrice Leclerq stand blutüberströmt und nur mit einer Hose bekleidet am Fußende des Bettes. Davor hockte, mit dem linken Arm an den Bettpfosten gekettet, Vanessa Hüssmann nackt auf dem Boden. Leclerq gegenüber stand eine Frau mit einem großen, glänzenden Kampfmesser in der Hand. Sie trug einen altmodischen braunen Wollmantel, die Haare waren zu einem Dutt gebunden.

Magdalena Adelsberg!

Alle drei waren in ihren Bewegungen erstarrt und blickten erschrocken zu ihnen herüber.

»Niemand bewegt sich! Polizei!«, bellte Sandra.

»Retten Sie mich vor diesen Verrückten!«, rief Leclerq und taumelte mit erhobenen Händen auf die Beamten zu.

»Keine Bewegung!«, brüllte ein SEK-Mann und richtete seine halb automatische Waffe auf ihn.

Wie vom Schlag getroffen, blieb Leclerq stehen. Nur der rote Lichtpunkt des Laservisiers tanzte auf seiner Stirn.

Aus dem Augenwinkel registrierte Sandra eine Bewegung. »Sie bleiben genau da, wo Sie sind. Hände über den Kopf!«, befahl sie der Frau mit dem Wollmantel.

Ehe sie begriff, was geschah, hatte die sich hinter Vanessa Hüssmann geduckt und hielt ihr das Messer an den Hals.

»Lassen Sie Ihre Waffen fallen, oder ich schneide ihr die Kehle durch!«, drohte Magdalena Adelsberg mit ruhiger, fester Stimme. Wie um ihrer Forderung Nachdruck zu verleihen, presste sie die Klinge noch fester in die Haut ihrer Geisel.

Sandra registrierte, wie die Beamten links und rechts neben ihr mit den Waffen im Anschlag nach einer geeigneten Schussposition suchten, Lorena bot hinter ihrem menschlichen Schutzschild jedoch keinerlei Angriffsfläche.

»Lassen Sie die Waffen fallen!«, wiederholte Lorena lauter.

Schon ritzte das Messer Vanessa Hüssmanns Hals auf, und erste Blutstropfen traten hervor. Sandra suchte den Blick der jungen Frau, um sie zu beruhigen. Jede unbedachte Bewegung konnte tödlich sein. Aus ihren Augen sprach die blanke Angst, doch sie verhielt sich ruhig.

»Ich werde meine Waffe wegstecken«, ergriff Sandra das Wort und ließ die Pistole langsam sinken. »Aber meine Kollegen werden es nicht tun. Ich möchte trotzdem mit Ihnen reden, Magdalena.«

Als die Frau den Namen hörte, zuckte sie zusammen, und ein Ausdruck der Verwirrung huschte über ihr Gesicht. Für einen Moment schien sich ihr Griff zu lockern, bereits im nächsten Moment hatte sie ihre Fassung zurückgewonnen.

»Ich will nicht reden, ich will, dass Sie die Waffen fallen lassen!«, entgegnete Magdalena Adelsberg gereizt.

Sandra steckte ihre Pistole in das Holster und ging einen Schritt auf die Frau zu. Ronny neben ihr nahm einen tiefen Atemzug und packte seine Waffe fester. Sandras Puls raste. Jeder Muskel in ihrem Körper war bis zum Äußersten gespannt.

»Und ich möchte, dass Sie mir für einen Moment zuhören, Magdalena«, erwiderte sie sanft. »Ich weiß, was Ihrer Schwester in der Nacht vom sechzehnten Juni vor sechsundzwanzig Jahren widerfahren ist.«

»Sie wissen überhaupt nichts! Magdalena ist tot!«, schrie Lorena außer sich vor Wut.

Sandra schüttelte den Kopf. »Nein, Magdalena ist nicht tot. Sie sind Magdalena Adelsberg. Sie haben in jener Nacht gesehen, wie Dirk Lettorf, Stefan Setzner und Martin Hofmeister Ihre Schwester vergewaltigt haben. Deswegen haben Sie Lettorf und Hofmeister getötet. Und jetzt haben Sie noch eine Rechnung mit Fabrice Leclerq offen.«

Lorena schossen die Tränen in die Augen. »Wovon

reden Sie da? Sie haben mich alle betrogen. Martin hat mir vorgespielt, er wäre an mir interessiert, nur um an Hanna heranzukommen.« Ihre Stimme drohte zu brechen. »Sie haben mir meine Schwester genommen. Diese ehrlose Hure hat für sie alle die Beine breitgemacht. Und zwei Tage später für Fabrice!«

»Ihre Schwester wurde vergewaltigt, Magdalena«, sagte Sandra ruhig.

»Das ist eine Lüge!«, schrie Lorena. »Davon hätte sie mir erzählt. Aber sie hat sich eingeschlossen und versteckt. Sie hat mich betrogen.«

»Weil sie sich geschämt hat«, sprach Sandra weiter. »Und aus Angst, weil ihre Peiniger sie bedroht haben.«

Lorena schwieg, ihr Griff um Nickis Hals lockerte sich jedoch etwas.

»Sie waren von Ihrer Schwester enttäuscht«, fuhr Sandra fort. »Als Sie Hanna mit Fabrice Leclerq sahen, dachten Sie, dass sie sich auch mit ihm eingelassen hätte. Deshalb haben Sie das Haus angezündet, Magdalena. Ihre kleine Schwester Hanna wurde im Schlaf von den Flammen überrascht. Sie hatte keine Chance. Genau wie Ihre Eltern.«

»Sie lügen …«, schluchzte Magdalena Adelsberg. Langsam ließ sie das Messer sinken. »Sie lügen!«

»Sie wissen, dass ich die Wahrheit sage. Sie haben Hanna und Ihre Eltern getötet. Sie haben das Feuer in Ihrem Elternhaus gelegt. Deshalb haben Sie auch überlebt. Und jetzt jagen Sie all die Menschen, denen Sie die Schuld am Tod Ihrer Familie geben.«

»Sie haben es verdient …«, sagte Magdalena Adelsberg leise.

»Das haben Sie nicht zu entscheiden. Sie können die Vergangenheit nicht ungeschehen machen. Ihre Schwester wird nicht wieder lebendig, egal wie viele Menschen

Sie umbringen. Hören Sie auf, vor Ihrem Leben davon-zurennen, Magdalena. Sehen Sie der Wahrheit ins Gesicht. Und lassen Sie Nicki frei, sie ist unschuldig.«

»Nein, ist sie nicht«, entgegnete sie kraftlos. »Sie hat mich verraten. Wie sie mich alle verraten haben.«

»Sie sollten ihr dankbar dafür sein. Nicki hat Sie davor bewahrt, noch mehr Menschen zu töten. Geben Sie sie frei, und ergeben Sie sich. Sie haben keine andere Wahl.«

Endlich ließ Magdalena Adelsberg vollends von Vanessa Hüssmann ab. Mit der Aufdeckung ihrer Lebens-lüge schien alle Kraft aus der unheimlichen Frau gewichen zu sein. Mit hängenden Schultern stand sie da und ließ den Blick fahrig über den Boden schweifen.

»Ich werde Sie jetzt festnehmen, Magdalena«, kündigte Sandra an, doch die Frau schien sie nicht zu hören.

Sandra trat zwei Schritte vor und hatte bereits die Handschellen vom Gürtel gelöst, als Magdalena Adelsberg mit einem gellenden Schrei das Messer hochriss und auf sie zustürmte. Reflexartig machte Sandra einen Satz zurück. Sie griff nach ihrer Dienstwaffe, stolperte und landete auf dem Po. Im Fallen sah sie, wie die Mörderin mit dem riesigen Messer ausholte. Sie hob die Arme über den Kopf, um den Angriff abzuwehren. Schon war Magdalena Adelsberg direkt über ihr und stieß die Klinge auf sie herab.

Plötzlich wurde die Frau mit Gewalt zur Seite geworfen. Sandra rollte sich blitzschnell weg. Ronny hatte sich auf die Angreiferin gestürzt und sie zu Boden gerungen. Sofort standen drei SEK-Beamte neben Magdalena Adelsberg und richteten die Waffen auf sie.

»Keine Bewegung!«, brüllte ein Polizist, während ein zweiter ihr Handschellen anlegte.

Ronny hatte sich unterdessen aufgerappelt und hielt

sich die linke Halsseite. Blut trat zwischen seinen Fingern hervor.

Sofort sprang Sandra auf die Füße. »Mein Gott, du bist verletzt!«

»Danke für den Hinweis! Du kannst mich aber trotzdem weiterhin ›Ronny‹ nennen.«

Epilog

»Mama, was machst du denn hier?«, fragte Tim erstaunt, als er Sandra am Montagnachmittag vor der Schule entdeckte. »Musst du nicht arbeiten?«

»Ich hab heute eher Schluss gemacht. Ich dachte, vielleicht können wir was zusammen unternehmen.«

»Und du musst nicht wieder weg?«

Sandra schüttelte den Kopf. »Nein, versprochen.«

Nach der Festnahme von Magdalena Adelsberg war sie die ganze Nacht im Präsidium geblieben. Nur langsam war es gelungen, die vielen offenen Fragen zumindest zum Teil zu beantworten. Die Frau hatte unter dem Eindruck der Ereignisse einen Zusammenbruch erlitten und verworrene und widersprüchliche Aussagen gemacht. Daher schritt die Rekonstruktion zäh voran. Aus ihren eigenen Ermittlungen und einigen Aussagen der Mörderin ließ sich dennoch ein Bild der Vorgeschichte skizzieren.

Auf der Party im Haus der Hofmeisters musste Magdalena Adelsberg auf der Suche nach ihrer Schwester in das Schlafzimmer geplatzt sein, in dem sich Setzner, Hofmeister und Lettorf an Hanna vergingen. Doch anstatt ihr zu Hilfe zu eilen, nahm sie an, ihre Halbschwester hätte sich freiwillig mit den drei Männern eingelassen, und lief verstört nach Hause.

Fabrice Leclerq hatte zugegeben, dass Martin Hofmeister ihn zwei Tage nach dem Vorfall gebeten hatte, Hanna Adelsberg zu besuchen und zu bedrohen. Wenn sie irgendwem ein Wort über die Nacht vom 16. Juni verrate, ereile ihre Schwester das gleiche Schicksal wie sie. Beim Gespräch vor dem Haus der Familie musste Magdalena sie beobachtet haben – und zog die verheerend falschen Schlüsse. Für sie war klar, dass ihre Schwester, das Produkt der schändlichen Untreue ihrer Mutter, endgültig einen falschen und sündigen Weg eingeschlagen hatte. Ihre Lebensaufgabe, Hanna vom Bösen in der Welt fernzuhalten, war hinfällig geworden. Voller Hass auf ihr vermeintlich ruchloses Elternhaus beschloss sie, ihre Familie in den Flammen sterben zu lassen.

Nach ihrem vermeintlichen Tod fand Magdalena Zuflucht bei einer Gruppe radikaler Christen in Gevelsberg. Die Gemeinde, die von einem selbst ernannten Pater namens Theo Kießling geleitet wurde, folgte einer fanatischen Ideologie, die sich nur noch entfernt mit der christlichen Botschaft deckte. Als sektenähnliche Gruppierung finanzierten sich die »Jünger des Wortes« vor allem durch Schenkungen. Was mit diesen Geldern unbekannter Höhe von größtenteils anonymen Gönnern geschah, war nicht nachzuvollziehen. Vermutlich hatte Magdalena eine beträchtliche Summe veruntreut, um sich zu rächen, ehe sie der Gemeinde den Rücken kehrte.

Denn ihren Angaben zufolge hatte sie auch bei den Jüngern Heuchelei und Unehrlichkeit gestört. Besonders die Tatsache, dass Kießling offenbar Verhältnisse zu mehreren Frauen der Gemeinde unterhielt, schockierte Magdalena Adelsberg. Als er ihr entsprechende Avancen machte, hatte sie endgültig mit dem Guru gebrochen.

Am Morgen waren Polizeieinheiten zu Magdalenas langjährigem Zufluchtsort gefahren. Zu ihrer Verwunderung hatte sich herausgestellt, dass Kießling vor einem halben Jahr unter bisher ungeklärten Umständen verschwunden war – etwa zur gleichen Zeit, als Magdalena

Adelsberg die Sekte verlassen hatte. Ein Zusammenhang war mehr als wahrscheinlich.

Der Hass auf die Männer, die in ihren Augen für den Verlust ihrer Schwester verantwortlich waren, hatte Magdalena Adelsberg nie losgelassen. Über Jahre beobachtete sie Lettorf, Setzner, Hofmeister und Leclerq, studierte ihre Lebensgewohnheiten und ihren Alltag bis ins kleinste Detail. Als auch die neue Glaubensgemeinschaft ihr nicht zum Seelenheil verhalf, beschloss sie, auf eigene Faust ihre Vorstellung von Gerechtigkeit durchzusetzen.

Die Männer, die ihrer Ansicht nach ihre Schwester Hanna endgültig auf den Pfad der Sünde gebracht hatten, mussten eines grausamen Todes sterben. Das Herz als Sitz der verlorenen und von Gott verstoßenen Seele hatte sie Lettorf und Hofmeister jeweils aus der Brust gerissen und später hinter der Büßerkapelle verbrannt. Das Töten allein war Magdalena Adelsberg nicht genug gewesen. Mit den Videos der Seitensprünge hatte sie ihre Opfer nach dem Tod bloßgestellt. »Sie in Schande sterben lassen«, wie sie es nannte.

Auf Vanessa Hüssmann musste Magdalena Adelsberg bei der Beschattung von Dirk Lettorf getroffen sein. Lettorf frequentierte bereits seit über einem Jahrzehnt Huren in verschiedenen Städten in NRW. Die Prostituierte, die aus dem Milieu aussteigen wollte und dafür dringend Geld benötigte, war für sie die perfekte Komplizin. Gegen eine großzügige Bezahlung verführte sie die von Magdalena Adelsberg ausgewählten Opfer und filmte sich beim Sex mit ihnen. Als sie realisierte, in welch mörderischen Plan sie verwickelt worden war, versuchte Vanessa Hüssmann auszusteigen und lehnte den Auftrag ab, Martin Hofmeister in die Falle zu locken. Doch Hofmeister, der weit mehr Frauen zum Sex getroffen hatte, als seine tolerante Ehefrau ahnte, hatte es Magdalena leicht gemacht, das ersehnte Filmmaterial dennoch zu erhalten.

Um sie für den Mord an Fabrice Leclerq zu gewinnen, setzte Magdalena Adelsberg die Prostituierte mit dem Wissen um den Aufenthaltsort ihres Sohns unter Druck. Zwar konnte sie nicht wissen, wo er untergebracht war, ein Foto eines beliebigen Jungen genügte aber, um Vanessa Hüssmanns Widerstand zu brechen. Die Sorge um die Sicherheit ihres kleinen Jayden ließ sie alle Skrupel vergessen. Als Escortdame getarnt, machte sie sich an Fabrice Leclerq heran. Ihr Plan, ihn ans Bett zu fesseln und Magdalena Adelsberg das Feld zu überlassen, lief aus dem Ruder, als der angetrunkene Leclerq aggressiv wurde. Die junge Frau setzte sich jedoch zur Wehr und rief Magdalena zu Hilfe. Mit einer Schlüsselkarte, die sie einer Reinigungskraft entwendet hatte, gelangte die Täterin daraufhin in die Suite. Das Eintreffen der Beamten in buchstäblich letzter Sekunde hatte einen weiteren Mord verhindert.

Zur Stunde arbeiteten Sandras Kollegen daran, Vanessa eine neue Identität zu verschaffen, da sie nach ihrem Ausstieg aus dem Rotlichtmilieu von ihrem ehemaligen Zuhälter verfolgt wurde. Außerdem wurde ihr ein Rechtsbeistand an die Seite gestellt, der sich mit ihr gemeinsam für eine Aufhebung der Kontaktsperre zu ihrem Sohn einsetzte. Vanessa Hüssmann war seit fünf Jahren clean und auf dem besten Weg, ihr Leben in geordnete Bahnen zu lenken. Sie würde allerdings einen guten Anwalt brauchen, um ihre Verwicklung in die Verbrechen von Magdalena Adelsberg vor Gericht zu erklären.

»Und was machen wir dann heute?«, riss Tim Sandra aus ihren Gedanken.

»Worauf hast du denn Lust?«

»Auf McDonald's!«

Sie musste grinsen. »Okay, und worauf noch?«

»Hm, auf Fernsehen und Popcorn und Chips.«

»Popcorn und Chips?«, wiederholte Sandra.

»Na ja, du hast doch gefragt, worauf ich Lust habe.«

»Na schön, dann gibt es eben Popcorn und Chips. Aber nur, wenn ich Eis dazu kriege.«

»Das muss ich mir noch überlegen«, erwiderte Tim mit gespieltem Ernst.

»Na los, steig schon ins Auto!«, rief Sandra lachend. »Ich hab tierischen Hunger.«

Danksagung

Mein Dank gilt auch dieses Mal zuerst meiner Frau, die »Dein Böses Herz« seit der ersten, unfertigen Version als Korrektorin, Lektorin und Beraterin unterstützt hat. Meinen Eltern, die mir den Zugang zur Literatur ermöglicht haben.

Ich danke jedem, der meinen ersten Roman gelesen hat und den vielen Menschen mich durch freundliche Worte und Lob überzeugt haben, weiterzuschreiben. All jenen, welche »Der Künstler« weiterempfohlen, verschenkt und empfohlen haben, gebührt mein Dank.

Gesa Weiß von der Literaturagentur Langenbuch & Weiß danke ich für das fortgesetzte Vertrauen und die erneut große Unterstützung. Kathrin Kummer und be-Ebooks, die nach Alex Michelsen nun auch Sandra Rehbein eine Chance geben. Nadine Buranaseda, die jedes Füllwort und jeden Bruch in der Timeline gnadenlos aufgespürt hat. Julia, die auch dieses Mal wieder bis ganz zum Schluss warten musste.

Und auch dieses Mal danke ich Ihnen, lieber Leser, dass Sie das Buch bis zur Danksagung lesen. Ich hoffe, ich konnte Ihnen ein paar spannende Lesestunden bereiten.

Die Community für alle, die Bücher lieben

In der Lesejury kannst du
- ★ Bücher lesen und rezensieren, die noch nicht erschienen sind
- ★ Gemeinsam mit anderen buchbegeisterten Menschen in Leserunden diskutieren
- ★ Autoren persönlich kennenlernen
- ★ An exklusiven Gewinnspielen und Aktionen teilnehmen
- ★ Bonuspunkte sammeln und diese gegen tolle Prämien eintauschen

Jetzt kostenlos registrieren: www.lesejury.de

Folge uns auf Instagram & Facebook:
www.instagram.com/lesejury
www.facebook.com/lesejury